读客当代文学文库
当代文学看读客,名家名作都在这

很久没有好好吃饭了

[新加坡] 蔡澜 著

海南出版社
·海口·

图字：30-2024-141号

图书在版编目（CIP）数据

很久没有好好吃饭了 /（新加坡）蔡澜著. —— 海口：海南出版社，2025.1（2025.7重印）. —— ISBN 978-7-5730-1943-1

Ⅰ．I339.65

中国国家版本馆CIP数据核字第2024QZ6820号

很久没有好好吃饭了
HENJIU MEIYOU HAOHAO CHIFAN LE

作　　者	［新加坡］蔡　澜
责任编辑	陈淑芸
执行编辑	戴慧汝
特约编辑	蔡雅婷　刘家仪　程楚桐
装帧设计	刘小梅　章婉蓓
封面插画	beerdanta（啤酒蛋挞）
内文插画	苏美璐
印刷装订	三河市中晟雅豪印务有限公司
策　　划	读客文化
版　　权	读客文化
出版发行	海南出版社
地　　址	海口市金盘开发区建设三横路2号
邮　　编	570216
编辑电话	0898-66822026
网　　址	http://www.hncbs.cn
开　　本	880毫米×1230毫米 1/32
印　　张	10.25
字　　数	239千
版　　次	2025年1月第1版
印　　次	2025年7月第2次印刷
书　　号	ISBN 978-7-5730-1943-1
定　　价	59.90元

如有印刷、装订质量问题，请致电010-87681002（免费更换，邮寄到付）

版权所有，侵权必究

静夜思

蔡澜"好好吃饭"语录

- 吃，是一种很个人化的行为。什么东西最好吃？妈妈的菜最好吃。这是肯定的。你从小吃过什么，这个印象就深深地烙在你脑海里，永远是最好的，也永远是找不回来的。有时，我们吃的不是食物，是一种习惯，也是一种乡愁。

- 喜欢吃东西的人，基本上都有一种好奇心。什么都想试试看，慢慢地就变成一个懂得欣赏食物的人。

- 吃的文化，是交朋友最好的武器。

- 热爱生命的人，一定早起，像小鸟一样。他们得到的报酬，是一顿又好吃又丰富的早餐。

- 最贵的东西全世界都很少的，反而是最便宜的最多，造就的尖端厨艺也最多。先从最便宜的吃起，如果你能吃遍多种，也许你就不想要吃贵的东西了。

- "吃东西也是一种艺术吗？"
  "当然，一样东西研究深了，就会变成艺术。"

- 早一个小时起身，自己煎个蛋，或者煮好一碗面，也不是太难，做个自己喜欢的便当，也能吃得好，这就是所谓的努力了。

- 今天要吃得比昨天好，希望明天就过得比今天更精彩。

- 芥菜任何时候吃都美味，蔬菜不甜的带点苦，更似人生。

- 为什么我们那么爱喝酒？微醉后的那种飘飘然，语到喃喃时的那种感觉，不识酒的人是永远不会了解的。

- 最平凡的食物，也是我最喜爱的。豆芽，天天吃，没吃厌。

目 录

一、蔡澜的美食心得

喜欢吃东西的人，基本上都有一种好奇心	003
早起的人得到的报酬，是一顿又好吃又丰富的早餐	006
食物的记录，慰藉你味觉上的乡愁	010
想当食家，最重要的还是先对食物有兴趣	014
问我怎么成为美食家，不如问我怎么追求进步	018
一切食物，浅尝一下，就够了	022
什么食材什么炸法，绝不可一概而论	026
美食吃到最后，没有什么比舒适满足更重要	029
顶汤、上汤，不如自己熬的家常汤	033
用夜香花做大菜糕，看了舍不得吃	037
冰箱冰箱，就要放满才好	040
请用一生去追求一个完美的蛋	043

I

二、就爱吃碳水

一碗美好的白饭，才是一餐的终结	049
蛋炒饭，最简单也最复杂的料理	053
普普通通的炒饭，其实是最基本最好吃的东西	057
一碟精彩的炒面，让生活幸福起来	061
就算三百六十五天，天天吃面也不厌	065
做梦也在吃面，吃到耳朵里流出面条来	068
只有捞面，才能真正地吃出面条的香味、韧度和弹性来	074
自己在家包饺子，也有数不尽的生活乐趣	078

三、无肉不欢

人类烹调第一课，年轻人最爱的烧烤	083
沙嗲是烤肉的点睛之笔，那种美妙无法言喻	087
骨髓，仙人的食物也	091
猪油万岁，万岁猪油	095
怕羊膻味的人，做不了一个美食家	099
全世界公认好吃的牛肉，吃法层出不穷	103
在好吃的螃蟹面前，允许对牛肉视而不见	106
既要吃虾，一定要吃一次地中海的野生虾	110

田鸡吾爱，世界各地的人都喜欢吃　　　　　　　114
一生必吃的河豚，从失望到挚爱只需三次　　　118

四、酒的无穷乐趣

家中酒吧是每一个酒痴的最终归宿　　　　　　123
烈酒喝的是价值，而不是价钱　　　　　　　　126
啤酒的种类越多，乐趣越是无穷　　　　　　　130
在什么场合，就喝什么威士忌好了　　　　　　133
在意大利邂逅果乐葩，从此成为人生挚爱　　　137
关于清酒的二三事，听我一一细数　　　　　　141
人生喝到的第一杯鸡尾酒，此情不渝　　　　　145
喝烈酒的人，一定要到勃艮第喝一杯单麦芽威士忌　149

五、世界美食之旅

法国大餐，和法国巴黎一样浪漫可爱　　　　　155
从歌词中走出的普希金咖啡室，一场诗意的幻想　158
去米兰不只买买买，还有吃吃吃　　　　　　　162
除了香肠，这些德国菜肴也值得一试　　　　　166
墨西哥，便宜又好吃的美食大国　　　　　　　168

始终看不厌、吃不腻的地方,非泰国莫属	171
在日本老店吃寿司,有这样一些讲究	175
如果一生只能去一家茶餐厅,我选新加坡"发记"	178
若论天下最好的福建炒面,请去吉隆坡的"金莲记"	182
美好的一天,从去护国寺街吃一顿早餐开始	186
一份中原美食的完全手册	188
食在重庆,忘不掉的火辣滋味	191
记忆中的浓油赤酱,实践里的沪菜经验	195
一顿顺心顺意的顺德菜	199
正式的台湾餐,要找到台湾老饕才能吃到	203
厦门的美食,吃不尽,也数不完	207

六、食材与食谱

素菜	213
荤菜	253
调料	292

一、蔡澜的美食心得

喜欢吃东西的人，基本上都有一种好奇心

有个聚会要我去演讲，指定要一篇讲义，主题是吃。我一向没有稿就上台，正感麻烦。后来想想，也好，作一篇，今后再有人邀请就把稿交上，由旁人去念。

女士们，先生们：

吃，是一种很个人化的行为。什么东西最好吃？妈妈的菜最好吃。这是肯定的。你从小吃过什么，这个印象就深深地烙在你脑海里，永远是最好的，也永远是找不回来的。

老家前面有棵树，好大。长大了再回去看，不是那么高嘛，道理是一样的。当然，这与目前的食物已是人工培养的也有关系。怎么难吃也好，东方人去外国旅行，西餐一个礼拜吃下来，也想去一间蹩脚的中菜厅吃碗白饭。洋人来到我们这里，每天鲍参翅肚，最后还是发现他们躲在快餐店里啃面包。

有时，我们吃的不是食物，是一种习惯，也是一种乡愁。一个人懂不懂得吃，也是天生的。遗传基因决定了他们对吃没有什么兴趣的话，那么一切食物只是养活他们的饲料。我见过一对夫妇，每天以即食面维生。

喜欢吃东西的人，基本上都有一种好奇心。什么都想试试

看，慢慢地就变成一个懂得欣赏食物的人。对食物的喜恶大家都不一样，但是不想吃的东西你试过了没有？好吃，不好吃？试过了之后才有资格判断，没吃过你怎知道不好吃？吃，也是一种学问。这句话太辣，说了，很抽象。爱看书的人，除了《三国演义》《水浒传》《红楼梦》，也会接触希腊的神话、拜伦的诗、莎士比亚的戏剧。

我们喜欢吃东西的人，当然也须尝遍亚洲、欧洲和非洲的佳肴。吃的文化，是交朋友最好的武器。你和宁波人谈起蟹糊、黄泥螺、臭冬瓜，他们大为兴奋。你和香港人讲到云吞面，他们一定知道哪一档口最好吃。你和台湾人的话题，也离不开蚵仔面线、卤肉饭和贡丸。一提起火腿，西班牙人双手握指，放在嘴边深吻一下，大声叫出："Hmmmm。"

顺德人最爱谈吃了。你和他们一聊，不管天南地北，都能扯到食物上面，说什么他们妈妈做的鱼皮饺天下最好。

全世界的东西都给你尝遍了，哪一种最好吃？笑话。怎么尝得遍？看地图，那么多的小镇，再做三辈子的人也没办法走完。有些菜名，听都没听过。对于这种问题，我多数回答："和女朋友吃的东西最好吃。"

的确，伴侣很重要。心情也影响一切。身体状况更能决定眼前的美食吞不吞得下去。和女朋友吃的最好，绝对不是敷衍。谈到吃，离不开喝。喝，同样是很个人化的。北方人所好的白酒，二锅头、五粮液之类，那股味道，喝了藏在身体中久久不散。他们说什么白兰地、威士忌都比不上，我就最怕了。洋人爱的餐酒我只懂得一点皮毛，反正好与坏，凭自己的感觉，绝对别去扮专家。一扮，迟早露出马脚。

应该是绍兴酒最好喝，刚刚从绍兴回来，在街边喝到一瓶八块人民币的"太雕"，远好过什么八年、十年、三十年。但是最好最好的还是香港"天香楼"的。好在哪里？好在他们懂得把老的酒和新的酒调配，这种技术内地还学不到，尽管老的绍兴酒他们多的是。我帮过法国最著名的红酒厂厂主去试"天香楼"的绍兴酒，他们喝完惊叹东方也有那么醇的酒，这都是他们从前没喝过之故。

老店能生存下去，一定有它们的道理，西方的一些食材铺子，如果经过了非进去买些东西不可。像米兰的Il Salumaio的香肠和橄榄油，巴黎的Fanchon面包和鹅肝酱，伦敦的Forthum & Mason果酱和红茶，布鲁塞尔的Godiva朱古力（巧克力），等等。鱼子酱还是伊朗的比俄国（俄罗斯）的好，因为抓到一条鲟鱼，要在二十分钟之内打开肚子取出鱼子。上盐，太多了过咸，少了会坏，这种技术，也只剩下伊朗的几位老匠人会做。

但也不一定是最贵的食物最好吃，豆芽炒豆卜，还是很高的境界。意大利人也许说是一块薄饼。我在那波里（那不勒斯）也试过，上面什么材料也没有，只是一点番茄酱和芝士，真是好吃得要命。有些东西，还是从最难吃中变为最好吃的，像日本的所谓什么中华料理的韭菜炒猪肝，当年认为是咽不下去的东西，当今回到东京，常去找来吃。

我喜欢吃，但嘴绝不刁。如果走多几步可以找到更好的，我当然肯花这些工夫。附近有家藐视客人胃口的快餐店，那么我宁愿这一顿不吃，也饿不死我。

"你真会吃东西！"友人说。不。我不懂得吃，我只会比较。有些餐厅老板逼我赞美他们的食物，我只能说："我吃过更好的。"但是，我所谓的"更好"，真正的老饕看在眼里，笑我旁若无人也。

谢谢大家。

早起的人得到的报酬，
是一顿又好吃又丰富的早餐

热爱生命的人，一定早起，像小鸟一样。他们得到的报酬，是一顿又好吃又丰富的早餐。

什么叫作好？很主观化。你小时候吃过什么，什么就是最好。豆浆油条非我所好，只能偶尔食之。因为我是南方人，粥也不是我爱吃的。我的奶妈从小告诉我："要吃，就吃饭，粥是吃不饱的。"奶妈在农村长大，当年很少吃过一顿饱饭。从此，我对早餐的印象，一定要有个"饱"字。

后来，干电影工作，和大队一起出外景，如果早餐吃不饱，到了十一点钟整个人已饿昏，更养成习惯，早餐是我一天中最重要的一项食物。进食时，很多人不喜欢和我搭坐，我叫的食物太多，引起他们侧目之故，一份我心目中的早餐包括八种点心：虾饺、烧卖、鸡扎、萝卜糕、肠粉、鲮鱼球、粉粿、叉烧包，外加一盅排骨饭。一个人吃个精光。偶尔来四两开蒸，时常连灌两壶浓普洱。

在香港，从前早餐的选择极多，生活改善后，大家迟起身，可去的地方却愈来愈少。代表性的有中环的"陆羽茶室"饮茶，永远有那么高的水准，一直是那么贵；去上环的"生记"

吃粥，材料的搭配变化无穷，不像吃粥，像吃一顿大菜，价钱很合理。

九龙城街市的三楼，可从每个摊子各叫一些，再从其他地方斩些刚烤好的烧肉和刚煮好的盅饭。友人吃过，都说那不是早餐，是食物的饮宴。

把香港当中心点，画个圆圈，距离两小时的有广州，"白天鹅宾馆"的饮茶一流，做的烧卖可以看到一粒粒的肉，不是机器磨出来的。台北的，则是街道的切仔面。

远一点距离四小时的，在新加坡可以吃到马来人做的椰浆饭（Nasi Lemak），非常可口。吉隆坡附近巴生小镇的肉骨茶，吃了一次，从此上瘾。

日本人典型的早餐也吃白饭，一片烧鲑鱼，一碗味噌汤，并不丰富。宁愿跑去二十四小时营业的"吉野家"吃一大碗牛肉丼[1]。在东京的筑地鱼市场可吃到"井上"的拉面和"大寿"的鱼生。小店里老人家在喝酒，一看表，大清晨五点多，我问道："喂，老头，你一大早就喝酒？"他瞄了我一眼："喂，年轻的，你要到晚上才喝酒？"生活时段不同，习惯各异。我的早餐，是他的晚饭。

爱喝酒的人，在韩国吃早餐最幸福，他们有一种叫"解肠汁"的，把猪内脏熬足七八小时，加进白饭拌着吃，宿醉即刻被它医好。还有一种奶白色的叫"雪浓汤"，天冷时特别暖胃。

再把圆圈画大，在欧洲最乏味的莫过于酒店供应的"欧陆早餐"了，一个面包，茶或咖啡，就此而已。冲出去吧！到了菜市场，一定能找到异国情怀。

问酒店的服务部拿了当地菜市场的地址，跳上辆的士，目

---

[1] 丼：盖浇饭类日本料理的通称。——编者注（如无特别说明，下同）

的地到达。在布达佩斯的菜市场里,可买到一条巨大的香肠,小贩摊子上单单芥末就有十多种选择,用报纸包起,一面散步一面吃,还可以买一个又大又甜的灯笼椒当水果,加起来才一美金。

纽约的"富尔顿"菜市场中卖着刚炸好的鲜虾,绝对不逊色于日本人的天妇罗,比吃什么"美国早餐"好得多。和"欧陆早餐"不同,它只是加了一个炒蛋,最无吃头。当然,纽约像欧洲,不像美国,所以才有此种享受。卖的地方若只有炒蛋和面包,宁愿躲在酒店房间吃一碗即食面。

回到家里,因为我是个"面痴",如果一星期不出门,可做七种面食当早餐。星期一,最普通的云吞面,前一天买了几团银丝蛋面再来几张云吞皮,自己选料包好云吞,渌面[1]吃,再用菜心灼一碟蚝油菜薳[2]。

星期二,福建炒面,用粗黄的油面来炒,加大量上汤煨,一面炒一面撒大地鱼粉末,添黑色酱油。

星期三,干烧伊面,伊面先出水,备用,炒个你自己喜欢吃的小菜,但要留下很多菜汁,让伊面吸取。

星期四,猪手捞面,前一个晚上红烧了一锅猪手,最好熬至皮和肉差那么一点点就要脱骨的程度,再用大量浓汁来捞面条。

星期五,泰式街边"玛面",买泰国细面条渌好,加各种配料,鱼饼片、鱼蛋、叉烧、炸云吞、肉碎,淋上大量的鱼露和指天椒碎食之。

星期六,简单一点来个虾酱面,用黑面酱爆香肉碎,黄瓜

---

1 渌面:烫面、煮面,"渌"在粤语中指用热水烫。
2 菜薳:粤语中指菜心剥掉硬皮保留下来的细嫩的部分。

切条拌之，一面吃面一面咬大葱。

礼拜天，把冰箱中吃剩的原料，统统像打边炉（吃火锅）一样放进锅中灼熟，加入面条。

印象最深的早餐之一，是汕头"金海湾酒店"为我安排的，到菜市场买潮州人送粥的小点咸酸甜[1]，一共一百种，放满整张桌子，看到时已哇哇大叫。

之二，在云南昆明的酒店里，摆一长桌，上面都是菜市场买到的当天早上刚刚采下的各种野菇，用山瑞熬成汤底，菇类即灼即食，最后那碗汤香甜到极点。

1　咸酸甜：专门配白粥吃的小吃，将各种食物腌成咸的、酸的、甜的，简称"咸酸甜"，其中代表性的是咸酸菜。

食物的记录,慰藉你味觉上的乡愁

在国内众多杂志中,《三联生活周刊》是一本可读性颇高的读物,每周有二十万至三十万的发行量。这个数目在内地来说,算是很高的了。

资料收集相当齐全,尤其是他们的特辑,像第721期的《寻寻觅觅家宴味道——最想念的年货》,更是精彩。以春卷代表正月的初一,初二是年糕、初三桂花小圆子、初四枣泥糕、初五八宝饭、初六火腿粽子、初七双浇面、初八豌豆黄、初九素馅饺子、初十腊味萝卜糕、十一干菜包、十二菜肉馄饨、十三芸豆卷、十四包子,而元宵则以汤圆来结束。这些食物满足了东南西北的读者,尤其是离乡背井的,一定有一种能慰藉你味觉上的乡愁。

接下来,杂志详细地报道了香港的腊味、慈城的年糕、顺德的鲮鱼、湖北莲藕与洪山菜薹、秃黄油、盐水鸭、天目笋干、灯影牛肉、汕尾蚝、白肉血肠、湖南腊肉、宁波鱼鲞、苏北醉蟹、叙府糟蛋、霉干菜、锡盟羊肉、香港海味、大白猪头、酱板鸭、金华火腿、天府花生、浙江泥螺、广西粽子、四川香肠、大连海参、西藏松茸、漾濞核桃、福州鱼丸、石屏豆腐、东北榛蘑、藏香猪、红龟粿、清远鸡、宣威火腿、闽南血蚶、油鸡枞、米花糖等。

一定可以找到一些你从小吃的，如果你是中国人的话；也有更多你听都没听过的，让你感到中国之大，自己的渺小，做三世人，也未必一一尝遍。况且还有更多的做法，因为这些，大多只是原食材而已。

杂志有个特约撰稿人叫殳俏，她老远地从北京来到香港深入采访，更去了潮汕和很多的其他地方，资料是从她多年来为这本杂志写的专题中选出来的。

《三联生活周刊》的记者更遍布中国各地，由他们写自己最熟悉的食材，而不去介绍什么名餐厅、大食肆，是很聪明的做法，因为不是大家都去过，也不是众人都吃得起的，而食材的介绍和推荐，就无可非议了。

不能说没有受到《舌尖上的中国》的影响，但文字的记载跟纪录片的影像不同，给读者留下很大的思想空间。有时，是比真正吃到的更美味。

最有趣的是读到《秃黄油》这一篇，从名字说起，这道菜来自苏州，而苏州有些菜，极其雅致，名字却古怪，其实"秃"字就是苏州话的"忒"，是"特别纯粹"的意思。这道菜是纯粹以蟹膏和蟹黄，用纯粹的猪网油来炮制。蟹膏要黏，也要腻，其他菜都怕这两样东西，但秃黄油非又油又腻又黏不可，用来送饭，天下美味，亏得中国人才想得出来。

油腻吃过，来点蔬菜，一生人最爱吃的是豆芽和菜心，而梗是紫红颜色的菜心最甜了。菜心，内地人又叫菜薹，杂志中介绍了洪山菜薹，令人向往。

菜薹是湖北人的骄傲，同纬度产地之中，也唯有湖北洪山的最清甜可口，很早就被当成贡品。流传至今的故事中，有三国的孙权母亲病中思念洪山菜薹，孙权命人种植为母解馋，故亦叫"孝子菜"。苏东坡三次来武昌,也是为了找菜薹。我这次刚好要去武汉做推销新书的活动,已托友人找好洪山菜薹,可惜对方说已有点过时,那边土话叫"下桥",但答应我找找有没有这"漏网之菜"。

很多读者都知道我是一个"羊痴",当然要看杂志中的介绍,是什么地方的羊最美味。单单是羊汤一例,就有苏州藏书羊、山东单县羊、四川简阳羊和内蒙古海拉尔羊的四大羊汤,究竟哪里的羊肉敢称天下独绝?

在内蒙古,一个叫锡林郭勒盟的地方,简称为"锡盟"。从烤全羊开始,住在当地多年的记者王珑锟推荐了多种吃法,反而没有提到羊汤。但不要紧,最吸引我的是他说的奶茶和手把肉。

锡盟人的早茶可以从八点喝到十点,除了奶茶和手把肉之外,还有炸馃子、肉包子、酸奶饼,再加上佐蒜蓉辣酱吃的血肠、油肠和羊肚。

手把肉的做法是:白水大锅,旺火热沸,不加调料,原汁原味。煮好的手把肉乳白泛黄,骨骼挺立,鲜嫩肉条在利刃下撕扯而出,吃时尽显男儿豪迈。

奶茶则与香港人印象中的完全不一样,是牧民把煮熟的手把肉存放起来,等到再吃时,把羊肉削为薄片,浸泡在滚烫的奶茶之中,而奶茶是用牛奶和砖茶——就是我们喝惯的普洱,混合熬成,既可解渴,又能充饥,还帮助消化呢。

看了这篇文章之后,说什么也要找个机会跑到锡盟去一趟了。

近年来爱上核桃,认为当成零食,没有什么比核桃更好的了,因此开始核桃夹子的收藏,每到一地必跑到餐具专门店,问说有没有什么有趣的,加上网友送的,已有近百把了。而核桃是哪里的最好吃呢？欧洲各国都有，但水准不稳定。去了澳大利亚，在墨尔本的维多利亚市场找到一种，也很满意。

中国的，我一向吃邯郸的核桃，可惜运到了香港，其中掺杂了不少仁已枯竭的，剥时一发现，即不快。中国核桃，还有什么地方出产的比邯郸更好？在《三联生活周刊》中一找，看到了有"漾濞核桃"这种东西，如果没有他们介绍，可真的不知道，连名字也读不出来。

那里的核桃像七成熟的白煮蛋那么细滑，果仁皮还稚嫩得像半透明的糯米糍。读文章，才知道漾濞还有一种专吃嫩核桃的猪，这可比吃果实的西班牙黑毛猪高级得多。看样子，当到了核桃成熟的九月，又得向云南的漾濞跑了。

想当食家，最重要的还是先对食物有兴趣

小朋友问："昨天看台湾的饮食节目，出现了一个出名的食家，他反问采访者：'你在台湾吃过何首乌包的寿司吗？你吃过鹅肝酱包的寿司吗？'态度相当傲慢。这些东西，到底好不好吃？"

"何首乌只是草药的一种，虽然有疗效，但带苦，质地又粗糙，并不好吃。用来包寿司，显然是噱头而已。而鹅肝酱的吃法，早就被法国人研究得一清二楚，很难超越他们，包寿司只是想卖高价钱。"我说。

"那什么才叫精彩的寿司？"

"要看他们切鱼的本事，还有他们下盐，也是一粒粒数着撒。捏出来的寿司，形态优不优美也是很重要的，还要鱼和饭的比例刚好才行。"

"怎样才知道吃的是最好的寿司？"

"比较呀，一切靠比较。最好的寿司店，全日本也没有几家，最少先得一家家去试。"

"外国就不会出现好的寿司店？"

"外国的寿司店，不可能是最好。"

"为什么？"

"第一，一流的师傅在日本已非常抢手，薪金多高都有人请，他们在本土生活优雅，又受雇主和客人的尊敬，不必到异乡去求生。第二，即使在外国闯出名堂，也要迎合当地人口味，用牛油果包出来的加州卷，就是明证。有的更学了法国人的上菜方法来讨好，像悉尼的Tetsuya's就是个例子。"

"那么要成为一个食家，应该怎么做起？"

"当作家要从看书做起，当画家要从画画做起；当食家，当然由吃做起，最重要的，还是先对食物有兴趣。"

"你又在作弄我了，我们天天都在吃，一天吃三餐，怎么又成不了食家？"

"对食物没有兴趣的话，食物就变成饲料了，但喜欢吃，就想知道吃了些什么。最好用笔记下来，再去找这些食材的资料，做法有多少种等，久而久之，就成为食家了。"

"那么简单？有没有分阶段的？"

"当然。最低级的，是看到什么食物，都哗的一大声叫出来。"

小朋友点点头："对对，要冷静，要冷静！还有呢？"

"不能偏食，什么都要吃。"

"内脏呀,虫虫蚁蚁呀,都要吃吗?"

"是。吃过了,才有资格说好不好吃。"

"那么贵的东西呢,吃不起怎么办?"

"这就激发你去努力赚钱呀!不过,最贵的东西全世界都很少的,反而是最便宜的最多,造就的尖端厨艺也最多。先从最便宜的吃起,如果你能吃遍多种,也许你就不想要吃贵的东西了。"

"吃东西也是一种艺术吗?"

"当然,一样东西研究深了,就会变成艺术。"

"那到底怎么做起嘛!"

"从你家附近有什么东西吃起,就从那里做起,比方说你邻居的茶餐厅。"

"不怎么好吃。"

"对了,那是你和其他地方的茶餐厅一比,才知道的道理。"

"要比多少家?"

"听到有好的就要去试,从朋友的介绍,到饮食杂志的推荐,或网上公布出来的意见得到资料,一间间去吃。吃到你成为茶餐厅专家,然后就可以试车仔面、云吞面、日本拉面,接着是广东菜、上海菜、潮州菜、客家菜,那种追求,那种学问,是没有穷尽的。"

"再来呢？"

"再来就要到外国旅行了，比较那边的食物，再回来，和你身边的食物比较。"

"那么一生一世也吃不完那么多了。"

"三生三世，或十生十世，也吃不完。能吃多少，就是多少。我们的社会，是一个半桶水社会，有一知半解的知识，已是专家。"

"可不可把范围缩小一点？"

"当然。凡是学习，千万不要滥。像想研究茶或咖啡，选一种好了。学好一种才学第二种，我刚才举例的茶餐厅，就是这个道理。"

"你现在呢？是不是已经达到粗茶淡饭的境界？"

我笑了："还差得远呢。你没看过我的专栏名字，不是叫'未能食素'吗？那不代表我吃不了斋，而是在说我的欲望太深，归不了平淡这个阶段。不过，太贵的东西，我自己是不会花钱去追求了，有别人请客，倒可以浅尝一下。"

问我怎么成为美食家，不如问我怎么追求进步

和小朋友聊天。

问："你眼睛一看，就知道这道菜好不好吃？"
答："有些菜可以的。"

问："比方说？"
答："比方说，上了一碟鸡蛋炒虾仁，那些虾，已经是冷冻得变成半透明，怎会好吃呢？"

问："那你就不举筷了？"
答："也不是。朋友请客的话，我会夹鸡蛋来吃，鸡蛋是无罪的。"

问："就说虾吧，当今的虾多数是养殖的，但偶尔也吃到野生的，你能分辨出养的，或是野生的吗？"
答："一碟白灼虾上桌，如果虾尾是扇开的，那就是野生；合在一起，多数是养的。"

问:"这么厉害?"

答:"也是听专家说,自己再观察得到的结果,像一尾方脷,是不是好吃,吃鱼专家倪匡兄说翻开肚子来一看,是粉红色的,一定没错。要是有黑色斑点,肉就又老又有渣,百试百灵。"

问:"东西正不正宗呢?"

答:"粗略可以知道,像上海菜的烤麸,用刀切,而不是用手掰,就知道味道好得有限。不过我不是真正的江浙人,味觉没有那么灵敏。查先生说广东人炒不好上海菜,也许有道理,但当我吃过钟楚红的家公(丈夫的父亲)家里的上海菜,虽然是顺德女佣煮的,因长年来受朱旭华先生指导,做出来的烤麸,也算是正宗。"

问:"这么一说,你也能分得出正宗日本菜的味道吧?"

答:"我在日本住了八年,最好的餐厅多数去过,是不是正宗,我还吃得出来;像韩国菜,我到韩国的次数至少有一百回,我说出的许多正宗的韩国菜味道,纵使韩国人本身也不知道。这也是我的徒弟敬佩我的地方,韩国人个性直爽,你比他们厉害,他们就服你。"

问:"法国菜呢?"

答:"这我不敢自称专家了,究竟我吃得不多。"

问:"吃得不多,是不喜欢?"

答:"不喜欢的是那种排场,所谓的巴黎人精致料理,一吃三四个小时,不适合我这种性子急的人。但法国乡下,还是有很多家庭餐厅，随意吃吃，我就很欣赏。"

问："可以说你比较喜欢意大利菜了？"
答："对的。意大利菜和中国菜一样，是一种吃起来很有满足感的菜，大锅大碗的，一家人大吃大喝，我对意大利菜的认识较深。"

问："西班牙菜呢？"
答："和意大利菜一样，也喜欢。"

问："有什么不喜欢的呢？"
答："假的，都不喜欢。"

问："什么是假的？"
答："那些做日本菜的，通街都是，弄一大堆假日本三文鱼的挪威货，怎么不会令人讨厌呢？"

问："和假西餐同一道理？"
答："对。所谓假，还包括学了一两道散手就出来开店的，做来做去都是什么烤羊架、煎带子、炸油鸭腿等，又用个铁圈子，把肉塞在里面就拿出来，还在碟上用酱汁乱画，这种菜，怎吃得下？"

问："但这些就是我们年轻人学习吃外国菜的道理呀！"
答："不错，第一次可以，第二、三、四次受骗，你就是傻瓜，不可救药。"

问:"我很想问一个许多人都想问的,那就是怎么能成为一个像你一样的美食家?"

答:"美食家我不敢当,我只是一个喜欢吃的人,问我怎么成为什么什么家,不如问我怎么求进步。我的答案总是努力、努力、努力,没有一件事是不努力就可以做好的,努力过后就有代价,用这些代价去把生活质量提高,活得比昨天更好,希望明天比今天更精彩。"

问:"说得容易,做起来难。"
答:"不开始,怎么知道难?"

问:"我们年轻人为了努力,对吃喝怎么会有要求?所以只有到快餐店去解决了。"
答:"早一个小时起身,自己煎个蛋,或者煮好一碗面,也不是太难,做个自己喜欢的便当,也能吃得好,这就是所谓的努力了。"

一切食物，浅尝一下，就够了

和小朋友聊天，当然是有关于吃。和我交往的都喜欢谈饮食，也只有这种话题，最为欢乐。

"我发现你原来是吃得不多的，你的许多朋友也说：'蔡澜这个人不吃东西的。'这是不是因为你已经吃厌了，人也老了？"小朋友口没遮拦，单刀直入。

"老不是一种罪，我承认我是老了，有一天，你也会经过这个阶段。至于是不是吃厌，好的东西怎么会吃厌呢？当今好的东西少了，我就少吃一点。"我老实地回答。

"照样很多呀，有瓜果菜蔬，有猪肉鸡肉，有石斑也有苏眉，怎么说少了呢？"小朋友反问。

"有其形，无其味，你们吃的鱼多数是养殖的，肉类的脂肪也愈减愈少，蔬菜更是经基因改造，弄得没有味道。人类因为贪婪，拼命促生，有些还加了很多农药，又为了养殖失去颜色，不管人家死活，加苏丹红等有害色素，不好吃不要紧，吃出毛病来可不是开玩笑的。"

小朋友怕了："那——那我们要怎么样才好？"

"一切浅尝。"

"浅尝？"

"是，那是一种很深奥的学问。美食当前，叫你不再去碰是不容易的，我自己也忍不了，要学会浅尝不容易。"我说。

"那我们年轻人呢？要怎么开始？"

"从要吃，就吃最好的开始。别贪便宜，有野生的，贵一点也得买，吃过野生的，就知道滋味有多好，再也回不了头去吃养殖的了。"

小朋友点点头，好像有点明白这个道理："那和浅尝有什么关系？"

"你们这个年代，就算有钱，能吃到野生东西的机会也不多，那么就别贪心，吃几小口就放弃，看到养殖鱼，只用它的汤汁来浇白饭，也是一种美食。"

"白饭吃了会发胖的！"

"胡说，现在的人哪会吃得太多饭？你们发胖，是因为你们喜欢吃垃圾食物，而垃圾食物多数是煎炸，煎炸的东西吃多了，才会发胖！"

"煎炸的东西很香，你不喜欢吃吗？"

"我也喜欢，不过我喜欢吃好的。"

"煎炸也分好坏吗？"

"当然，包着那层粉那么厚，吸满了油，我一看到就觉得恐怖。好的天妇罗，炸后放在纸上，最多只有一两滴油，你吃过了，就不会去尝坏的了。"

"我们哪有条件天天去吃高级天妇罗？"

"把钱省下，吃一次好的，这么一来，至少你不会天天想吃肯德基。同个道理，你吃过一顿好的寿司，就不会想去试回转的了。"

"道理我知道，但是我们还在发育时期，你教我怎么不吃一个饱呢？"

"那我宁愿你吃几串鱼蛋、一碟炒饭、一碗拉面，每一种都浅尝，好过把一种东西塞得你的胃满满的，对感情，花心我不鼓励，但对食物，绝对要花心！"

"这话怎么说？"

"好像吃鱼，如果有孔雀石绿，那么少吃一点也不要紧，吃太多，毛病就来了。吃火锅有地沟油，那么吃少一点，再来杯茶解解，也没事。"

"你的意思是什么都可以吃，但是什么都少吃一点？"

"对，要保持好奇心，中国菜吃了，吃日本菜，吃韩国菜，吃泰国菜，吃越南菜，吃西餐，什么都好，什么都不必狂吞，多吃几样。"

"不喜欢的呢？像芝士，我就从来不碰。"

"也要逼自己去吃，试过了，你才有资格说喜欢或者不喜欢。从来不碰，就是无知。年轻人求的是知识，你怎么可以连这一点都不懂？芝士很臭，但是可以从不臭的卡夫芝士开始，蘸点糖，甜甜的，好像吃蛋糕，慢慢地你就会发现卡夫芝士满足不了你，因为这是牛奶做的，当你要求更浓郁的味道时，你就会去吃羊奶的了，到时，这个芝士的味觉世界，就给你打开了。"

"榴莲也是同一个道理？"

"对。把榴莲放在冰格上冻硬，拿下来用刀切一小片，当雪糕吃，当你接受了，泰国榴莲满足不了你，便会去追求马来西亚的猫山王了。"

"道理我明白，但是有些人也只爱吃麦当劳，只喜欢吃肯德基，那怎么办？"

"那只有祝福你了。"

小朋友有点委屈："对着一些我爱吃的东西，总得吃个饱，你怎么说我也不会理睬的。"

"我知道，有些东西在这个阶段是很难入脑的，我现在唠唠叨叨地向你说，也不希望你会了解，我只是在你脑中种下一颗种子罢了。有一句话你记得就是：今天要吃得比昨天好，希望明天就过得比今天更精彩。到时，你就会发现，一切食物，浅尝一下，就够了。"

读客当代文学文库

什么食材什么炸法，绝不可一概而论

  油炸的东西，对儿童来说，总是一种令他们抗拒不了的食物。我不例外，小时也喜欢。妈妈手巧，刀背断筋，将猪肉片片。另一边厢，舂碎苏打饼，加点糖，蘸后油炸，食之不厌。长大了，渐渐远离。那些油炸物，因为都包了一层很厚的面粉，真正的肉类或海鲜不过是那么一点点，吃了满嘴是油，满口是糊，难吃到极点。
  到了外国，才知道愈没有烹调水准的地方，愈喜欢把所有东西都扔进油锅里面，炸完捞起算数，好不好吃是你家里的事，美国是一个典型的例子。英国的国食是炸鱼和薯条，中国南方人知道，新鲜的鱼，唯一做法是蒸，这门技巧他们英国人不懂，又因为海鲜多是冰冻的，只有裹上厚厚的面粉去炸了。搭档的薯条炸得无味，令我对薯仔（土豆）产生极坏的印象，认为喜欢此物的人，都是没有饮食文化的，讨厌得很。到了日本，当留学生时只找最便宜的东西吃，当中有种叫"可乐饼"的炸面粉球，名字来自法文的Croquette，用切碎的肉鱼或蔬菜，混大量粉浆，外层涂上面包碎，捏成球状，有的小如核桃，有的大如鸡蛋，再拿去油炸。学生吃的，馅中有些薯仔蓉而已。你说，怎会好吃？炸虾也是包了很厚的面粉，再淋上又甜又酸的浓酱油来掩住冰冻味。我对油炸东西的讨厌，已达忍无可忍、见了就怕的程度了。

当然，这都是年轻时井底之蛙的言语，诸多尝试之后，才知道炸是一门很深奥的学问，而且世上高手如云，我还没有遇到而已。

当吃了上等的天妇罗，我惊叹怎么会如此美味？师傅说："首先，要把'炸'这个词搞清楚，在我们的心目中，不过是把生的食物变熟而已。我们用的虾，一定是活的，可当刺身。我们用的粉浆尽量地薄，蘸到加了萝卜蓉的鲣鱼汁中，即刻溶化。""那么油呢？是不是用高级的初榨橄榄油？怎么可以炸得不感觉有油？"我问。"用的是山茶花籽油。试过种种植物油之后，发觉这种油最好。橄榄油只适合生吃，不能接受高温。至于怎么可以炸得不觉有油，哈哈，那是数十年的功夫呀！"老师傅笑着回答。

后来，我在英国也吃过很好的炸鱼，但对薯仔条始终不感兴趣。到了法国，吃他们用鹅油炸出来的，才知道西方为什么要用"法国炸"这名字称之，用来送酒，是吃得下的。

对于美国的油炸食物，如果你不是美国土生土长的话，我想，再过一百年，也不会感到惊喜。

虽然可以欣赏名厨的炸物，也能享受街边煎炸小食，像中国各地的炸油条，都是我喜欢的。但是我始终对炸肉类已有过敏症，一吃到泰国那种炸得如薄纸的猪肉片，喉咙马上发炎，接着伤风感冒就来了。在南洋，小时候还爱吃一种叫Goreng Pisang的炸香蕉，现在却不敢去碰。不过走到旺角街头，看见炸大肠，还是忍不住来几块。在炸猪油时，看到猪油渣，更非吃不可。病不病管得了那么许多！爱吃的还有炸猪扒，用黑豚猪的Sirloin（牛里脊肉）炸出来，带脂肪的才好吃。但想念的猪扒,还是因为有那又酸又甜的浓酱,更吸引人的是那一大堆椰菜(高丽菜),和猪扒酱搭配得特别好。

中国菜之中,炸的不少,一般人的印象只是把食物放进一大锅中噼里啪啦乱炸算数。根据大连的董长作师傅说:"炸,是烹饪做法中的一大种类,有清炸、干炸、软炸、板炸、酥炸、卷炸、脆炸、松炸等炸法,有的还要炸两次呢。什么食材什么炸法,绝对不可以一概而论。"

最讨厌当今的厨子把炸当作偷工减料的手段,什么食材都是拿来炸一下才去炒。"这才节省时间呀。"他们说。我一听就倒胃。像炒胡椒蟹,本来就应该斩件后从生炒到熟才好吃,当今的都是炸了算数。在餐单上一看到"椒盐"两个字,我就不点,因为怎么美名,也都是炸,任何的菜都炸,所有的菜都弄出同一个味道来,真是恐怖得紧。还是在家里吃好,家里的菜很少炸,是因为家庭主妇寒酸,不肯用一大锅油去炸东西,多数只是煎一煎罢了。煎,我倒是不反对,而且爱吃得很,同样用油烹调,煎用的油少得多,而且用慢火来煎,味道始终较好,煎一个荷包蛋就知道了。

炸东西,还是留给餐厅去处理,在家炸了,那锅油循环用,总觉得会吃出毛病来。日本人更怕,他们买一包包的粉,炸完后,把那包粉倒进剩余的油中,即刻凝固成蜡,一、二、三倒进垃圾桶,干净得很。

美食吃到最后，没有什么比舒适满足更重要

休息期间瘦了差不多十公斤，不必花钱减肥，当今拍起照片来，样子虽然老，不难看，哈哈。

为什么会瘦？并非因为病，是胃口没以前那么好了，很多东西都试过，少了兴趣。

年轻时总觉得不吃尽天下美食不甘心，现在已明白，世界那么大，怎么可能？而且那些什么星的餐厅，吃上一顿饭得几个钟头，一想起来就觉得烦，哪里有心情一一试之？

当今最好的当然是"Comfort Food"，这个聪明透顶的英文名词，至今还没有一个适当的中文名，有人尝试以"慰藉食物""舒适食品""舒畅食物"等称之，都词不达意，我自己说是种"满足餐"，不过是抛砖引玉，如果各位有更好的，请提供。

近期的满足餐包括了倪匡兄最向往的"肥叉饭"，他老兄最初来到香港，一看那盒饭上的肥肉，大喊："朕，满足也。"

很奇怪地，简简单单的一种BBQ，天下就没有地方做得比香港好。叉烧的做法源自广州，但你去找找看，广州哪有几间做得出？

勉强像样的是在顺德吃到，那里的大厨到底是基础打得好，

异想天开地用一管铁筒在那条脢（梅）肉中间穿一个洞，再将咸鸭蛋的蛋黄灌了进去再烧出来，切到块状时，样子非常特别，又相当美味，值得一提。

叉烧，基本上要带肥，在烧烤的过程中，肥的部分会发焦，在蜜糖和红色染料之中，带有黑色的斑纹，那才够资格叫为叉烧，一般的又不肥，又不燶（焦）。

广东华侨去了南洋之后学习重现，结果只是把那条脢肉上了红色，一点也不烧焦，完全不是那回事，切片后又红又白，铺在云吞面上，丑得很。但久未尝南洋云吞面味，又会怀念，是种"美食不美"（Ugly Delicious），也成为韩裔名厨张锡镐的纪录片名字。

在这片中，有一集是专门介绍BBQ的，他拍了北京烤鸭，但还没有接触到广东叉烧，等有一天来香港尝了真正的肥燶叉烧，才惊为天人。

这些日子，我常叫外卖来些肥燶叉烧，有时加一大块烧全猪，时间要掌握得好，在烧猪的那层皮还没变软的时候吃才行。

从前的烧全猪，是在地底挖一个大洞，四周墙壁铺上砖块，把柴火抛入洞中，让热力辐射于猪皮上，才能保持十几个小时的爽脆。当今用的都是铁罐形的太空炉，两三小时后皮就软掉了，完全失去烧肉的精神。

除了叉烧和烧肉，那盒饭还要淋上烧腊店里特有的酱汁才好吃，与潮州卤水又不同，非常特别，太甜太咸都是禁忌，一超过后即刻作废。

中国人又讲究以形补形，我动完手术后，迷信这个传说的人都劝我多吃猪肝和猪腰。当今猪肉涨得特别贵，但内脏却无人问津，说它胆固醇高。我向相熟的肉贩买了一堆也不要几个钱。请他们为我把腰子内部片得干干净净。猪肝又选最新鲜、颜色浅红的才卖给我,拿回家后用牛奶浸猪肝,再白灼,实在美味。

至于猪腰,记起小时家母常做的方法,沸一锅盐水,放大量姜丝,把猪腰整个放进去煮,这么一来煮过火也不要紧,等猪腰冷却捞出来切片吃,绝对没有异味,也可当小吃。

当今菜市场中也有切好的菜脯,有的切丝,有的切粒,浸一浸水避免过咸,之后就可以拿来和鸡蛋煎菜脯蛋了,简简单单的一道菜,很能打开胃口。

天气开始转冷,是吃菜心的好时节,市场中有多种菜心出现,有一种叫迟菜心的,又软又甜,大大棵样子不十分好看,但是菜心中的绝品。另一种红菜心的梗呈紫色,加了蒜蓉去炒,菜汁也带红,吃了以为加了糖那么甜,但这种菜心一炒过头都软绵绵的,色味尽失,杂炒两下子出锅即可。

大大棵的芥蓝也跟着出现,我的做法是用大量的蒜头把排骨炒一炒,入锅后加水,再放一汤匙的普宁豆酱,其他调味品一概无用,最后放芥蓝进去煮一煮就可上菜,不必煮太久,总之菜要做得拿手全靠经验,也不知道说了多少次,不是高科技,失败两三回一定成功。

接着就是面条了,虽然很多人说吃太多不好,但这阵子我才不管,尽量吃。我的一个朋友姓管名家,他做的干面条一流,煮过火也不烂,普通干面煮三四分钟就非常好吃,当然下猪油更香。最近他又研发了龙须面,细得不能再细,水一沸,下一把,从一数到十就可以起锅,吃了会上瘾。

白饭也不能少,当今是吃新米的季节,什么米都好,一老了就失去香味。米一定要吃新的,越新越好,贵价的日本米一过期,不如去吃便宜的泰国米。

当然，要是淋上猪油，再下点上等酱油，什么菜都不必，已是满足餐了。
　　别怕，医学上已证明猪油比什么植物油更有益，尽管吃好了，很满足的。

顶汤、上汤，不如自己熬的家常汤

你喝些什么汤？记者问。

最好喝的当然不是什么鱼翅鲍鱼之类，而是家常的美味。每天煲的汤，当然是最容易买到的当造（当季）食材。

今天喝些什么呢？想不到，往九龙城菜市场走一趟，即刻能决定。

看到肥肥胖胖的莲藕，就想到章鱼莲藕猪骨汤了，回到家里，拿出从韩国买回来的巨大八爪鱼干来，洗个干净，用剪刀分为几块，放进陶煲内。排骨选尾龙骨那一大块，肉虽少，但骨头最出味，极甜。另外把莲藕切得大大块地投入，煲个两三个钟头，煲出来的汤是粉红色，就是上海人倪匡兄最初见到，形容不出，把它叫为"暧昧"的颜色。他试过一口即爱上，佩服广东人怎么想得出来。

当今天气炎热，蔬菜不甜又老，最好还是吃瓜，而瓜类之中，我最爱的还是苦瓜。用小排骨，即肉排最下面那几条，斩成小件，加大量黄豆，苦瓜切成大片，最后加进去才不会太烂，这口汤，也是甜得要命，又带苦味来变化，的确百喝不厌。

至于要煲多久，全凭经验，有心人失败过几次就能掌握。一直喊不会煲汤的人，是懒人。

虽说天热蔬菜不佳，但也有例外，像空心菜，也叫蕹菜，就愈热愈美。买一大把回来，先把江鱼仔——就是鳀鱼干，到处能买到，但在槟城（马来西亚的城市）买到的最鲜甜。去掉中间的那条骨，分为两瓣那种，滚它两滚，味出，即下蕹菜和大量蒜头，煮出来的汤也异常美味。

老火汤太浓，不宜天天喝，要煮这种简易的清汤来中和一下。

清爽一点的还有鲩鱼片芫荽汤，鲩鱼每个街市都有，买肚腩那块，去掉大骨，切成薄片，先把大量芫荽放进去滚，汤一滚，投入鲩鱼片，即收火，这时的汤是碧绿色，又漂亮又鲜甜。

我喜欢的汤，是好喝之余，汤渣还能吃个半天的，像红萝卜煲粟米汤，粟米要买最甜的那种，请小贩们介绍好了，自己分辨不出的。如果要有疗效，那么放大量的粟米须好了，可清肺。下排骨煲个一小时，喝完捞出粟米，蘸点酱油来啃，可当点心。

说到萝卜，青红萝卜煲牛腱，最好是五花腱，再下几粒大蜜枣，一定好喝。从前方太还教了我一招，那就是切几片四川榨菜进去，味道变为复杂，口感爽脆。牛腱捞出切片，淋上些蚝油，又是一道好菜。

花生煲猪尾也好喝，大量大粒的生花生下锅，和猪尾煲个一两小时，汤又浓又甜。我发现正餐之间，肚子饿起来，最好别乱吃东西，否则影响胃口，这时吃几小碗花生好了。猪尾只吃一两小段，其实当今的猪，尾巴都短，要多吃也吃不到。

猪尾猪手，毛一定要刮干净，除了用火枪烧之，另外就是用剃刀仔细刮个干干净净，不然吃到皮上的硬毛，心中也会发毛。有时怎么清洁都剩下一些，是最讨厌的事。我曾经一而再，再而三地问那些猪脚专卖店如何去毛，他们也说除了上述做法，也没有其他办法。

说到猪脚，北方人多数不介意前蹄或后脚，广东人叫前蹄为猪手，后踭为猪脚，就容易分辨。总之，肉多的是脚，骨头和筋多的，就是手了。

当今的南洋肉骨茶也开始流行起来，到肉贩处买排骨时，吩咐要肉少的首条排骨（肉太多了一吃就饱），再去超级市场买肉骨茶汤包，放进去煲它两小时就能上桌。别忘记下蒜头，下一整颗，用汽水盖刮去尾部的细沙就可投入。喝时会发现蒜头比肉美味。如果要求高些，当然要买最正宗最好喝的新加坡"黄亚细"汤包，虽然比一般的价高，但是值得的。煲时除了排骨，可下粉肠及猪肝，猪腰则到最后上汤时灼一灼即可。

在家难于处理的是杏仁白肺汤，可给多点钱请肉贩为你洗个干净，加入猪骨和杏仁进去煲，煲至一半，另取一撮杏仁用打磨机磨碎再加上，这么一来杏仁味才够浓。

要汤味浓也只有用这方法，像煲西洋菜陈皮汤，四五个人喝的分量，最少要用上五斤的西洋菜，一半一早就煲，另一半打碎了再煲。肉最好是用带肥的五花腩，煲出来的油都被西洋菜吸去，不怕太腻。总之要料足，煲出一大堆汤渣来也可当菜吃。

另一种一般家庭已经少煲的汤是生熟地汤，用大量猪肉猪骨，煲出黑漆漆的汤来，北方人一见就怕，我们笑嘻嘻地喝个不停，对身体又好。

跳出框框来个汤最好，当今的冬瓜盅喝惯了已不觉有何特别，最近在顺德喝的，不是把冬瓜直放，切开四分之一的口来做，而是把冬瓜摆横，开三分之一的口，瓜口不放夜香花，而以姜花来代替，里面的料是一样的，但拿出来时扮相惊人，当然觉得更是好喝了。

不过我喝过的最佳冬瓜盅，是和家父合作的，他老人家在瓜上用毛笔题首禅诗，我用刻图章的刀来雕出图案，当今已成"绝响"。

用夜香花做大菜糕，看了舍不得吃

童年，南方的孩子都吃过大菜糕，有些是混了颜色果汁的，有些只打一颗鸡蛋，煮得变成云状的固体，是我们的回忆。

现在想起，都会跑到九龙城衙前塱道友人开的"义香豆腐"买，本来很方便，但对方坚持不收钱，去多了我也不好意思，只好自己做。

最容易不过了，市面上卖着各种大菜糕粉，煮熟了不放冰箱也会凝固，亲自做起来，总觉得比店里美味，但不动手又不知其难，以前买了大菜糕粉，泡了滚水，就以为会结冻，但永远是水汪汪不成形，原来大菜糕粉没有完全溶解，失败了。

又不是火箭工程，我当今做的大菜糕相当美味，样子又漂亮，其实只是多做了几次，多失败几次罢了。

先买原材料，从前的杂货铺都卖"一丝丝"，比粉丝更粗的大菜丝，煮开了即成，现在大家不自己做，杂货店也不卖了。

到处去找，也必须正名。香港人以粤语叫成大菜，台湾地区受福建影响，叫成菜燕（吃起来有穷人燕窝的感觉）。传到南洋，也叫菜燕，有时又倒过来叫成燕菜，总之惯用了就是。

制成品日本则叫寒天，原料叫天草，做成一寸见方的长条，近年则多以粉末来出售。本来洋人不会用，近年也开始入馔了，叫的是印度尼西亚文agar-agar，当今这名词已成为国际性的叫法了，去到外国食品店，用这个名字不会错。

agar-agar粉很容易在印度尼西亚杂货铺找到，去到泰国杂货铺，也卖"博信行两合公司"的特级菜燕，但没有外文说明，怎么做只靠经验。

除了香港的蛋花大菜糕之外，最常做的是泰国的椰浆大菜糕，上面是白色的一层，下面是绿色的，以为做起来麻烦，原来非常容易。

买一包印度尼西亚"燕球"商标——画着一个地球和一只燕子——的燕菜，再把不到一升的水煮滚，下一整包燕菜精，必须耐心地等到全部溶解才能成功。

沸时顺便煮香兰叶，水会变绿色，要是买不到新鲜的香兰，只有下香兰精了。

这时就可以下椰浆，新鲜的难找，买现成的纸包装或最小罐的罐头椰浆倒入，顺便加糖搅拌，糖要加多少随你，怕胖少一点。

必须注意的是椰浆不能煮滚，一滚椰油就跑出来，有股难闻的油味，忌之忌之。

这时就可以放入冰箱冷却。很奇怪地，椰浆和大菜的分子不同，就会浮在表面，也不会因为混了香兰汁而变绿。上下分明，大功告成。你试试看吧，这是最容易做又难失败的做法，连这种工夫也不肯花的话，到店里买好了。

但是一旦成功你就会发现一个天地，可进一步做芒果奶冻和红豆大菜糕。原理是一样的，书上说的多少大菜糕粉和多少份红豆，都是多余的，全靠经验。有时过软，有时太硬，做了几次就掌握，总之是熟能生巧。

比例试对，硬度掌握之后，食谱就千变万化了，别以为只有吃甜的，咸的大菜糕也十分美味。

咸的食谱，一般用的是啫喱粉，即由猪皮或牛骨提炼出来的，属于荤菜，大菜用海藻提炼，属于素的，这点要分清楚，别让拜佛人吃了罪过。

咸的大菜糕混入肉汁，牛的鱼的都行，凝固后切成小方块，加在鱼或肉上面，增添口感。

也可以添入鸡尾酒中，像把香槟酒倒入切成小方块的茉莉花大菜糕中，这是何种高雅！

加水果更是没有问题，榴莲大菜糕你吃过没有？我最近就常做，买一个猫山王，吃剩了几颗，取出榴莲肉，混了忌廉[1]做大菜糕，香到极点。

至于用花，最普通的是桂花糕了，到南货店去买一瓶糖渍桂花，加上大菜糕，放进一个花形的模子里面，做成后上面再放几颗用糖熬过的枸杞子。

越做越疯狂，有时我把几种不同的冻分几层，最硬的香兰大菜糕放在最下面，上面一层樱桃啫喱，另一层用什么都不加的爱玉，这是台湾的一种特产，带有香味，可以买粉末状的来做，最好是由爱玉种子水浸后手磨出来，它最软，可以放在最上层，最后加添雪糕。

当今夏天，盛产夜香花，本来是放在冬瓜盅上面吃的东西，也可以用糖水焯它一焯，待大菜未凝固之前把一朵朵的夜香花倒头插入，最后翻过来扣在碟子上，这时夜香花像星星般怒放，看了舍不得吃。

1　忌廉：奶油，由英语的 cream 以粤语发音演变而来。

冰箱冰箱，就要放满才好

冰箱，又叫雪柜，里头应该放些什么呢？今天就和大家研究这个话题。

好些独居的人，冰箱空溜溜，打开一看，一些过期的化妆品，两三只鸡蛋，一些发了霉的酱料，一个长出芽的洋葱，真是不会珍惜自己。

我的冰箱是常满的，逛超级市场时忍不住买了一大堆，到菜市场又有新鲜的蔬果向你发笑，总是买不完的东西，放在冰箱里，等到食物标签上指定的保鲜期过了，一堆堆丢弃，觉得罪过，所以自己制订了一套原则，遵守了才不会浪费。

日常饮食缺少不了蔬菜，但只能摆两三天的，可放在一个特别的格中。这一格，要习惯性地翻看，买时不要太多，吃完再买，东西就不容易腐烂。出门前，记得吃个干净，不然送人。

但这也有毛病，会发现想吃时什么都没有了，所以一定要在冰箱中贮藏些耐放的，像包心菜之类，永远可以信手拈来。

最喜欢贮藏的是长葱，日本人叫根深葱，南方人称为北葱的蔬菜。吃时极容易处理，只要切去根部，头上绿色的也可丢弃，取中间那段，用刀尖轻轻地一划，吃即食面时，什么蔬菜都不必加，抓一把切细的长葱，等面煮好了撒在上面，也不用再煮，生葱嘛，就是生吃最佳，也不会太辣。

要做汤吗？水滚了打两个鸡蛋进去，再加一把切丝的长葱，下几滴鱼露，或者撒一把天津冬菜。可以接受味精的话，加一点；不然，放点鸡粉骗骗自己那不是味精。再者，放点糖吧。冰箱里，长葱绝不可少，用处太多了。另一个做法是拿出冰箱中的一包不会腐烂的墨西哥粟米煎饼，把葱切了包起来，煎一煎，就是一顿很丰富的早餐了。

冰格中一定要放些冰冻水饺、馄饨之类的食品，随时可以煮来吃。或者，放些排骨，解冻后做什么菜都容易处理，也可以放块猪颈肉，随时烹调。

许多酱料，一开盖后就要放进冰箱，最好是放在显眼处，不然也很容易忘记。来一瓶秃黄油最佳，煮意大利细面或粗面条，依包装纸上的指示，细的煮三分钟，粗的八分钟，煮后捞起，在碗底或碟底放初榨的橄榄油，上面再来几匙秃黄油，拌起来吃，连意大利人都赞好。不吃荤的话，买一罐黑松露酱，拌后极为可口。

有时实在太懒，什么都不想做的话，那么冰箱中放几种芝士好了。去超级市场，向芝士贩卖部的职员请教，选购你喜欢的芝士，打开冰箱，就那么拿来充饥，也是很愉快的事。什么芝士都不想选的话，买意大利的庞马山硬块芝士（帕尔马森奶酪）好了，那是又香又浓，人人都接受得了的芝士，是最好的入门。

冰箱门扉那个部分，可放高瓶子，里面放瓶蚝油好了，买日本的，味浓又安全，白灼蔬菜之后倒些上去。不爱蚝油可下中国台湾的酱油膏。格中放些浓缩果汁饮品，印尼人做的百香果汁最美味。如果想喝酒的话，把伏特加放在冰格中，只有酒精浓度那么高的，才不会冻得破裂，千万别放啤酒和红酒。

水果格中，苹果是最不容易变坏的，它一年一造（熟或结果），每种苹果都能放一年。水晶梨也不错，切丝来拌咸的料理，不必加味精，其他的要尽早吃掉。

南货店中有些耐放的食物，像鸭肾，用保鲜纸包着，随时可以切片下酒。买些海蜇头吧，装进塑胶盒中，拿出来，用矿泉水或蒸馏水冲干净，捏少许盐，加点糖，倒入意大利陈醋，又是一道下酒菜。

顺手买块金华火腿吧，煮汤时一放，味道即刻变佳。不然浸在糖水中，拿出来蒸后切片，美味得很。愿意花工夫的话，煲个火腿鸡汤也好。

另加一块咸肉，用扁尖、鲜笋、百叶结等，别忘记下块鲜猪肉，就可以煲一锅腌笃鲜，学内地人说，真是鲜得连眉毛也掉了。

家里另有别人的话，千万别让她或他放什么干货或药材进冰箱里面。干货嘛，本来就不必冷藏的；药材放进冰箱，一放就很快地放满，草药应该是晒干的，中药店的货也不见得要放冰箱。

东西吃不完，要舍得送人，送朋友不好意思，那就送大厦管理员，总有人会喜欢。做人的毛病就是什么都不丢，什么都不送人，结果冰箱又放满了，只有再买一个，有些朋友家里还有第三个冰箱。

冰箱再多，也多不过倪匡兄，他旧金山的家很大，冰箱最少有七个，有些是专门用来放冻肉的，三尺乘六尺那么大。说到底，在外国要出一次门购物不容易，倪太抗议："也用不着买那么多个大冰箱呀！"

我们的倪先生百无禁忌，笑着说："也有用的，走时躺进去就是。"

请用一生去追求一个完美的蛋

我这一生之中，最爱吃的，除了豆芽之外，就是蛋了。我一直在追求一个完美的蛋。

但是，我却怕蛋黄。这有原因，小时生日，妈妈焓熟了一个鸡蛋，用红纸浸了水把外壳染红，是祝贺的传统。当年有一个蛋吃，已是最高享受。我吃了蛋白，刚要吃蛋黄时，警报响起，日本人来轰炸，双亲急着拉我去防空壕，我不舍得丢下那颗蛋黄，一手抓来吞进喉咙，噎住了，差点噎死，所以长大后看到蛋黄，怕怕。

只要不见原形便不要紧，打烂的蛋黄，我一点也不介意，照食之，像炒蛋。说到炒蛋，我们蔡家的做法如下：

用一个大铁锅，下油，等到油热得生烟，就把发好的蛋液倒进去。事前打蛋时已加了胡椒粉，在炒的时候已没有时间撒了。鸡蛋一下油锅，即搅之，滴几滴鱼露，就要把整个锅提高，离开火焰，不然即老。不必怕蛋还未炒熟，因为铁锅的余热会完成这件工作，这时炒熟的蛋，香味喷出，不必放其他配料。

蔡家蛋粥也不赖，先滚了水，撒下一把洗净的虾米熬个汤底，然后将一碗冷饭放下去煮，这时加配料，如鱼片、培根片、猪肉片。猪颈肉丝代之亦可，或者冰箱里有什么是什么。将芥蓝切丝，丢入粥中，最后加三个蛋，搅成糊状，即成。上桌前滴鱼露、撒胡椒、添天津冬菜，最后加炸香的干红葱片或干蒜蓉。

有时煎一个简单的荷包蛋，也见功力。和成龙一块儿在西班牙拍戏时，他说他会煎蛋。下油之后，即刻放蛋，马上知道他做的一定不好吃。油未热就下蛋，蛋白一定又硬又老。

煎荷包蛋，功夫愈细愈好。泰国街边小贩用炭炉慢慢煎，煎得蛋白四周发着带焦的小泡，最香了。生活节奏快的都市，都做不到。香港有家叫"三元楼"的，自己农场养鸡生蛋，专选双仁的大蛋来煎，也没很特别。

成龙的父亲做的茶叶蛋是一流的，他一煮一大锅，至少有四十颗，才够我们一群饿鬼吃。茶叶、香料都下得足，酒是用X.O白兰地，以本伤人。我学了他那一套，到非洲拍饮食电视节目时，当场表演，用的是巨大的鸵鸟蛋，敲碎的蛋壳造成的花纹，像一个花瓶。

到国外旅行，酒店的早餐也少不了蛋，但是多数是无味的。饲养鸡，本来一天生一个蛋，但急功近利，把鸡也给骗了。开了灯当白天，关了当晚上，六小时各一次，一天当两天，让鸡生二次蛋。你说怎会好吃？不管是他们的炒蛋还是奄姆烈（煎蛋卷），味道都淡得不行。解决办法，唯有自备一小包酱油，吃外卖寿司配上的那一种，滴上几滴，尚能入喉。更好的，是带一瓶小瓶的生抽，台湾制造的民生牌壶底油精为上选，它带甜味，任何劣等鸡蛋都能变成绝顶美食。

走地鸡的新鲜鸡蛋已罕见，小时听到鸡咯咯一叫，妈妈就把蛋拾起来送到我手中，摸起来还是温暖的，敲一个小洞吸食之。现在想起，那股味道有点恐怖，当年怎么吃得那么津津有味？因为穷吧。穷也有穷的乐趣。热腾腾的白饭，淋上猪油，打一个生鸡蛋，也是绝品，但当今生鸡蛋不知有没有细菌，看日本人早餐时还是用这种吃法，有点心寒。

鹌鹑蛋虽说胆固醇高，也好吃，香港陆羽茶楼做的点心鹌鹑蛋烧卖，很美味。鸽子蛋煮熟之后蛋白呈半透明，味道也特别好。

由鸭蛋变化出来的咸蛋，要吃就吃蛋黄流出油的那种。我虽然不喜蛋黄，但咸蛋的能接受。放进月饼里，又甜又咸，很难顶，留给别人吃吧。

至于皮蛋，则非溏心不可。香港"镛记"的皮蛋，个个溏心，配上甜酸姜片，一流也。

上海人吃熏蛋，蛋白硬，蛋黄还是流质。我不太爱吃，只取蛋白时，蛋黄黏住，感觉不好。

台湾人的铁蛋，让年轻人去吃，我咬不动。不过他们做的卤蛋简直是绝了。吃卤肉饭、担仔面时没有那半边卤蛋，逊色得多。

鱼翅不稀奇，桂花翅倒是百食不厌，无它，有鸡蛋嘛。炒桂花翅却不如吃假翅的粉丝。

蔡家桂花翅的秘方是把豆芽浸在盐水里，要浸个半小时以上。下猪油，炒豆芽，兜两下，只有五成熟就要离锅。这时把拆好的螃蟹肉、发过的江瑶柱和粉丝炒一炒，打鸡蛋进去，蘸酒、鱼露，再倒入芽菜，即上桌，又是一道好菜，但并非完美。

去南部里昂，找到法国当代著名的厨师保罗·鲍古斯，要他表演烧菜拍电视。他已七老八十，久未下厨，向我说："看在老友分上，今天破例。好吧，你要我煮什么？"

"替我弄一个完美的蛋。"我说。

保罗抓抓头皮："从来没有人这么要求过我。"

说完，他在架子上拿了一个平底的瓷碟，不大，放咖啡杯的那种。滴上几滴橄榄油，用一支铁夹子夹着碟，放在火炉上烤，等油热了才下蛋，这一点中西一样。打开蛋壳，分蛋黄和蛋白，蛋黄先下入碟中，略熟，再下蛋白。撒点盐，撒点西洋芫荽碎，把碟子从火炉中拿开，即成。

　　保罗解释："蛋黄难熟，蛋白易熟，看熟到什么程度，就可以离火了。鸡蛋生熟的喜好，世界上每一个人都不同，只有用这个方法，才能弄出你心目中最完美的蛋。"

二、就爱吃碳水

一碗美好的白饭，才是一餐的终结

吃西餐时，好的食肆，面包一定是自家炉烤出来的，热烘烘地上桌，飘出香味，让客人罢不了手。

我们的米饭，虽然餐厅自炊，但从来不去注意品质，以为这是填肚子的东西，不足为道。这是两种文化的不同，为什么有那么大的差异？只能说中国人的菜肴太过美味，已经吃饱了，再也不必去管米饭的好坏。

其实一碗美好的白饭，才是一餐的终结，这是优良的传统，但很多人不去研究。

也有日本人承继古风，菜归菜，饭归饭，前者只是用来送酒，到最后来碗饭，加两片渍成黄色的萝卜片和一碗面豉汤，就此而已，绝对不能花巧，让人欣赏米的香味，叫为"食事"。

在家里吃，对东方人来说，有什么好过那碗热腾腾的饭呢？昔时淋上猪油和酱油，更是天下美味。经过暴发户心态的鲍参肚翅之后，也许我们会回归纯朴，来一碗饭吧？

我觉得重新认识米饭的年代已经来到，人们会愈来愈对米饭的品质有所要求，寻求怎么样的米，炊出一碗完美的饭了。

有些人认为最好吃的米，应该是来自日本，尤其是新潟的越光米。其实，就算你在高级百货市场买到了一包，用国内产的炊饭机煮出来，也不一定好吃。日本米，就得用日产炊饭机，道理就那么简单。

先用水浸个二十分钟，然后依照说明书的时间和温度去煮，出来的白饭香喷喷、胖嘟嘟，圆圆润润发出亮光，像每一颗饭都站了起来，那才是一碗白饭。

日本米也分新米和旧米，一般秋天收割的最佳，储藏了一年的旧米，香味尽失，购买时得看生产日期。夏天时，换中国台湾的蓬莱米，它是日本种植出来，一年两熟，可吃到新米。不然，一年不分四季的泰国香米，也好。

一个人吃，煮那么一大锅也不是办法，可在卖日本食器的商店买一个小巧的铁饭锅。白米浸个一两小时，加少许水，就那么煮起饭来。小铁锅下面有个架子，架子下面点一块酒精制的蜡。蜡燃烧完毕，再焖个十分钟，一人一碗的白饭即成。要求变化，在饭煮得半熟时，加上菇类、栗子、海鲜或肉，再淋点酱油，也是简单又美好的一餐了。

简易的吃法，是在白饭中间挖一个洞，把小白饭鱼干和葱碎填进去，再盖上饭，焖个五分钟，亦美味。来块咸鱼更佳，腐乳也好，一餐很容易解决，只要白饭是香的。

人家吃蒸鱼，我则爱用鱼汁来捞饭，有东坡肉时，将咸咸甜甜的肉汁淋上，不求山珍海味。

这时，白饭已不是饭，有了鱼汁肉汁，已成佳肴。把饭当菜好了，白饭原来也可以送酒的。

现代人吃饭已愈吃愈少，大家有个错误的观念，以为白饭令人发胖，尤其是女士们，更不敢去碰，但她们遇到面包，照吃不误，牛油更不忌，搽完又搽。

在这里我们得还白饭一个清白，它是一种纯天然、无害的食品。当然，狂吞又是另外一回事，不管吃什么，过量总是不好。

白饭的吃法，千变万化，炒饭是最基本的，印度人的Biryani，是把鸡肉或羊肉用米炒过之后，放进一陶钵，用面包团封住，再去焗熟，让肉汁浸入饭中。

意大利人也吃饭，别以为他们总是用牛油和芝士把饭炒得一塌糊涂，在威尼斯附近的产米区，是把饭塞在鲤鱼肚中蒸出来的。

马来人用香兰叶子撕成长条，编织后结结实实地包着饭，切开来配沙嗲吃，也是一种很深的文化，这和福州人用草绳套来蒸饭，有异曲同工之趣。

西班牙人的Paella已是他们的国食之一，是用生米加汤炒熟的，喜欢吃得生硬，并非东方人能欣赏，他们放肉放海鲜，做得好，又吃得惯的话，是百食不厌的。

葡萄牙人把白饭塞在乳猪当中，或加进猪头肉、香肠和内脏之中，加饭煮成一大锅的大白焓，亦佳。

摩洛哥人用葡萄干、米饭和香炸童子鸡，以一个万用的"搭紧"（塔吉锅）封住，放入大烤炉之中焖出来的饭，是有代表性的。

海南鸡饭、法国油鸭饭、新疆的羊肉手抓饭、广东人的腊味饭，还有虾酱肥腩四川榨菜煲仔饭，都是一谈到就引人垂涎的美食。

米饭还可以当甜点，泰国的芒果糯米饭为代表。

我一生吃过不少种的米饭，若选最佳品种，还是日本山形县有一种叫"艳姬"（Tsuya Hime）的，中国台湾东部的蓬莱米亦不错，泰国香米常吃，印度的巴斯玛蒂米（Basmati）煮起来粗度不变，但长度愈煮愈长，有趣罢了，没什么香味。

至于最美的，倒是中国东北的五常米，这是米的原形吧，种子传到日本去。从前没人留意，是品质不佳之故，当今有心人用回古法种植，做成"天地道"牌子出售，这是天下特别好的白米之一。

蛋炒饭，最简单也最复杂的料理

有身份不必自炊的人，对厨艺一点兴趣也没有的人，请不必看下去。这篇东西读了无益。

通常自己弄几味菜，要是不会炒炒饭的话，真应该打屁股。

蛋炒饭，是烹调之中最基本的一道菜，但是要炒一碟能称上好吃的，最难。

什么叫作好吃或不好吃呢？看一眼即知。

先把蛋煎熟了，再混入饭中的，已经不及格，因为把这两种东西一分开，就不够香了。

蛋炒饭的最高境界在于炒得蛋包住米粒，呈金黄，才能叫得上是蛋炒饭。要达到这个效果，先得下油，待热得冒烟，倒入隔夜饭，炒至米粒在锅中跳跃，才打蛋进去。

蛋不能事先发好，要整个下，再以锅铲搞之，就能达到蛋包饭的效果，给蛋白包住的呈银，蛋黄呈金。两者混杂，煞是好看。

至于用什么米来炊呢？蓬莱米和日本米虽然肥肥胖胖，但黏性极强，不是上选，普通米最佳，泰国香米是我最喜欢用的材料。

配料应该是雪柜里有什么就用什么了，不必苛求。爆香小红葱，广东人叫干葱的，已很不错，用洋葱来代替也行，不过要切粒，爆至微焦才甜。

基本上所有的配料都应切粒，只能大过米粒两三倍，才不喧宾夺主。加上一条切粒腊肠，炒饭即起变化，腊肠是炒饭的最佳拍档。

有点虾更好，冷冻的固佳，但新鲜游水虾白灼之后，切粒炒之是正途。绝对不能用养殖，养虾已不是虾，是发泡胶。

金华火腿切粒也是好配料，但先得蒸熟。随便一点，用西洋培根代替，爆脆后放在一边待用，没有这两种，也可用叉烧粒入饭。

日本中华料理炒饭，喜欢加荷兰豆，一粒粒圆圆绿绿的，扮相好，但味道差，蔬菜之中和炒饭配搭得最好的是芥蓝，将芥蓝梗切片，叶子切丝炒之。夏日季节中，用芥菜好了，芥菜任何时候吃都美味，蔬菜不甜的带点苦，更似人生。

豪华奢侈起来，可用螃蟹肉来代替鲜虾，蒸好螃蟹拆肉备用。蒸时在水中下点醋，熟了也不会酸，但拆肉就容易多了。当然，以大闸蟹的膏来炒，美味得很。

再追求下去，用云丹（海胆酱）来炒，更上一层楼，吃铁板烧的时候，最后大师傅一定来碟炒饭，这时请他来一盒海胆，嗖的一声铺在饭上，兜几下，即成。

调味方面，材料丰富的话撒点盐就是。但是单单的一味小红葱炒饭，就要借助鱼露了，鱼露带腥，可避寡，能有起死回生的作用。

喜欢蚝油和大量味精的师傅，最要不得。如果要用蚝油，就宁愿取虾膏了。虾膏分两种，干的一块块的和湿的瓶装，前者切成薄片后先用油爆，再以锅铲压碎，混入饭中。后者舀一两茶匙在炒饭上，虾膏永远惹味，可用它取巧。

上桌之前撒不撒胡椒？就要看你好不好此物，我下胡椒是在把蛋包住米粒的阶段中。

炒饭也不能死守一法。太单调，便失去乐趣。我虽然很反对所谓的融合料理（Fusion Food），但是求变化时，在炒饭的上碟阶段加入伊朗鱼子酱，也是一招。法国鹅肝酱则不好用，它太湿了，要煎过之后用锅铲切粒才行，而且得选最好的。不然吃起来总有一股异味，如果从此对鹅肝酱印象极差，以为都是难吃，那么人生又要少一种味道了。

以龙虾肉来代替海鲜也是一种想法，不能采用澳洲龙虾或波士顿的。南中国海的龙虾，肉质才不粗糙。

香菇浸水后切粒炒饭也是好吃，但如果把菌类派上用场，那么也有法国黑松露菌和意大利白菌可选择。

粤人有一道姜蓉炒饭。一般是把姜切成碎粒，油爆之。这种方法怎么爆也爆不出姜香来，姜蓉炒饭的秘诀在于把姜磨碎之后，包布挤出汁来，而姜汁弃之，只采姜渣，混入米饭中炒，才够香味。

昨日在菜市场看到新鲜的荷叶，要回来烧一姜蓉炒饭，置于荷叶之上。又逢黄油蟹当道，买了一只，用洗牙齿的Water Pik冲牙器把螃蟹腿上的弯折处喷个干净，再以清水喂一天，冲净肠胃，把螃蟹摆在姜蓉炒饭上，荷叶包裹，蒸三十分钟，取出，剪开，香味迫人来。

高贵的材料都属险招，偶尔使之以补厨艺的不精是可以接受的。一吃多了就腻，反效果的。

返回炒饭的精神：是种最简单的充饥烹调。

但是千万要记住的是用猪油来炒，其他什么粟米油、花生油、橄榄油，都不能烧出一碟好炒饭。爆完猪油后的猪油渣，已是炒饭的最佳配料。

"什么？用猪油，不怕胆固醇吗？"小朋友问。

任何东西偶一食之，总可放心。而且，大家都知道胆固醇有好的和坏的。

别人吃的，都是坏的；我们吃的，都是好的。

普普通通的炒饭,其实是最基本最好吃的东西

人类发现了米食之后,就学会炒饭了。炒饭应该是最普遍的一道菜,但不入名点之流,最不被人看重,其实是最基本最好吃的东西。

当中以扬州炒饭闻名于世,已有人抢着把这个名字注册下来,现在引用,不知道要不要付版权费?

什么叫扬州炒饭?找遍食谱,也没有规定的做法;像四川的担担面,每家人做出来的都不同。扬州炒饭基本上只是蛋炒饭,配料随便你怎么加。我到过扬州,也吃过他们的炒饭,绝对没有一吃就会大叫"啊!这是扬州炒饭呀!"的惊喜。

和炒面一样,炒饭最主要是用猪油,才够香。其他香味来自蛋,分两种:把蛋煎好,搞碎了混入饭中的;把蛋打在饭上,炒得蛋包住米粒的。

后者甚考功夫,先要把饭炒得很干,每一粒都会在锅上跳动时,才可打蛋进去。不断地翻炒,炒到一点蛋碎也看不见,全包在饭上,才算及格。

饭与面不同,较能吸味,所以炒时注重"干",而非炒面注重的"湿",面条不容易接受配料的汤汁,故要以高汤煨之,饭不必。

配料则是你想到什么是什么，冰箱中有什么用什么，最随意了。一般用的是猪肉、腊肠、鱿鱼、虾、叉烧等，都要切成粒状，吃起来才容易能和饭粒一块儿扒进口，样子也不会因为太大块而喧宾夺主。

蔬菜方面，豆芽、韭菜等都不适用，因为太长了，和饭粒不调和；很多人喜欢用已经煮熟的青豆，大小不会相差得太远。

其实大棵的蔬菜也可入馔，只要切成丝就是，生菜丝也常在炒饭中见到。较为特别的是用芥蓝，潮州人的蛋白芥蓝炒饭，一白一绿相映成趣，味道也配合得极佳。

用蛋白来炒，一般人认为胆固醇较低，瘦身者尤其喜爱。但是炒饭中的蛋，若无蛋黄，就没那么香了，这是永恒的道理，不容置疑。

广东的姜汁炒饭可以暖胃，大家都以为是把姜磨后，用挤出来的姜汁来炒，其实不然。只用姜汁，不够辛辣，要用姜渣才够味，这是粤菜老师傅教的。

如果食欲不振，那么炒饭要浓味才行，这时最好是下虾膏，有了虾膏刺激胃口，这一碟炒饭很难做得失败，只要注意别放太多，过咸就不容易救活了。

流浮山餐厅中的虾膏炒饭，用当地制的高质虾膏，再把活生生的海虾切块，一起炒之，单单这两味材料，就能做一碟非常出色的炒饭。

炒饭中加了咸鱼粒，也是一绝，但不可用太干太硬的马友鱼，鳕白也不行，它多骨。最好是又霉又软的梅香，注意将骨头完全去掉就是。

凡是吃米饭的国家，都有它们特色的炒饭，已经成为国际酒店中必有的名菜印尼炒饭（Nasi Goreng），做法是用鲜鱿、鱼肉和虾，加带甜的浓酱油炒出来，上桌之前煎一个蛋，铺在饭上，再来两串沙嗲，一小碟点沙嗲的酱放在碟边，就是印尼炒饭了。但是在印尼吃的完全不是这种做法，和中国人做的一样。

印度人则不太吃炒饭，和移民到南洋的印度人炒的面一样，加点红咖喱汁去炒。他们又常把饭用黄姜炒了，加点羊肉，再放进砂锅中去焗。焗多过炒，不在我炒饭范围内谈论。

韩国人虽也吃米食，但他们的饭食拌的居多，所谓的石锅锅饭，也是在各种蔬菜中加了辣椒酱拌出来的。唯一见到他们的炒饭，是在他们吃火锅之后，把剩下的料和汤倒出来，放泡菜进去，炒得极干，再放回料和汤汁去煨。这时打蛋进去，最后加葱、水芹菜和海苔兜几下，炒得有点饭焦，才叫正宗。

日本的中华料理店可以找到炒饭，但这一味中国菜，他们怎么学都做得不像样，可能是他们不会用隔夜饭，又因为日本米太肥太黏之故。反而是他们吃铁板烧时，最后将牛肥膏爆脆，再放饭和蛋去炒的，做得精彩。

到了西方，西班牙人做的海鲜饭也是焗，只有意大利的Risotto才像炒饭，他们用的多是长条的野米，先把牛油下锅，一边生炒野米一边下鸡汤，也下白餐酒，炒到熟为止，最后撒上大量的Parmesan芝士丝，大功告成。配料任加，有香肠、肉片、海鲜等，甚至于水果也能放进去炒它一炒。

这种炒法，在什么地方看过？原来是生炒糯米饭的时候。此门技术最高超，米由生的炒到熟，非历久的经验和力大的手腕不可。糯米又容易黐起来，一定要不断翻炒才行，用野米的话，就没那么辛苦。我想马可·波罗学回去的，就是生炒糯米饭了。

戏法人人会变。母亲一听到儿女肚子饿了，找出昨夜吃剩的冷饭，加点油入锅，炒一炒，打个鸡蛋下去，兜两下即成，看见孩子们吃得津津有味,老怀欢慰,就此而已。

  但是这个印象永留至今,如果问说天下炒饭,哪一种最好吃?那当然还是慈母做的了。

一碟精彩的炒面，让生活幸福起来

炒面名声，远不如它的哥哥炒饭。扬州炒饭已有人争着去注册，却没听过哪个地方大肆宣传自己的炒面好吃。

我们最熟悉的广东炒面，其实做得最不精彩，比不上云吞汤面。广东人的炒面，与其说炒，实际上是炸，用油把面团炸了，再炒一个什么肉丝或海鲜之类的菜，充满黐黏黏的芡，铺在面上，就叫炒面了。面与配料离了婚，二者无关联，并不美味。

早餐，广东人吃豉油皇炒面，没什么配料，下些豆芽而已，炒得干瘪瘪的，要用白粥来送，怎能称得上好吃？有点道理，还是他们的伊面，但伊面以焖取胜，不入煮炒之流。

在京菜和川菜中，只有听过炸酱面和担担面，都是捞拌或水煮，没有什么闻名的炒面。反而在上海出现了粗炒，菜名有一个"粗"字，是代表面条的大小，功夫很幼细，炒得非常之出色，尤其是在浓油赤酱传统上发挥了作用，当今以植物油炒之，光彩已黯然。

在中国那么多省份之中，福建的炒面算得是最精彩的了。福建炒面分两大类：白色和黑色的。前者用鲜鱿、猪肉丝和鸡蛋来炒，加生抽调味，面条炒得非常软熟，是下了高汤来煨。

福建炒面的特色在于懂得上盖,将配料的汤汁逼入面中,二者结合,炒出香甜的面来,是别的地方的人不懂得的烹调艺术。

至于黑色的炒面,着重于猪油和香浓的老抽,配料以猪肉为主,也下点海鲜,但有大量的猪油渣,咬到之后香喷喷,吃过一定上瘾。

面条用的不是一般在市场中能买到的黄颜色油面,而且切得较粗,有点起角的,需特别定做。油面黄色并非下了蛋,只是加上吃了无害的安全色素罢了。碱水成分倒是很多的,个性强烈,富有弹性,绝非北方不下碱水的白色无味、软绵绵的面条可比。

白色的炒面传到中国台湾,街头小食摊都能尝到这种传统的手艺,味道甚佳。黑色的炒面传到南洋,在吉隆坡发扬光大。到茨厂的"金莲记"去看师傅怎么炒,方法如下:

大锅,猪油下蒜蓉爆香。将面条入锅,一干即淋高汤,让面吸饱,另一厢,已经把大地鱼烤熟,磨成粉末,撒入面条中,一面炒一面撒,这个动作不间断。

把面条拨开,露出锅底,再下猪油。一出烟,即放配料进去,有猪肉、虾、鱼片、腊肠片等,当然少不了猪油渣,兜了一兜,材料半生熟时把面盖上,淋黑酱油,混在一起,才下韭菜、高丽菜和豆芽,这时上盖,约炆一两分钟。

等汤汁煨入面条中,打开盖,再翻炒数下,大功告成。一碟香喷喷的炒面上桌,百食不厌。炒得最拿手的还有从前联邦酒店对面那一个大排档,叫"流口水"的,可惜已不存在了。

当然,南洋还有用新鲜的血蚶来炒面的,但多数与河粉一起炒,已不完全算是炒面,方法在此不提了。

到南洋来的很多是福建人,所以炒面也成为当地食物文化重要的一部分,印尼人和马来人都叫面条为Mee,从发音上已知不是他们原有的。印尼的Mee Goreng炒得很出色，与他们的炒饭Nasi Goreng同样成为国际酒店中必有的一道菜。

去了印度，发觉他们并没炒面，但是移民到南洋来的印度人也爱上了炒面，有一套他们独特的做法：

面条炒熟后淋上红颜色的咖喱酱，配料则用由羊骨边削出的碎肉、番茄、马铃薯、豆芽等来炒，有时也加个鸡蛋，炒时用锅铲把面条切断，叮叮当当地发出声音，炒成的面味道不错，很特别。

制面的技术，传到了韩国，断掉了，他们的面不用面粉，而是马铃薯粉，非常韧硬。当为冷面吃，很流行，尤其是朝鲜，冷面做得好，但多数是汤面，没有炒的。

面传到了日本，用荞粉当原料，成为他们的荞面，面粉做的拉面，只是在近五十年内才流行起来。一般的中华料理店中也卖炒面，和广东人的一样，先炸过，再淋厚芡，一塌糊涂。如果你要吃福建式的炒面，那么一定得向侍者说是炒软面（Yawarakai Yaki Soba）。他们用大量的豆芽和高丽菜来炒，猪肉很少。吃时下一小匙黄色的芥末，面虽无甚味道，但芥末攻鼻，留下印象。

面条由马可·波罗带到欧洲，意粉流行起来，但也不炒，只是渌熟后拌肉酱罢了。西餐中从无炒面出现，唯一的例子，是看到意大利人炒，用的竟然不是一个锅。

把面渌个半生熟，另一厢，将一块大如砧板的芝士中间挖得凹进去，像一个锅，将热面兜炒，芝士熔化，混入面条中。这种炒面，的确有它巧妙之处。

我们在家里，汤面吃厌了，也可以自己炒它一炒，其实做法并不复杂，买点油面回来，家中吃剩了什么菜，都能当为配料来炒面。

秘诀在于把面条炒得有味道，我的方法是开一罐"史云生"鸡汤备用，面一炒干就下汤，或者打一两个生鸡蛋下去，让面条柔软。记得要勤快，不断翻炒，才不会结成一团。如果不习惯用锅铲，那么拿长筷子来炒好了。多练习几次，一碟香喷喷的炒面，就呈现在你眼前，不会失败的。

就算三百六十五天，天天吃面也不厌

南方人很少像我那么爱吃面吧？三百六十五日，天天食之，也不厌，名副其实的一个"面痴"。

面分多种，喜欢的程度有别，从顺序算来，我认为第一是广东又细又爽的云吞面条，第二是福建油面，第三是兰州拉面，第四是上海面，第五日本拉面，第六意大利面，第七韩国番薯面。而日本人最爱的荞麦面，我最讨厌。

一下子不能聊那么多种，集中精神谈吃法，最大的分为汤面和干面。两种来选，我还是喜欢后者。一向认为面条一浸在汤中，就逊色得多；干捞来吃，下点猪油和酱油，最原汁原味了。面渌熟了捞起来，加配料和不同的酱汁，搅匀之，就是拌面了，捞面和拌面，皆为我最喜欢的吃法。

广东的捞面，什么配料也没有，只有几条最基本的姜丝和葱丝，称为姜葱捞面，我最常吃。接下来豪华一点，有点叉烧片或叉烧丝，也喜欢。捞面变化诸多，以柱侯酱[1]的牛腩捞面、甜面酱和猪肉的京都炸酱面为代表，其他有猪手捞面、鱼蛋牛丸捞面、牛百叶捞面等，数之不清。

---

[1] 柱侯酱：佛山特产，用黄豆、盐、糖、芝麻、生抽等制成。创始人为清朝一位名为梁柱侯的厨师，他研究出此适合炆鸡、牛腩的酱汁，故名。

有些人吃捞面的时候，吩咐说要粗面，我反过来要叮咛，给我一碟细面。广东人做的细面是用面粉和鸡蛋搓捏，又加点碱水，制面者以一杆粗竹，在面团上轧了又轧，才够弹性，用的是阴力，和机器打出来的不同。

碱水有股味道，讨厌的人说成是尿味，但像我这种喜欢的，面不加碱水就觉得不好吃，所以爱吃广东云吞面的人，多数也会接受日本拉面的，两者都下了碱水。

北方人的凉面和拌面，基本上像捞面。虽然他们的面条不加碱水，缺乏弹性，又不加鸡蛋，本身无味，但经酱汁和配料调和，味道也不错。最普通的是麻酱凉面，面条渌熟后垫底，上面铺黄瓜丝、红萝卜丝、豆芽，再淋芝麻酱、酱油、醋、糖及麻油，最后还要撒上芝麻当点缀。把配料和面条拌了起来，夏天吃，的确美味。

日本人把这道凉面学了过去，面条用他们的拉面，配料略同，添多点西洋火腿丝和鸡蛋，加大量的醋和糖，酸味和甜味很重，吃时还要加黄色芥末调拌，我也喜欢。

初尝北方炸酱面，即刻爱上。当年是在韩国吃的，那里的华侨开的餐厅都卖炸酱面，叫了一碗就从厨房传来乒乒乓乓的拉面声，拉长渌后在面上下点洋葱和青瓜，以及大量的山东面酱，就此而已。当今物资丰富，其他地方的炸酱面加了海参角和肉碎、肉臊等，但都没有那种原始炸酱面好吃，此面也分热的和冷的，基本上是没汤的拌面。

四川的担担面我也中意，我在南洋长大，吃辣没问题，担担面应该是辣的，传到其他各地像把它阉了，缺少了强烈的辣，只下大量的花生酱，就没那么好吃。每一家人做的都不同，有汤的和没汤的，我认为干捞拌面的担担面才是正宗，不知说得对不对。

意大利的所谓意粉，那个"粉"字应该是面才对。他们的拌面煮得半生不熟，要有咬头才算合格。到了意大利当然要学他们那么吃，可是在家里做就别那么虐待自己，面条煮到你认为喜欢的软熟度便可。天使面最像广东细面，酱汁较易入味。

最好的是用一块大庞马山芝士，像餐厅厨房中的那块又圆又大又厚的砧板，中间的芝士被刨去作其他用途，凹了进去，把面渌好，放进芝士的凹槽中，乱捞乱拌，弄出来的面非常好吃。

至于韩国的冷面，分两种，一是浸在汤水之中，加冰块的番薯面，上面也铺了几片牛肉和青瓜，没什么味道，只有韩国人特别喜爱，他们还说朝鲜的冷面比韩国的更好吃。我喜欢的是他们的捞面，用辣椒酱来拌，也下很多花生酱，香香辣辣，刺激得很，吃过才知好，会上瘾的。

南洋人喜欢的，是黄颜色的粗油面，也有和香港云吞面一样的细面，但味道不同，自成一格。马来西亚人做的捞面下黑漆漆的酱油，本身非常美味，但近年来模仿香港面条，愈学愈糟糕，样子和味道都不像，反而难吃。

我不但喜欢吃面，连关于面食的书也买，几乎一本不漏，最近购入一本关于凉面、拌面的书，内容分中式风味、日式风味、韩式风味、意式风味和南洋风味。最后一部分，把南洋人做的凉拌海鲜面、椰汁咖喱鸡拌面、酸辣拌面、牛肉拌粿条等也写了进去，实在可笑。

天气热，各地都推出凉面，作者以为南洋人也吃，岂不知南洋虽热，但所有小吃都是热的，除了红豆冰之外，冷的东西是不去碰的。而气候冷的地方，像韩国，冷面也是冬天吃的，坐在热烘烘的炕上，全身滚热，来一碗凉面，吞进胃，听到哧溜的一声，好不舒服。但像我这种"面痴"，只要有面吃就行，哪管在冬天夏天呢。

做梦也在吃面,吃到耳朵里流出面条来

我已经不记得是什么时候,成为一个"面痴"。

只知从小妈妈叫我吃白饭,我总推三推四;遇到面,我抢,怕给哥哥姐姐们先扫光。

"一年三百六十五日,天天给你吃面好不好?"妈妈笑着问。

我很严肃地大力点头。

第一次出国,到了吉隆坡,联邦酒店对面的空地是的士站,专门有长程车到金马仑高原,三四个不认识的人可共乘一辆。到了深夜,我看到一摊小贩,店名叫"流口水",服务的士司机。

肚子饿了,吃那么一碟,美味之极,从此中面毒更深。

那是一种叫福建炒面的,只在吉隆坡才有,我长大后去福建,也没吃过同样味道的东西。首先,是面条,和一般的黄色油面不同,它比日本乌冬还要粗,切成四方形的长条。

下大量的猪油,一面炒一面撒大地鱼粉末和猪油渣,其香味可想而知,带甜,是淋了浓稠的黑酱油,像海南鸡饭的那种。

配料只有几小块的鱿鱼和肉片,炒至七成熟,撒一把椰菜豆芽和猪油渣进去,上锅盖,让料汁炆进面内,打开锅盖,再

翻兜几下，一碟黑漆漆、乌油油的福建炒面大功告成。

有了吉隆坡女友之后，去完再去，福建炒面吃完再吃，有一档开在银行后面，有一档在卫星市PJ，还有最著名的茨厂街"金莲记"。

最初接触到的云吞面我也喜欢，记得是"大世界游乐场"中由广州来的小贩档，档主、伙计都是一人包办。连工厂也包办。一早用竹升（竹竿）打面，下午用猪骨和大地鱼滚好汤，晚上卖面。宣传也由他负责，把竹竿压得笃笃作响。

汤和面都很正宗，只是叉烧不同。猪肉完全用瘦的，涂上麦芽糖，烧得只有红色，没有焦黑，因为不带肥，所以烧不出又红又黑的效果来。

从此一脉相传，南洋的叉烧面用的叉烧，都又枯又瘦。有些小贩手艺也学得不精，难吃得要命，但这种难吃的味道已成为乡愁，会专门找来吃。

南洋的云吞面已自成一格，我爱吃的是干捞，在空碟上下了黑醋、酱油、番茄酱、辣酱。面渌好，沥干水分，混在酱料中，上面铺几条南洋天气下长得不肥又不美的菜心，再有几片雪白带红的叉烧。另外奉送一小碗汤，汤中有几粒云吞，包得很小，皮多馅少。

致命的引诱，是下了大量的猪油渣，和那碟小酱油中的糖醋绿辣椒，有这两样东西，什么料也可以不加，就能连吃三碟，因为面的分量到底不多。

二十世纪六十年代到了日本，他们的经济尚未起飞，民生相当贫困。新宿西口的车站是用木头搭的，走出来，在桥下还有流莺，她们吃的宵夜，就是小贩档的拉面。

凑上去试一碗，那是什么面？硬邦邦的面条，那碗汤一点肉味也没有，全是酱油和水勾出来的，当然下很多的味精，但价钱便宜，是最佳选择。

当今大家吃的日本拉面，是数十年后经过精益求精的结果，才有什么猪骨汤、面豉汤底的出现，要是现在各位吃了最初的日本拉面，一定会吐出来。

即食面也是那个年代才发明的，但可以说和当今的产品同样美味，才会吃上瘾，或者说是被迫吃上瘾吧！那是当年最便宜最方便的食物，家里是一箱箱地买，一箱二十四包，年轻胃口大，一个月要吃五六箱。

什么？全吃即食面？一点也不错，薪水一发，就请客去，来访的友人都不知日本物价的贵，一餐往往要吃掉我的十分之八九的收入，剩下的，就是交通费和即食面了。

最原始的即食面，除了那包味精粉，还有用透明塑胶纸包着的两片竹笋干，比当今什么料都不加的豪华，记得也不必煮，泡滚水就行。

医生劝告，味精吃得太多对身体有害，也有三姑六婆传说即食面外有一层蜡，吃多了会积一团在肚子里面。在我看来，即食面是恩物，我吃了几十年，还是好好活着。

到韩国旅行，他们的面用杂粮制出，又硬又韧。人生第一次吃到一大汤碗的冷面，上面还浮着几块冰，侍者用剪刀剪断，才吞得进去。

但这种面也能吃上瘾，尤其是干捞，混了又辣又香又甜的酱料进去，百食不厌，至今还很喜欢，也制成了即食面，常买来吃。至于那种叫"辛"的即食汤面，我就远离，虽然能吃辣，但就不能喝辣汤，一喝喉咙就红肿，拼命咳起嗽来。

当今韩国当作国食的炸酱面，那是山东移民的专长，即叫即拉。走进餐馆，一叫面就会听到乒乒乓乓的拉面声，什么料也没有，只有一团黑漆漆的酱，加上几片洋葱，吃呀吃呀，变成韩国人最喜欢的东西,一出国,最想吃的就是这碗炸酱面,和香港人怀念云吞面一样。

说起来又记起一段小插曲,我们一群朋友,有一个画家,小学时摔断了一只胳臂,他是一个孤儿,爱上一个华侨的女儿,我们替他去向女友的父亲做媒,那家伙说他女儿要嫁的是一个会拉面的人,我们大怒,说你明明知道我们这个朋友是独臂的,还能拉什么面?说要打人,那个父亲逃之夭夭。

去到欧洲,才知道意大利人是那么爱吃面的,但不叫面,叫粉。

你是什么人,就吃什么东西;意大利人虽然吃面,但跟我们的完全不同,他们一开始就把面和米煮得半生不熟,就说那是最有"齿感"或"咬头"的,我一点也不赞成。

唯一能接受的是"天使的头发"(Capelli d'Angelo),它和云吞面异曲同工。后来,在意大利住久了,也能欣赏他们的粗面,所谓的意粉。

意粉要做得好吃不易,通常照纸上印的说明,再加一二分钟就能完美。意大利有一种地中海虾,头冷冻得变成黑色,肉看似有点发霉。但别小看这种虾,用几尾来拌意粉,是天下美味。其他的虾不行。用香港虾,即使活生生的,也没那种地中海海水味。谈起来抽象,但试过的人就知道我说些什么了。

撒上芝士粉的意粉,永远和面本身不融合在一起,芝士是芝士,粉是粉,但有种烹调法,是把像厨师砧板那么大的一块芝士,挖深了,成为一个鼎,把面渌熟后放进去捞拌,才是最好吃的意大利面。

到了南斯拉夫[1],找不到面食。后来住久了,才知道有种鸡

---

1 南斯拉夫:欧洲南部旧国名。

丝面，和牙签般细，也像牙签那么长，很容易煮熟。滚了汤，撒一把放进去，即成。因为没有云吞面吃，就当它是了，汤很少，面多，慰藉乡愁。

去了印度，找小时爱吃的印度炒面，它下很多番茄酱和酱油去炒，配料只有些椰菜、煮熟了的番薯块、豆卜和一丁点儿的羊肉，炒得面条完全断掉。是我喜欢的，但没有找到。原来我吃的那种印度炒面，是移民到南洋的印度人发明的。

在中国台湾生活的那几年，面吃得最多，当年还有福建遗风，炒的福建面很地道，用的当然是黄色的油面，下很多料，有猪肉片、鱿鱼、生蚝和鸡蛋。炒得半熟，下一大碗汤下去，上盖，炆熟为止，实在美味，吃得不亦乐乎。

本土人做的叫切仔面，所谓切，是渌的意思。切，也可以是真切，把猪肺、猪肝、烟熏墨鱼等切片，乱切一通，也叫"黑白切"，撒上姜丝，淋着浓稠的酱油膏当料，非常丰富，是我百吃不厌的。

他们做得最好的当然是"度小月"一派的担仔面，把面渌熟，再一小茶匙一小茶匙地把肉末酱浇上去，至今还保留这个传统，面摊一定摆着一缸肉酱，吃时来一粒贡丸或半个卤鸡蛋，面上也加了些豆芽和韭菜，最重要的是酥炸的红葱头，香港人叫干葱的，有此物，才香。

回到香港定居，也吃上海人做的面，不下鸡蛋，也没有碱水，不香，不弹牙。此种面我认为没味道，只是代替米饭来填肚而已，但上海友人绝不赞同，骂我不懂得欣赏，我当然不在乎。

上海面最好吃的是粗炒，浓油赤酱地炒将起来，下了大量的椰菜（包菜），肉很少，但我很喜欢吃，至于他们的煨面，煮得软绵绵，我没什么兴趣。

浇头，等于一小碟菜。来一大碗什么味道都没有的汤面，上面淋上菜肴，即成。我也不觉得有什么特别之处。最爱的是葱油拌面，把京葱切段，用油爆焦，就此拌面，什么料都不加，非常好吃。可惜当今到沪菜馆，一叫这种面，问说是不是下猪油，对方都摇头。葱油拌面，不用猪油，不如吃发泡胶。也有变通办法，那就是另叫一客红烧蹄髈，捞起猪油，用来拌面。

香港什么面都有，但泰国的干捞面 Ba Mee Haeng，就少见了，我再三提倡这种街边小吃，当今在九龙城也有几家人肯做，用猪油，焯好猪肉碎、猪肝和猪肉丸，撒炸干葱和大蒜蓉，下大量猪油渣，其他还有数不清的配料，面条反而是一小撮而已，也是我的至爱。

想吃面想得发疯时，可以自己做，每天早餐都吃不同的面，家务助理被我训练得都可以回老家开面店。

星期一做云吞面，星期二做客家人的茶油拌面，星期三做牛肉面，星期四做炸酱面，星期五做打卤面，星期六做南洋虾面，星期天做蔡家炒面。

蔡家炒面传承福建炒面的传统，用的是油面，先用猪油爆香大蒜，放面条进锅，乱炸一通，看到面太干，就下上汤煨之，再炒，看干了，打两三个鸡蛋，和面混在一块儿，这时下腊肠片、鱼饼和虾，再炒，等料熟，下浓稠的黑酱油及鱼露吊味，这时可放豆芽和韭菜，再乱炒，上锅盖，焖它一焖，熄火，即成。

做梦也在吃面。饱得再也撑不进肚，中国人说饱，拍拍肚子；日本人说饱，用手放在颈项；西班牙人吃饱，是双手指着耳朵，示意已经饱得从双耳流出来。

我做的梦，多数是流出面条来。

只有捞面，才能真正地吃出面条的香味、韧度和弹性来

我是个"面痴"，但是并不喜欢吃汤面，我的至爱，是干捞。

只有捞面，才能真正地吃出面条的香味、韧度和弹性来。一浸在汤中，就全失了。

代表捞面的，是虾子捞面。没有什么配料，把面条渌熟了，拌以浓酱油，撒上虾子，就那么简单。但猪油是不可以缺少的，你到老字号面店，老板都会说："没有猪油，吃什么捞面？"

经过猪油那么一拌，香味扑鼻，面条十分之润滑，口感极佳，当然可加其他配料，像叉烧、猪手、牛腩、炸酱、牛丸、鱼蛋等。

说到炸酱，正宗的山东炸酱面，也是捞面的一种，黑漆的面酱，加上肉丁、洋葱、青瓜，还有海参呢。百食不厌，由山东传到韩国，已成为韩国人的国食。

北京菜由鲁菜搬来，山东炸酱面到了北京，变为北京炸酱面，颜色已没那么黑，味道也逊色得多，不过已成为典型的小食之一。广东人吃过，又把它搬来，叫为"京都炸酱面"，这

时颜色变红，也加了大量的糖，吃起来又甜又咸，还带点酸，味道又是独特的。

广东的干捞，上面铺了几粒云吞，两三根菜心，并没叉烧。想吃可叫叉烧捞面，因为半肥瘦，肥的部分烧过之后发焦，看到黑色才好吃。

干捞面不只从广东传到香港，也去了南洋。这时的叉烧表面全红，是染色出来的，肉也全瘦，切片后只见红与白，没有黑色的烧焦部分。全瘦的叉烧，粤语说很"柴"，口感粗糙，并不柔软，但也有它独特的味道，吃久了会上瘾。

南洋干捞用的只是几片叉烧和几条菜心，天气热，种出来的蔬菜不甜且韧，但又有独特的口味。酱料之中有番茄酱、辣椒酱和带甜的浓黑酱油，当然也下猪油，还有点醋，拌了起来十分可口，尤其是在面中咬到的猪油渣。

汤是用小碗另上的，里面有几粒馅少、皮薄的云吞，用大量江鱼仔和猪骨煲出的汤，也不逊色于香港的。酱油碟中，有用醋浸出来的绿色辣椒片，又甜、又酸、又辣，很刺激。

但并非每一档南洋的干捞面都好吃，尤其在新加坡，猪油和猪油渣为了客人注重健康而消失。当今的面档又多数是内地新移民经营，原店主教了他们三天，就把档口顶出去，有其形而没其味了。

要吃正宗的南洋口味干捞面，还得跑去马来西亚，固执的老华侨小贩捍卫着他们的老本行，死守住猪油和猪油渣，每一档都有平均的水准。

泰国街边卖的，也是另一种捞面，只要向小贩说"Ba Mee Haeng"，就会给你一碟干捞。他们的面条碱水下得极重，一渌全锅汤就变黄色，熟后捞入碗中，下大量的配料：肉类、鱼饼、鱼丸、炸云吞、猪油渣、芫荽和葱，吃时从五味架上舀辣椒粉、醋、糖、鱼露和指天椒，酸甜苦辣俱全。

　　日本人卖拉面，也都是汤的。如果想吃干捞，有种叫TSUKEMEN，是把面煮熟后捞起，另上一小碗酱汁，给客人蘸着吃，并不特别。最像捞面的反而是夏天吃的凉面，配料有火腿丝、蛋丝、假蟹肉、青瓜丝等，面煮熟后经冰水过冷河，吃时下大量的黄色芥末拌之，又下带甜的酱料。天热时，也是非常对味的。

　　澳门的干捞很正常，但他们的面条不放碱水，并不弹牙，捞起来的面，味道全靠澳门特制的带甜黑酱油，所有面店都用，是"和昌酱园"生产的"天丁老抽"。如果想要一瓶回来自己捞，可去果栏街二十一号购买。

　　最好吃的面家叫"祥记"，凼仔"叠记"的咖喱面也不错，澳门的咖喱有独特的辣味，十分够呛，当然捞出来的面还是要淋上猪油的。

　　没有猪油，的确做不好捞面，其实上海人的葱油拌面也是捞面的一种，把长葱用猪油爆香后，剩下的油用来拌面。当今为了健康，上海馆子都不用猪油，葱油拌面完全失色了。如果还想有一点味道，就叫一个红烧元蹄，再来一碗干捞面，把碟的油隔出来拌之，聊胜于无。

　　一般，捞面只会采用新鲜面条来做，把晒干的面团发水后再渌，就没味道了，到车仔面档一吃就知。

　　要是买不到新鲜面，也千万别用市场中的干面团，买意大利人做的好了。不知为何，他们的面条或面团，制作技术高超，能还原得和新鲜面一模一样，意大利名厨，也不赞成吃新鲜面。

　　其实所谓意粉，也就是干捞面的一种，近来自己在家里做捞面，经常买中国台湾"统一"出的好劲道天禧面线，渌个两三分钟即成，和新鲜的差不了多少。

不然就是意大利Nosari牌的天使面团，或Tartnf Lange牌的面条，是全蛋面，口感及香味与新鲜的云吞面一样，也只需渌三四分钟。

碗中下橄榄油、黑松露酱，捞它一捞，再下"天丁老抽"，就是一份丰富的午餐。要豪华，就去上环街市旁边的"成隆行"买一罐"秃黄油"，用公蟹母蟹的膏，再以蟹壳熬成汁，猪油炒成。秃黄油加意大利老醋拌成的捞面，也是天下无双了。

自己在家包饺子，也有数不尽的生活乐趣

疫情时期，大家闲在家里发闷，我倒是东摸摸西摸摸，有许多事可做，其中消磨时间的方法之一，是包饺子。除了包饺子，还会包云吞、包葱油饼、包小笼包、包意大利小饺子等，数之不尽，玩之无穷。

一般应该从擀皮开始，我知道用粗棍子把皮的边缘压薄一半，合起来才是一张的厚度，煮完热度刚好，但我这个南蛮人粗暴，性子又急，不介意买现成的皮来包。

到菜市场的面摊去买，五块十块钱，就可以买到一叠，拿回家就可以开始制馅了，自己做有个好处，就是喜欢什么做什么，超市买来的冷冻品，永远不能满足自己的口味。

主要的食材是肉碎，去肉贩处买肥多于瘦的猪肉，包起来才又滑又香，加上切细的韭菜或葱，就可以开始包了。要求口感的变化，我会加入拍碎的马蹄、黑木耳丝，咬起来才脆脆的，甚为过瘾，若市面上找不到马蹄，可用莲藕代之，没那么甜而已，最后添大量的大蒜，拍扁后切碎即可。

调味通常有盐，没有信心的人可加味精，想骗自己则撒鸡粉，其实也是味精。我不知道为什么大家对它那么害怕？只不过是从海带中提炼出来的东西，不撒太多也应该不会口渴，但

我做菜心理上总是觉得太取巧，自己是不加的。我甚至连盐也不撒，打开一罐天津冬菜，即可混入肉中，也已够味。

各种食材要混得均匀，戴个塑胶透明手套搓捏，我觉得又不是打什么牛肉丸，不必摔了又摔，食材不烂糊，带点原形更佳。

怎么包呢？我年轻时在首尔旅行，首次吃水饺，那里的山东人教我，边缘涂些水，双手一捏，就是一只。当然褶边更美，如果再要求美观，网上有许多短片，教你五花八门的包法。

我嫌烦，包给亲友吃还可以多花工夫，自己吃随便一点，最快的还是买一个意大利的饺子夹，放入皮，加馅，就那么一夹，即成。

这是包饺子专用小工具，云吞的话还是手包方便，看到云吞面铺的师傅拿一根扁头的竹匙，一手拿皮，一手舀馅，就那么一捏，就是一颗，但自己永远学不会。

当然喜欢北方的荠菜羊肉饺，或学上海人包香椿，但我要有变化才过瘾，只是肉还是单调，最好加海鲜，通常我包的一定有些虾肉，也不必学老广说一定要用河虾，海虾也行，太大只的话，可拍扁碎之包馅。

如果在菜市场看到有海肠，也买来加入馅中，青岛人最喜欢用海肠为馅，还有海参、海蛎、海胆，什么海鲜都可以拿来包。我有时豪华一点，还用地中海红虾呢。

去日本，不常见水煮饺子，他们的所谓饺子，就是锅贴而已，用大量的包心菜，下大量的蒜头，他们的馅就那么简单，所以吃完饺子口气很重。

到拉面店去叫饺子，不够咸，但他们是不供应酱油的，一味是醋。说到这里，我是一个总不吃醋的人，所以在拉面店很少叫饺子，我最多吃点意大利陈醋，它带甜，还可以吃得下。

饺子传到意大利后，做法也变化无穷，最成功的是他们的小云吞（Tortellini），一只只像纽扣那么大，我们怎么做也不肯做得像他们那么小，味道也真不错，如果你爱吃芝士的话。包意大利饺的工夫花多了，但是卖价则是我们水饺的好几倍。

他们怎么包呢？先擀好一层皮，用支带齿的小轮切切之成方块，再把馅一点一点放在上面，卷成长条，再把左右一卷，蘸了水，贴起来，即成，样子与我们包的一模一样，意大利妈妈才肯下那么多工夫，经过三星级大厨一包，更让所谓的食家惊为天人，我认为是笨蛋，偶尔食之则可。

水饺、锅贴都应该是平民化的食物，没什么了不起，填满肚子就是，北方人还不经咬嚼，一下子吞入，吃个五十只面不改色。

拜赐超市，当今水饺已是一包包冷冻了卖，煮起来也方便，不必退冰，就那么直接抛进滚水中就是，用"三碗水煮法"：水沸，下一小碗冷水；再沸，下另一碗；三沸，下第三碗；第四次水滚时，水饺就熟了。

我们自己包，吃不完也可以把它放在冰格中，根据自己的食量包，云吞的话，我可以吃二十粒左右，水饺皮厚，我只能吞八只，每次八只分开包放进胶袋，丢入冰格中就是。

买了那个意大利饺子器之后，我一有空就包。本来想按照丁雄泉先生的做法，下大量长葱，包起来像山东大包那么巨型，但是用饺子器只能包小的，长葱也用不上，改用青葱，切葱之后，拌以大蒜碎，撒点盐和味精，其他什么都不加，一个个包好后，吃时把平底锅加热，下油，一排一排地，加点面粉水在锅底，上盖，煎至底部发微焦时，起锅，一排排的葱油锅贴上桌，好吃又漂亮，你有空不妨做做看。

三、无肉不欢

人类烹调第一课，年轻人最爱的烧烤

年轻人对烧烤乐此不疲，夏日冬天都在野外麇集，把各种肉类烧得半生不熟吞进肚，自己的血液又给蚊子、昆虫吸掉，其乐融融。

人类学会烹调，烧烤是第一课，最为原始。有什么把食物用火烧烤一下那么简单呢？厨艺进化了，我们才发现原来有盐焗、泥煨、炖、焖、煨、烩、扒、爊、氽、涮、熬、锅、酱、浸、炸、烹、熘、炒、爆、煎、贴、烛、拔丝、琉璃、腊凉、挂霜、拌、炝和腌那么多花样，为什么我们还要回到烧烤呢？

西方人的厨艺就简单得多了，就算让他们把分子料理算进去，也不过是烤、焗、煎、炸罢了。他们甚少把蔬菜拿去炒，要到近年来才知什么叫"Wok Fried"。至于蒸，更是再学数百年也赶不上广东佬，所以就非常注重烧烤BBQ了。

烧牛扒、猪扒、羊扒我能了解。但他们有个传统，要烧软糖。你可以在《花生漫画》中看到，史努比和糊涂塌客都爱用树枝插几粒棉花糖烧烤。棉花糖这种东西，本来就不好吃，烧起来即焦，缩成一团，味道更是古怪，但这是烧烤派对必备的，也解释了为什么我对烧烤不感兴趣。

食物到了日本，宁愿吃生的，对烧烤，他们叫为"落人烧"。落人就是失败的人，源氏和平家打仗，后者输了，跑进深山躲避，没有烹调用具，只有以最原始的方法烧制，是日本人最初的烧烤。

到了中东，有烤肉串和挂炉的各种进一步的烧法。来到中国人手里，就涂上了酱，用枝铁叉了乳猪在炭上烤。后来还发展到明火烤、暗火烤等热辐射方式；更有在低温一百摄氏度以下烤制食物，称为"烘"；或在二百摄氏度以上的高温，叫作"烘烤"。最高境界，莫过于广东人的叉烧，任何吃猪的民族吃了都会翘起拇指称好。

到底，烧烤炉上的肉，并不必用到最新鲜柔软的，因为那么烧，也吃不出肉质的好坏。肉多数是腌制过，加甜、加蒜和各种酱料，就能把劣质或冰冻已久的肉烧得香喷喷。

举个例子，像韩国人吃的肉，烧烤居多。最初是用一个龟背的铜器，四周有道槽，把腌制过的牛肉就那么在龟背锅一放，不去动它，让烧熟肉的汁流进槽中，用根扁平的汤匙舀起来淋在饭上，送肉来吃。

韩国人生活质量提高后，就发明了一个平底的火炉，把上等肉切成一小片一小片往上摆着烧，这么吃虽然比大块牛扒文明，但到底没经腌制，味道反而没有便宜肉好。

日本经济起飞后，就流行起所谓的"炉端烧"，其实就是一种变相的烧烤，比从前的"落人烧"高级得多。"炉端烧"什么都烧，肉、鱼、蔬菜、饭团，用料要多高级有多高级。由一个跪着的大师傅烧后，放在一根大木板匙上，送到客人面前。"炉端烧"没什么大道理，只讲究师傅的跪功，年轻的跪不到十五分钟就要换人。

"烧鸟"是另一种形态，日本人称鸡为鸟，其实烧的是鸡。

这种平民化的食物烤起来虽说一样，但有好的大师傅，做出的烧鸟就是不同。温度控制得好，肉就软熟，和那些烤得像发泡胶的有天渊之别。

同样是串烧，南洋人的沙嗲更有文化，主要是肉切得细，又有特别的酱料腌制，烤起来易熟又容易吃进口。肉太大块的话，水准就低了。东南亚之中，做得最好的是马来西亚的，高级起来，还削尖香茅来当签，增加香味。蘸的沙嗲酱也大有关系，酱不行，就甭吃了。

新疆人的羊肉串与沙嗲异曲同工，在肉上撒的孜然粉，吃不惯的人会觉得有一股腋下味，爱好的没有孜然粉不行。

在野外吃烧烤，我最欣赏的是南斯拉夫人做的。他们遇上节日，就宰一头羊，耕作之前堆了一堆禾秆草，把羊摆在铁架上。铁架的两端安装了风车，随风翻转，禾秆草的火极细，慢慢烤，烤个一整天。当太阳下山，农夫工作完毕就把羊拾回家，将羊斩成一块块，一手抓羊，一手抓整个洋葱，蘸了盐，就那么啃将起来，天下美味也。

总之，要原汁原味的话，不能切块，应该整只动物烧。广东人的烧大猪最精彩，先在地上挖个深洞，洞壁铺满砖头，放火把砖烧红，才把猪吊进洞内烧，热量不是由下而上，而是全面包围，这一来，皮才脆，肉才香。

原只烧烤，还有烤乳牛和烤骆驼。在中东吃过，发觉后者没有什么特别香味，骆驼肉真不好吃，还是新疆人烤全羊最为精彩。

羊烤得好的话，皮也脆，可以就那么撕下来送酒，有人喜欢吃黐着排骨的肉，说是最柔软；有人爱把羊腿切下，用手抓着大嚼，那种吃法，豪爽多过美味。

我则一向伸手进羊身，在腰部抓出羊腰和旁边的那团肥肉来吃,最香最好吃了。古人所谓的刮了民脂民膏,就是这个部分吧?这次去澳大利亚也照样吃了,年纪一大,消化没年轻时强,吃坏了胃,午睡时做个梦,梦见自己变成一个贪官,被阎罗王抓去拔舌。

沙嗲是烤肉的点睛之笔，那种美妙无法言喻

Satay这种食物，大家都争着说是他们发明的，连潮州人也说是由他们带到南洋。

据我的了解，"Satay"一词，是马来文，但马来文化来自印尼，老祖宗应该是印尼人。而发音成"沙茶"，是因为闽南话和潮州话中，茶叫成Tay，是个译音。道理是过番到南洋的福建和潮州人众多，他们的沙嗲也只限于酱料，应该是由南洋那边传过去的吧。

到了香港，粤人的茶，叫Cha，与"Tay"一词不符，就改成"嗲"了。

基本上，它是一种串烧，应是从中东人学来。原始的印尼沙嗲，肉片切得又方又厚，烧熟需时，而他们的酱有点像淋在Gado Gado[1]上面的，带甜，但不香。

沙嗲来到马来西亚，才发扬光大，成为他们重要的街边小吃。马来人种不高大，食量小，所以把肉切得极细，不规则地串起。这么一来不用多花时间去烤，而且烤时不断地用把刷子涂上椰油和香料。剩余肉汁滴在木炭上，发出嗞嗞的声音，香

---

1 Gado Gado：印尼沙拉，通常淋一种特制的花生酱。

味也扑鼻而来。

串肉的工具,通常是将椰叶削去,用剩下那根椰骨当签,但苏丹和贵族们,是用香茅来代替椰枝的,涂油和香料的刷子,也是把香茅的一端舂碎,让香茅的味道更加渗入肉中。

原料一般是鸡和牛肉,马来人不吃猪,看到有猪肉串的,一定是中国人的改良版本。从前,原料并不那么简单,羊肉用得多,也烤牛肠和羊肠等内脏,非常美味,可惜后来的人为了健康不吃,它们逐渐消失。

肉先用香料腌制,有黄姜、香茅、罗望子和糖等。吃马来沙嗲,全靠它的酱,酱做得不好,这摊子就没有人光顾了。

酱料的材料十分复杂:烤香的花生碎、虾米、蒜蓉、红葱头、姜蓉、石栗、芫荽籽(有些娘惹还喜欢用芫荽根)、茴香籽、南姜、黄姜、大量的香茅、辣椒干,以盐、椰糖、罗望子汁调味。

做法是:炒香葱蒜,加椰糖,再把搅拌成泥的所有香料加入,拼命炒,倒进混合的调味料,加水拌匀罗望子汁,慢火炒至油脂分离,最后兜进去皮爆香过并舂碎的花生,即成。花生碎是关键,不可舂成糊,要有咬头,香不香全靠它。

饭也特别:用削长的椰叶编织成,手工奇巧;再把白米塞入炊熟,用的是香米或丝苗,绝不是糯米。这种方形的绿色小包包叫Ketupat,以前叫Kupat,是一位叫Sunan Kalijaga的爪哇人发明的煮饭方式。交叉的椰叶,代表人类思想的复杂和纷争,而里面的白饭,则象征人心本来的纯洁,这也是伊斯兰教徒们在开斋节吃Ketupat的原因之一。

本来,马来小吃一直保持着传统做法,在进步社会的冲击下,椰子叶包用透明的塑胶袋代替了,白饭装进一个像保险套的长条，看了反胃。

从前的马来乡村，叫作Kampong，到了傍晚就有小贩挑着担子卖沙嗲，一头是个长方形的铁皮炭炉，一边一大锅酱，下面生火烘热。客人在小凳上坐下来后，小贩就把沙嗲烤将起来，也不问要多少支，熟了摆在铁盘子里拿到客人面前，里面当然有少不了的Ketupat，开半之后又切成方形小块，还加了青瓜和洋葱。

吃完后小贩就拿着剩下来的椰枝来算钱，吃多少算多少，童叟无欺。狡猾的孩子，乘小贩转头，就一手抓一支，另一手把椰枝弯了，弹飞到草丛中去，这是人心变恶的开始。

中国小贩也学做沙嗲，猪肉切得较厚，串时中间加块肥的，酱也起变化，加了凤梨蓉。

沙嗲酱传到了潮州后，因找不到热带的香料，就没那么复杂了，而且花生磨成糊，没有嚼头，不那么香了。高手拿来炒牛肉，变成一道叫沙茶牛肉的名菜。从前南北行潮州巷子里，有位酒糟鼻的汉子，带着有点智力障碍的女儿做这道菜，店名叫什么"金记"或"晶记"，已忘，那老头炒出来的是我吃过最好的沙茶牛肉，又香又软，毕生难忘，也成了绝响。

当今在香港出现的沙嗲，多数是印尼人或泰国人做的，并不出色。所烤出来的东西深受日本串烧影响，有鸡翅、鸡心和鸡皮等，主要的是肉太大块，烤得不熟透，酱又不香，非常乏味。

一些店还炒了一大锅所谓的辣汁沙嗲，黑漆漆的，加了很多面豉，带苦的居多，把这些酱用来炒肠粉、煲东风螺等，皆为邪道。

潮州人又用沙茶酱来当火锅汤底，最初是由九龙城的"方荣记"传出来的吧。

虽然不是正宗沙嗲，不过，茶餐厅用潮州沙嗲来炒牛肉，放在米粉上当浇头，也有些夹进面包里面，烘熔后又在面包上涂牛油和淋蜜糖，很是可口，已变成了香港地道的小吃之一了。

骨髓，仙人的食物也

骨髓，是动物之中最好吃的部分之一，它的口感软滑，味道鲜美。从骨管吸噬出来的，是满口的香浆，乃仙人的食物也。

但是，当今的人，一看怕怕，白色的东西，和头脑联系起来，以为是一百巴仙[1]的胆固醇。可怜的骨髓，从此在菜单中消失了。在古老的茶楼中，偶尔能找到蒸骨髓这道点心，用的是猪的背脊髓，质地较硬，也不太香，味道并不十分好。美妙的骨髓，是躲在大腿骨里面的，菜市中肉贩摊子也罕见，家庭主妇更不懂得怎么找。

最常见的猪骨髓，是在所谓的猪骨煲中发现。这道猪骨煲从打边炉发展出来，把熬过的猪骨再放进火锅中去煮。大部分的肉已削掉，剩下一点点肉给客人去啃。骨管里面有骨髓，但黏住，用嘴吸不出，侍者供应一根吸汽水用的塑胶管，才能应付。

有时客人还大力地把骨管往桌面上敲，看看骨髓流不流出来，让我想起南洋的印度人，他们把羊肉炆熟后，刮下肉来，剩下一管管的羊大腿骨，用红色的咖喱酱汁炒它一炒，一大碟上桌，客人吸不到骨髓时就往桌上敲，发出笃笃的声音。这道

---

[1] 巴仙：即 percent，东南亚一带华人用语，一百巴仙表示百分百的意思。

菜，就叫笃笃了。

西方早有吃骨髓的记载，比东方人吃骨髓的文化进步，我曾经在欧洲的古董店中找到一根小巧的银匙，只有普通匙子的一半大，打上了"一八二一"的年号和制造商的罗马字，就是专门用来挖骨髓吃的工具。

欧洲人吃的，只是牛髓，英国的依莎贝拉·比顿夫人（Mrs. Isabella Beeton）在一八六四年的菜谱中写着：

用料：骨、小面团、布。

方法：把骨头锯成长条，双端用面粉和水捏成块状封之，然后用布包扎数根骨，直竖着摆进锅中，水要盖住骨顶，煮两个小时，拆除布，就能上桌。点烘过的面包吃，有人把骨髓挖出，涂在面包上，撒盐和胡椒，但动作要快，冷了就不好吃了。

注意事项：用上述方法煮了，再放进焗炉去烘多两小时，亦行。

有一个叫肯尼夫·罗拔士（Kenneth Roberts）的美国人，在一九九五年的一篇小品文中写道：依足比顿夫人的方法去做，结果只剩下骨筒，里面的骨髓全部溶在水中，变成一摊油。

罗拔士再翻很多烹调书，又努力地尝试，结果又是一摊油，令他气馁。最后他把所有菜谱都丢掉，自己发明了一套骨髓的做法：

把牛骨的双端锯掉，剩下三四寸长的管筒，头尾用布包住，往猛滚的水中放下，煮个十分钟，即捞起，拆开布，撒上盐和胡椒，就能吃到完美的骨髓了。

原来，只要把烹调的时间缩短就是。

罗拔士还进一步自创骨髓食谱：

> 按上述方法，煮个十分钟，挖出骨髓。把大蒜剁碎，加入大量的软芝士和少许腌制过的小咸鱼，和骨髓均匀地混在一起之后，放进冰箱，让它凝固。切成薄薄的方块，铺在烤面包上，当成送鸡尾酒的小点，非常受欢迎。

做法没错，但是比顿夫人的那一套也是有道理的，煮个两小时，目的是令汤更甜，至于她的做法中骨髓为什么没有溶掉，这是罗拔士和我都还没有研究出来的。

今年去了匈牙利，有一道汤菜，也是用骨头来煮的。上桌时，骨头排在碟中，让客人就那么吸噬或者挖出来涂面包。另一碟是骨头熬出来的汤，下了大量的红萝卜和椰菜，更甜，把骨边的肉刮出来，剁碎，混入面包糠，做成像狮子头的圆球，和汤一起滚，非常美味。

单单是骨髓、汤和肉球，就是丰富的一餐了。这家人的做法，绝对不是罗拔士所说，用短时间来煮骨髓，一定有它的秘诀，可惜吃的时候想不到，没去问大厨，下回去布达佩斯，一定要请教请教。

意大利名菜的Osso Buco用仔牛大腿肉红烧出来，灵魂也在于挖骨髓来吃。厨子做得不好，让骨髓流失，剩下二管空的骨筒的情形也发生过，那么吃这道菜时，就完全地失去意义了。

美国人吃牛扒，把肉煎或烤了，旁边加一堆薯仔蓉（土豆泥），就那么锯之，乏味得很。法国南部就不同，他们做牛扒，也不必先问你要多少成熟，总之弄得恰到好处就是。肉的旁边，乍见之下，有个小杯。其实那不是杯，而是在骨节处锯平，下面有强固的组织，不会漏掉骨髓，在上面露出骨髓的那端撒上些盐，焗一焗。客人一面吃牛扒一面吃骨髓，比美国人有文化得多。

引申这个方法，我到九龙城菜市，向牛肉贩要了两条牛大骨，拿去邻档卖冻肉的，请他们用电锯替我锯出四个杯状的骨头来。

回家，把骨头摆在碟上，舀一汤匙咸鱼酱，淋在骨髓上。放进微波炉，以最高热度叮个五分钟，香喷喷的焗骨髓即能上桌。拿出那把古董银匙，挖出来吃，送白饭三大碗，一乐也。

猪油万岁，万岁猪油

老友苏泽棠先生，读了八月十六日的《国际先驱报》中一篇赞美猪油的文章，即刻剪下寄给我，说想不到"猪油万岁论"竟有洋人在纽约发表，中西交相辉映。

谢谢苏先生了。对于猪油的热爱，和许多老一辈的人一样，来自小时候吃的那碗猪油捞饭，在穷困的年代中，那碗东西是我们的山珍海味，后来养在生活环境好的孩子不懂，夏虫语冰。

在繁荣稳定的社会中，猪油已被视为剧毒，它是众病根源，活生生的胆固醇，好像一碰即死。

也许是肥胖的猪给人不好的印象吧？猪油真是没那么坏，相信我，我吃到现在已六十年，一点毛病也没有。

你坚持吃健康的植物油？我也不反对，我只是说植物油不香而已。

什么叫健康的油呢？

任何油都不健康，要是吃得太多的话。但一点油也没有，对身体只有害处。

经济转好的这二三十年来，餐厅所用的油几乎清一色是植物油。问侍者是否可以用猪油来炒一炒，即刻看到脸有难色的讨厌表情:"不,不,我们是不用猪油的。"

唉,好像走进了一间素菜馆。

吃植物油就那么安全吗?

只吃植物油会促使体内过氧化物增加,与人体蛋白质结合,形成脂褐素。此外,过氧化物增加还会影响人体对维生素的吸收。

这是专家们提供的资料,我们常人,不知什么叫过氧化物,也不懂得什么叫脂褐素,但是长期食用植物油,老人斑就生得多,就是那么简单。

我们虽然不想再用专家术语来混淆各位对油的认识,但请容忍一下,要听一听脂肪组织的介绍。

脂肪酸包括三类:一、饱和脂肪酸(动物油中较多,因此在常温下会凝固);二、多不饱和脂肪酸(植物油中较多,所以在冬天也还是保持液体状态);三、单不饱和脂肪酸(可以降低血液中有害的胆固醇)。

这三种脂肪酸类同等边三角形,互相依靠,缺一不可。只有当体内三种脂肪酸的吸收量达到一比一比一的比例时,才是完善的营养。

如果饱和脂肪酸过多,像吃大量的猪油、牛油,体内的胆固醇增高,高血压、冠心病、糖尿病跟来。

要是单不饱和脂肪酸或多不饱和脂肪酸过多,像整天吃粟米油或所谓最好的橄榄油,它在人体里面会产生过氧化物,有致癌的潜在作用,摄入过量,对身体不利。

任何一种油都不可能提供全面的营养。

但是,猪油是最香的,那不容置疑。

至于动物油,牛油的饱和脂肪酸是六十六巴仙,猪油只有四十一巴仙。

至于有抗胆固醇功效的单不饱和脂肪酸，猪油有四十七巴仙，粟米油只有二十五巴仙。

好了，我们看洋人把牛油大量地涂在面包上，吃西餐时，我们也照做，一点不怕，还觉得有点假洋人的味道，这是什么天理？

吃斋时，厨子把蔬菜或豆腐皮炒得那么油腻，虽说花生油的饱和脂肪酸只有十八巴仙，而猪油有四十一，但分量加倍的话，也等于在吃猪油呀！

简单来说：植物油对防高血压和心脏病确有帮助。但是，它们中的一些在烹调过程中容易产生化学变化，致使致癌物质产生。动物油较为稳定，致癌性较小。我们别看重一方面来吃，今天植物油，明天动物油，也很健康的。

最可怕的，应是经过提炼的植物油，美国已开始禁止。在美国超市中有许多所谓"处理"过的植物油，可以除去难闻的气味，还说能消除种籽中的有害物质，但这些处理过的油，有益的成分也被处理掉，而在处理过程中，产生致癌物质的可能性增高，非常危险。

有一份调查，集中了北京四十个一百岁以上的老人，问他们的饮食习惯，大多数寿星公都说喜欢吃红烧肉，而且几乎天天都吃，难道猪油是那么可怕吗？

做调查的人进一步实验，发现经过长时间文火烧出来的肉，脂肪含量低了一半，胆固醇也减了五十巴仙，对人体有益的多不饱和脂肪酸却大量增加。

吃惯猪油的人如果一下子转向全部植物油或一点肥肉都不吃的话，长期低胆固醇导致食欲不振、伤口不易愈合、头发早白、牙齿脱落、骨质疏松、营养不良等毛病，那才可怕呢。

猪油对皮肤的润滑，确有好处，而且能保暖。小时候看横渡英吉利海峡的纪录片,参赛者都在身上涂上一层白白的东西,那就是猪油了。

在英国,最高贵的"淑女糕点"(Lady Cake),也用大量猪油;法国人的小酒吧中,有猪油渣送酒;墨西哥的菜市场里,有一张张的炸猪皮。猪油的香味,只有尝过的人才懂得,他们偷偷地笑:"真好吃呀!真好吃呀!"

怕羊膻味的人，做不了一个美食家

膻，读音类"善"，看字形和发音，都好像有一股强烈的羊味，而这股味道，是令人爱上羊肉的主要原因。

成为一个老饕，一定要什么东西都吃。怕羊的人，做不了一个美食家，也失去味觉中最重要的一环。

凡是懂得吃的人，吃到最后，都知道所有肉类之中，鸡肉最无味，猪最香，牛好吃，而最完美的，就是羊肉了。

北方人吃惯羊，南方人较不能接受，只尝无甚膻味的瘦小山羊。对穆斯林教徒或游牧民族来说，羊是不可缺少的食物，煮法千变万化。羊吃多了，身上也发出羊膻来，不可避免。

有次和一群香港的友人游土耳其，走进蓝庙之中，那股羊味攻鼻，我自得其乐，其他人差点晕倒。这就是羊了，个性最强，爱恶分明，没有中间路线可走。

许多南方人第一次接触到羊，是吃北京的涮羊肉。"涮"字读音像"算"，他们不懂，一味叫"擦"，有边读边，但连刷子的"刷"，也念成"擦"了。

南方人吃火锅，以牛和猪为主，喜欢带点肥的，一遇到涮羊肉，就向侍者说道："给我一碟半肥瘦。"

哪有半肥瘦的？把冷冻的羊肉用机器切片，片出来后搓成卷卷，都只有瘦肉，一点也不带肥。要吃肥，叫"圈子"好了，那是一卷卷白色的东西，全是肥膏，香港人看了皱眉头。

入乡随俗，人家的涮羊肉怎么吃，你我依照他们的方法吃好了，啰唆些什么呢？要半肥瘦？易办！只要夹一卷瘦的，另夹一卷圈子，不就行吗？

老实说，我对北京的涮羊肉也有意见，认为肉片得太薄，灼熟后放在嘴里，口感不够，而且冰冻过，大失原味。有次去北京，一家小店卖刚剐完的羊腿，用人工切得很厚，膻味也足，吃起来才过瘾。

吃涮羊肉的过程中，最好玩的是自己混酱。一大堆的酱料，摆得一桌面，计有麻油、酱油、芫荽、韭菜蓉、芝麻酱、豆腐乳酱、甜面酱和花雕酒等。很奇怪地，中间还有一碗虾油，就是南方人爱点的鱼露了，这种鱼腥味那么重的调味品，北方人也接受，一再证明，羊和鱼，得一个"鲜"字，配合得最佳。

我受到的羊肉教育，也是从涮羊肉开始，愈吃愈想吃更膻的，有什么好过内蒙古的烤全羊？

整只羊烤熟后，有些人切羊身上的肉来吃，我一点也不客气，伸手进去，在羊腰附近掏出一团肥膏来，是吃羊的最高境界，天下最美味的东西。古时候做官的，也知道这肥膏，就是民脂民膏了。

吃完肥膏，就可以吃羊腰了，腰子中的尿腺当然没有除去，但由高手烤出来的，一点异味也没有，只剩下一股香气，又毫无礼貌地把那两颗羊腰吃得一干二净。

其他部分相当硬，我只爱肋骨旁的肉，柔软无比，吃完已大饱，不再动手。

记得去南斯拉夫吃的烤全羊，只搭了一个架子，把羊穿上，铁枝的两头各为一个螺旋翼,像小型的荷兰风车,下面放着燃烧的稻草,就那么烤起来。风一吹,羊转身,数小时后大功告成。

拿进厨房,只听到砰砰砰几声巨响,不到三分钟,羊斩成大块上桌。桌面上摆着一大碗盐,和数十个剥了皮的洋葱。一手抓羊块,一手抓洋葱,像苹果般咬,点一点盐,就那么吃,最原始,也最美味。

"挂羊头卖狗肉"这句话,也证明传言中最香的狗肉,也没羊那么好吃。我在西亚国家旅行,最爱吃的就是羊头了。柚子般大的羊头,用猛火蒸得柔软,一个个堆积如山,放在脚踏车后座,小贩通街叫卖。

要了一个,十块港币左右,小贩用报纸包起,另给你一点盐和胡椒,拿到酒店慢慢撕,最好吃的是面颊那个部分,再拆下羊眼,角膜像荔枝那么爽脆。抓住骨头,就那么把羊脑吸了出来,吃得满脸是油,大呼过瘾,满足也。

到了南洋,印度人卖的炒面,中间有一小小片羊肉,才那么一点点,吃起来特别珍贵,觉得味道更好。他们用羊块和香草熬成的羊肉浓汤,也美味。一条条的羊腿骨,以红咖喱炒之,叫为"笃笃"。

吃时吸羊骨髓,要是吸不出,就把骨头打直了向桌子敲去,发出笃笃的声音,骨髓流出再吸,再笃,再吸,吃得脸上沾满红酱。曾和金庸先生夫妇一块儿尝此道菜,吓得查太太脸青,大骂我是个野人。

羊肉也可以当刺身来吃,西亚人用最新鲜的部分切片,淋上油,像意大利人的生肉头盘。西餐中也有羊肉鞑靼的吃法,要高手才调得好味。洋人最普通的做法是烤羊架,排骨连着一块肉的那种,人人会做,中厨一学西餐,就是这一道菜,已经看腻和吃腻了，尽可能不去点它。

在澳大利亚和新西兰，羊比人还要多，三四十块港币就可以买一条大羊腿，回来洗净，腌以生抽和大量黑胡椒，再用一把刀子，当羊腿是敌人，插它几十个窟窿，塞入大蒜瓣，放进焗炉。加几个洋葱和大量蘑菇，烤至叉子可刺入为止，香喷喷的羊腿大餐，即成。

至今念念不忘的是台湾地区的炒羊肉，台湾人可以吃羊肉当早餐，"羊痴"一听到大喊发达。他们的羊肉片，是用大量的金不换叶和大蒜去炒的，有机会我也可以表演一下。

听到一个所谓的食家说："我吃过天下最美味的羊肉，一点也不膻。"

心中暗笑。广东人也说过：羊肉不膻，天下最没味呀。吃不膻的羊肉，不如去嚼发泡胶。

全世界公认好吃的牛肉，吃法层出不穷

小时吃牛肉，母亲到菜市场买个半斤，切片后炒蔬菜，肉质时硬时软，但牙齿好，什么都嚼得烂。

长大后开始接触西餐，牛扒当然是第一道菜。一大块肉，煎它一煎，就用刀叉分开放进口，因为没试过这种吃法，觉得很过瘾，但一餐饭也只有这一种肉，也是单调。

学了英文之后，才知道英国人的阶级观念不只在态度上有区分，连字眼也有严重的辨别，"Beef"这个词是指牛肉中较好的部位；而下等的，则以"Ox"称之，像"Ox-tail"等。当然，那年代的英国菜是极粗糙的，牛尾做得好的话，比背脊之类的部位还要好吃。

留学时候到了韩国，更欣赏他们的牛尾煮法，Kom-tang是将数十条牛尾洗净了，切块放进一个双人合抱的锅中去煮。除了清水，什么调味料都不加。牛肉在韩国最为高级，贵得只有高官才能享受，对这种近于神圣的肉类，当然愈少添加愈好。

整大锅的牛尾煮了一夜，翌日装进大碗中，连汤热腾腾捧上来。桌面上另有一大碗粗盐和一大碗大葱，任客人随量加来吃。啊，是无上的美味！

韩国人最会吃牛肉了，什么部位都吃得干干净净，上等肉

刺身，切丝后加上雪梨、大蒜瓣、蜂蜜和一个生鸡蛋拌它一拌，不知比鞑靼牛肉好吃多少。

鞑靼牛扒，传说是蒙古人行军时，把牛肉块放在马鞍下，就那么压着压着，将压碎的生肉吃进口。传到英国时加洋葱、酸豆和咸鱼，由侍者在你面前拌好，用小茶匙试一口，味道适合时才整份上桌。

法国人吃生牛肉才不下那么多拌菜，就那么放进绞肉机弄碎了，加大蒜后淋上大量的橄榄油就吃将起来，曾经看女友那么做来让她两个孪生女儿吃，觉得有点不肯下功夫。

牛扒大国非美国莫属，说到过瘾，没有比波特豪斯牛排（Porter House Steak）更厉害的了。整块牛扒，有中国的旧式铁皮月饼盒那么大那么厚。吃牛扒总得到得克萨斯州去，可以整只牛烧烤出来，老饕吃的，是一大碟的牛脑。

但美国人到底是老粗，拌着牛扒吃的只有薯仔，不像法国人那么精致，他们也是一块牛扒，不过旁边摆着像一个小杯子的东西，那是牛的大腿骨锯出来的，撒了盐焗，吃时用小匙把骨髓挖出淋在牛扒上，才不单调。

牛骨髓可以说是整只牛最美味的部分，可惜每次都吃不够。匈牙利人用几十管牛骨熬汤，捞出来让客人任吸骨髓，这才叫满足。

吃了牛脑、牛骨髓之后，当然得吃牛内脏，煎牛肝在西餐中最为普遍，意大利人拿手的是吃牛肚，去了翡冷翠（佛罗伦萨），非到广场的小贩摊吃卤牛肚不可。虽说卤，放的香料不多，近于盐水白焓，欧洲其他国家也吃牛肚，多数用番茄来煮。

小牛腰是道高级的西菜，因不去尿腺，高手做起来无异味。六个月大的、不吃草的才叫小牛肉（veal），肉是白色的，一开始啃草，就变红。

除了这几个部分,洋人几乎不会吃其他内脏,他们喜欢的是"甜面包"(Sweetbread),和甜面包一点也搭不上关系,是小牛的胸腺或胰脏,这是我从来不了解的,也许没有遇到一位妙手,我好奇心极重,什么食物都要试得喜欢为止,但就是不能欣赏,也许是缘分问题吧。

其他内脏,到了广东人的卤牛师傅手上,都变成了佳肴,包括牛鞭,但他们就是不做牛胸腺,也许和我有共同点。崩沙腩和坑腩做得也出神入化,这个又带肥又带筋又带肉的部位最美味,洋人都忽略,他们也不会吃牛腿腱,更不知什么叫金钱腱。

说到神户,是一个都市,没地方喂牛。每年有一个比赛,由周围的农场把牛送来,得到大奖的多为三田牛,所以在日本说吃神户牛,就知你是外行。日本牛最好的产区,除了三田之外,还有松阪牛和近江牛,其他地区是不入流的,不过他们只懂得烧烤,原因是肉好的话,尽量少用花样。

花样层出不穷的还是回来谈韩国人,我认为他们做得最好的是蒸牛肋(Garubi-Chim),用简单的红白萝卜、红枣和松子去红烧,差点失传的是加了墨鱼进去,鱼和肉永远是个好配搭,他们懂得。

潮州算是一个爱吃牛肉的地方,他们的牛肉丸一向做得出色,而当今的肥牛火锅也由他们兴起。

肥牛到底是什么部位?其实有肉眼肥牛,采用牛脊中部有肥瘦相间的肉,或是上脑肥牛,采用牛脊上面接近头部的肉。但不论什么部位,那头牛要是不肥的话,是找不到肥牛的。

在汕头有一家做得非常出色的肥牛火锅,各地火锅店老板纷纷来求货,但供应当地人已经不够。日本人养牛也不过是这百多年的事,已能大量出口,中国有优良牛种,在这方面下功夫吧!

在好吃的螃蟹面前，允许对牛肉视而不见

或者你不喜欢吃牛肉，但是很少人不爱吃螃蟹的。那么古怪的动物，不知道是哪个人最先鼓起勇气去试？今人的话，应该送他诺贝尔奖。螃蟹，真是好吃。

我们最常见的，就是所谓的青蟹，分膏蟹和肉蟹，两个种类一年四季都能吃得到。

从小的记忆，是吃生的，妈妈是烹调高手，她父亲教的做法是把膏蟹洗净，斩开，拍碎钳壳之后浸在盐水和酱油之中。早上浸，晚上就可以拿来吃。上桌之前撒花生碎和白醋，吃得我们全家人念念不忘，尤其是壳中之膏，又香又甜，现在即使再做，也怕污染，不敢生吃了。

所以去了日本，看他们吃螃蟹刺身，也不以为奇。日本人也只选最新鲜的松叶蟹。松叶蟹外形和松树一点也拉不上关系，是活生生去壳，拆了大蟹的脚，用利刃一刀刀地把肉劏开，然后放进冰水之中，身还连在一起，但外层散开，有如松叶，故称之。没有多少大师傅的刀功都那么细，退休的"银座"总厨佐藤，叫他切松叶蟹，就做不来。在冰水中泡开之后，再拿喷火器烧一烧，略焦，更像松叶，少人尝过此等美味。

最普通的做法，也是最好吃的，就是清蒸了，蒸多久才熟？

那要看你炉子的火够不够猛。先蒸个十分钟，太熟或太生，今后调节时间就是。做菜不是一门什么高科技，永远要相信熟能生巧。

但蒸完螃蟹要使它更精彩，倒有个窍门。那就是自己炸些猪油淋上去，绝对完美。

我常教人的螃蟹做法很简单，是向艇家学的盐焗蟹：用一个铁锅，怕黐底的话可铺一层锡纸，将蟹盖朝锅中放，撒满粗盐，中火烧之，等到螃蟹的味道香喷喷传来，就可以打开锅盖取出来，去掉内脏之后就那么吃，永不会失败。

螃蟹当然是原只下锅的，麻烦的步骤在于洗蟹，但也可以用一管喷牙缝的美国制造Water Pik冲牙器冲之。水力很猛，任何污泥都能洗净，缺点在于要插电。当今乐声牌出的是充电式的手提EW175 Dentalbeat，方便得多了。

就那么生焗太过残忍，螃蟹挣扎，钳脚尽脱也不是办法，故得让它一瞬间安乐而死。方法是用支日本尖筷，在螃蟹的第三对和第四对脚之间的软膜处，一插即入，穿心而过，蟹儿不感觉任何痛苦。反正被我们这些所谓的老饕吃了，生命有所贡献，也不是太罪过，善哉善哉。

当今餐厅的油爆，都是干炸的美化名词。油炸的蟹又干又瘪，甜味尽失。避风塘炒蟹都是先油爆，非我所喜。把螃蟹斩件之后就那么生炒可也。勤力翻之，即达目的。南洋式的胡椒炒蟹，秘诀在于用牛油。

对泰国的咖喱蟹也没什么兴趣。蟹味给香料淹没。真正的咖喱蟹出自印度的嬉皮圣地果阿，当地人把螃蟹蒸熟拆肉，再用咖喱炒至糊状，又香又辣，可下白饭三大碗。

螃蟹种类数之不尽，最巨大的是阿拉斯加蟹，只吃蟹脚，蟹身弃之。多肉，但味淡，此蟹只适宜烧烤，烧后蟹的香味入肉，方有吃头。

同样的大蟹是澳大利亚的皇帝蟹，同样无味。在悉尼拍饮食特辑时本来要求来个七只八只，观众看了才会哇的一声叫出来，但当天供应给我们拍摄的餐厅孤寒，只给了两只。前一晚苦思一夜，想出一个较特别的做法，那就是把其中一只的蟹盖拿来当锅，放在火炉上，注入矿泉水。再把两只螃蟹的肉挖出，剁成蟹丸，待水滚，放进去打边炉，一颗颗红色蟹丸熟了浮上来，才产生一点视觉效果。

说到蟹味，大闸蟹当然是不可匹敌的。最肥美的大闸蟹都供应给香港的"天香楼"。新中国成立后没得吃，上海人大声叫苦，只有韩老板有勇气亲自北上购买，不惜工本，乘火车运回，成为打开"大闸蟹之路"的先驱。至今内地还是给面子，留最好的给他，并供应最好的花雕陪衬。

大闸蟹其实并不一定吃热的，有的人说蟹冷了就腥，我则常吃冻的大闸蟹，吃蟹不吃它的蟹腥，吃来干什么？古人李渔说："蒸而熟之，贮以冰盘。"就是冻吃的好证据。不过黄油蟹当道时，又有另外一番风味。黄油蟹其实是感冒发烧蟹，病得把膏逼到脚尖上，全身油黄。如果脱一只脚，蒸时油都从洞中流出来。用冰水先把它冻死再蒸，可又不是焗桑拿，一冷一热怎会好吃？还是用我上述的杀蟹法为佳，可用菜心梗把洞塞之。

澳门的𧒽仔也是蟹中之宝，味道不同，不能和大闸蟹或黄油蟹相比，各有各的好处，用苦瓜来焖𧒽仔，是最出色的煮法。

从前潮州人穷，任何东西都腌制来送粥，连小小的蟛蜞也不放过。小蟛蜞形状有如迷你大闸蟹，同样有膏，一点一滴挖出来做菜，就是礼云子[1]，用来炒蛋，无上美好。

---

[1] 礼云子：蟛蜞卵的雅称，因蟛蜞两螯状若作揖，有人巧取《论语》中"礼云礼云，玉帛云乎哉"之句，给蟛蜞子取了这个雅名。

泰国的青木瓜沙拉宋丹，也要放一只小蟛蜞去搭秤才够味，没有蟛蜞，就像"太监"。

一生所食螃蟹无数，终于有一日在示范做菜时，被螃蟹"咬"了两口。为什么说两口？我们以为被蟹钳钳住，就像剪刀一样剪着，其实不然，要被它"咬"过才知。原来蟹之"咬"人，是用蟹钳最尖端的部位上下一钳，我的手指即穿二洞，血流如注，痛入心肺，唯有保持冷静，用毛巾包住蟹身，出力一扭，断掉蟹钳，再请人把钳子左右掰开，方逃过一劫。

今后杀蟹，再无罪过之感。大家扯个平手，不相怨恨也。

既要吃虾，一定要吃一次地中海的野生虾

儿时的记忆中，虾是一种很高贵的食材，近乎鲍参翅肚，一年之中，能尝到几次，已算幸福。

虾的口感是爽脆的、弹牙的，肉清甜无比，味也不腥，独有的香气，是别的生物所无。吃虾是人生最大享受之一，直到养殖虾的出现。

忽然之间，虾变得没有了味道，只留形状。冰冻的虾，价钱甚为便宜；即使是活的，也不贵，你我都能轻易买到。曾见一群少年，在旺角街市购入活虾，放进碟子，拿到7-11便利店的微波炉叮它一叮，剥壳即食，也不过是十几块港币。向他们要了一尾试试，全无虾味，如嚼发泡胶。

四十多年前在台北华西街的"台南担仔面"高贵海鲜店中，看到邻桌叫的大尾草虾，煮熟后颜色红得鲜艳，即要一客试试，一点味道也没有，完全是大量养殖生产之祸。

二十世纪六十年代，游客来到香港，吃海鲜时先上一碟白焯虾，点葱丝和辣椒丝酱油，大叫天下美味。当今所有餐桌上都不见此道菜，无它，不好吃嘛。

香港渔商发现养殖虾的不足，弄个半养半野生，围起栏来饲大的，叫为"基围虾"。初试还有点甜味，后来也因只是用

麦麸或粟米等饲料,愈弄愈淡,基围虾从此也消失了。

到餐厅去,叫一碟芙蓉炒蛋,看见里面的虾,不但是冷冻的,而且用苏打粉发过,身体呈透明状,剩下一口药味,更是恐怖。

从前香港海域的龙虾,颜色碧绿,巨大无比,非常香甜。只要不烹调得过老,怎么炮制都行。当今看到的多由澳大利亚或非洲进口,一吃就知道肉粗糙,味全失。劏[1]来当刺身还吃得过,经过一炒,就完蛋了。

有两只大钳子的波士顿龙虾,肉质虽劣,但不是饲养的,拿来煲豆腐和大芥菜汤,还是一流的。

当今我吃虾,务必求野生的,曾经沧海难为水,养殖的,宁愿吃白饭下咸萝卜,也不去碰。

在日本能吃到最多野生虾,寿司店里,叫一声"踊"(Odori),跳舞的意思,大师傅就从水缸中掏出一匹大的"车虾"(Kuruma Ebi),剥了壳让你生吃,肉还会动,故称之。

北海道有更多的品种,最普通的是"甘虾"(Ama-Ebi),日本人不会用"甜"字,只以"甘"代之,顾名思义,的确很甜,很甜。

大的甜虾,叫"牡丹虾"(Botan Ebi),唛唛是肉。比牡丹虾更美味的,叫"紫虾"(Murasaki Ebi),可遇不可求,皆为生吃较佳。

他们称虾为"海老",又名"衣比"。虾身长,腰曲,像长寿的老人,故名之。"海老"也有庆祝的意思,所有庆典或新年的料理中,一定有一匹龙虾。龙虾是生长在伊势湾的品种最好,龙虾在日本叫成"伊势海老"(Ise Ebi)。

---

[1] 劏:多用于粤语,本义是宰杀。

"虾蛄"潮州话是琵琶虾的意思,但在日文中作濑尿虾。濑尿虾是因为其一被捕捉,射出一道尿来而得名的,甚为不雅,它的味甘美,有膏时背上全是卵,非常好吃。有双螯,像螳螂,其实应该根据英文"Mantis Shrimp",叫为螳螂虾更为适合。大只的濑尿虾,从前由泰国输入,已捕捉得快要绝种,当今一般所谓避风塘料理用的大濑尿虾,多数由马来西亚运到,半养殖,可是肉还是鲜甜的。

旧时的寿司店中,还出现一盒盒的"虾蛄爪"(Shyako No Tsume),人工把虾爪的壳剥开,取出那么一丁点的肉,排于木盒中,用匙舀了,包在紫菜中吃,才不会散,吃巧多过吃饱,当今人工渐贵,此物已濒临绝种。

潮州人的虾蛄,日本人称之为"团扇海老"(Uchiwa Ebi),粤人叫琵琶虾,虾头充满膏时,单吃膏,肉弃之。

细小如浮游动物的是"樱虾"(Sakura Ebi),因体内色素丰富,一煮熟变为赤红,样子像飘落在地面的樱花,这种虾在中国台湾的东港也能大量捕捞。

比樱虾更小的是日本人叫为"酱虾"(Ami)的虾毛,样子像虾卵,吃起来没有飞鱼子(一般误解为蟹子)那么爽脆,但也鲜甜,多数是用盐制为下酒菜。

上述的都是海水虾,淡水的有我们最熟悉的河虾,齐白石先生常画的那种,有两只很长的螯。河流没被污染之前可以生吃,上海人叫"抢虾",装入大碗中,用碟当盖,下玫瑰露,上下摇动数次,把盖打开,点南乳酱,就那么活生生地抓来吃,天下美味也。

另有法国人喜欢吃的淡水小龙虾Scampi和更小、壳更硬的澳洲小龙虾Yabby,都没中国河虾的美味。上海的油爆虾用的是河虾,是不朽的名菜。

中国种龙虾，英文叫"Clayfish"，他们认为有虾钳的，才能叫为Lobster。至于普通的虾，有Prawn和Shrimp两个名字，前者是英国人用的，后者是美国人用的。

那么多虾中，问我最好吃的是哪一种？我毫不犹豫地回答，是地中海的野生虾。品种不同，一出水面即死，冰冻了运到各地，头已发黑，样子难看，但一吃进口，哎呀呀，才知其香其甜。一碟意大利粉，有几只这种虾来拌，真能吃出地中海海水味，绝品也。

田鸡吾爱,世界各地的人都喜欢吃

一叫为青蛙,便让人想起癞蛤蟆,引起鸡皮疙瘩,没人再敢去吃了。

但一叫为田鸡,印象即刻便转了过来。鸡嘛,已经好吃,田里的鸡是怎么一个味道?试食之后,便知道比鸡肉更柔软,口感介乎肉和鱼之间,甜美无比。

不敢吃田鸡的人,请别再读下去,否则愈来愈恶心,但像我这样一爱上,就想知道更多田鸡的吃法。

当今已罕见,从前我们在宝勒巷中的"大上海",侍者欧阳会献上一个筷子纸套,打开来里面用钢笔写着各种的食材,是最新鲜最当造的,其中一项,是"樱桃"。

"樱桃"就是田鸡的大腿,拆去其他部位,剩下的就是这一块圆圆的肉,再用浓油赤酱来炒,似乎吃到樱桃的样子和甜味,是我最爱吃的一道菜。

台湾人也喜欢以田鸡入肴,做出一杯酒、一杯盐油和一杯醋的三杯田鸡来。四川人有宫保田鸡和水煮田鸡。广东人也有姜葱田鸡和用黑木耳、香肠、金银花干蒸出来的田鸡。把田鸡的胃集中起来,数十个胃才做成的生炒田鸡扣,也是正在绝灭中的佳肴。

另外有一道，做法和样子都像咸鱼蒸肉饼，但用的是六成猪肉、四成田鸡肉，香甜无比。

越南菜中，有香茅田鸡这一道，用青椒丝、大蒜、洋葱、椰浆、芫荽、胡椒等来焗田鸡，当然不可缺少的是他们最爱用的鱼露。

泰国菜中吃过的有青胡椒炒田鸡，成熟的新鲜胡椒一粒粒在口中爆开，配上甜美的田鸡肉，令人回味无穷。偶尔，泰国人也用青咖喱来煮田鸡。

但在世界上所有吃田鸡的国家中，最普通的做法，是把田鸡炸了，就那么吃，被中国人美名为"椒盐"，其实也是炸。炸田鸡，是最没趣的了。

西方人之中，田鸡吃得最多的是法国人。英国佬认为发音不出的菜，全部不可吃进口，田鸡？这简直是不可思议，法国人也吃？就叫法国人为田鸡了。

可怜的英国人实在不会吃，田鸡在法国被发挥得淋漓尽致，一道又一道的佳肴，都以田鸡为食材。据报告，法国人每年要吃三吨至四吨的田鸡腿，相当于六千万至八千万只田鸡。法国人口六千万，每年每人都要吃一只，田鸡被吃得近乎绝种，最近已有法律禁止捕捉，你到法国，吃的可能是印尼进口的田鸡。

但是禁归禁，法国东北部池沼多，田鸡的产量还是很大的，运去最会弄田鸡的南部普罗旺斯，就成为国际名菜普罗旺斯田鸡腿（Frog Leg A La Provencale）了。

英国老饕彼得·梅盖（Peter Mayle）在他那本散文集《法国课》（French Lessons）中写道，他参加了Vittel地区一年一度在四月底最后一个星期日举行的青蛙节，所有餐厅都做青蛙美食之外，还竞选青蛙小姐呢，当然她们的腿和青蛙一样长，样子没那么丑罢了。

梅盖还说在青蛙节中听到一个故事：一群装修工人到了当地，住进一间旅馆，出来散步，发现酒店后面的池塘有大量青蛙，抓了几百只放进塑胶袋中，准备带回家烹调，但先去外面吃晚饭。

这时青蛙从袋中跳了出来，地毡和被单上都有青蛙足迹，但它们肚子饿了，总得找东西吃，枕头可吃不下去，最后吃的是墙纸，因为是用糨糊来涂，空气一湿，墙纸发霉，再没有比这更美味的了。装修工人回房，大吃一惊，花了一个晚上，赶紧把青蛙抓回，酒店经理翌日在他们退房后进去一看，发现一半墙纸不见了，到现在还破不了这个案。

文章里倒没有提到法国人怎么吃青蛙，依我个人经验，他们也多数是炸的，最后淋上一层很浓的奶油酱。但也吃过最佳的煮法，那是生煎：把青蛙大腿的肉剥开，推到骨头底部，做成雨伞状，然后用橄榄油煎它一煎。就那么上桌，碟中被十多条青蛙腿围成一圈，又用菠菜汁点缀成图案。吃时把骨头当牙签，用手指抓来送进口，至今还没有忘记这个美味。

另一次是在普罗旺斯的一家很别致的小餐厅，老板娘身材肥胖，她亲自下厨，为我煮了一个普罗旺斯式的田鸡腿，也是用大量奶油淋煎田鸡腿，但那奶油的味道我从来没试过那么好的。我把田鸡腿的肉啃光，再吸浸入到骨头的汁。她看了大乐，把我抱了起来，说要做我的情人，我见状不妙，逃之夭夭。

但说到天下最美味的田鸡，那就是在香港"天香楼"做的熏田鸡腿了。食材用的是印尼田鸡，那才够大只，那么粗壮的腿，朋友们看了都大叫："真系（是）像游泳健将！"

肉吃进口，一阵阵的烟熏香，加上田鸡肉的鲜美，真是一流，若嫌味淡，可点些盐。

以为做法复杂,从没尝试炮制。最后忍不住,要求店主和大厨让我学习,他们大方答应。原来是用一个大铁锅,铺上锡纸,就当成熏锅了。锅底放白饭、茶叶和糖,猛火烧之。这边厢,把田鸡腿用上汤灼过,九成熟,就可以放进熏锅中。上盖,不到几分钟,看到从锅边发出绿色的浓烟时,就可打开。里面的熏田鸡腿已变金黄,色香味俱全,天下没有比这更好的田鸡吃法了。

一生必吃的河豚，从失望到挚爱只需三次

香港人吃日本刺身，已是生活的一部分，价廉的旋转寿司铺，开得通街皆是。年轻人，都从那里养成吃生鱼的习惯，当今不敢试刺身的，少之又少。

水准的要求，是逐步地提高，从便宜的，吃到贵的。当然是食新鲜更好，像走入高级日本料理店，吃当天由筑地等鱼市场空运而来的鱼虾和贝类，等到海产的名字，都能用日语来点时，盼望吃到的刺身，就是最高层次的河豚了。

河豚有剧毒，在日本需要有学习十年以上证书的师傅才能屠宰，当今本土这种人才已稀少，更不会出国去创业，故海外甚少有河豚专门店。

到了日本，也少有人够胆去光顾，河豚是出了名地昂贵，在东京一餐吃下来，一人份六万日元左右，合港币四千多，当然也有便宜一点的铺子，非当地老饕介绍是找不到的。

终于吃到了河豚刺身，第一个反应是：肉硬得很。第二个反应是：没有想象中那么好吃。第三个反应是：一点也不像传说中那么鲜甜嘛。

原来河豚是不值得吃的，许多人都那么试过一次，就放弃了。

河豚种类世界上共有一百二十种，在日本的有四十种左右，

分为真河豚、潮际河豚、彼岸河豚、梨河豚、赤目河豚、鲭河豚和最下等的加奈河豚几大类。

学习吃河豚，应该从最高级的虎河豚（Tora Fugu）开始。它分布于濑户内海、本州中部和南中国海，最容易认出的是它背部黑腹白，全身斑点的中央有个像日蚀的圆形巨斑。

虎河豚极为稀少，都以乌河豚（Karasu Fugu）代之。乌河豚多由韩国输入，样子像虎河豚，中间也有一个日蚀大斑，但其他部分就没有斑纹了。

当今，当然有养殖的虎河豚，味道比野生的逊色得多。如何分辨？不是一般人认得出。有一点可以确定，日本人做生意还是讲信用，愈贵的愈可靠，看到便宜的虎河豚，都是养殖的。

好了，就算是野生河豚，第一次吃刺身，还是有上述三种反应。河豚肉在东京店里切得极薄，铺在有蓝色花纹的碟上，还见底。关东的大阪人吃，则要求厚身，滋味其实一样，但要细嚼，细嚼之下，甜味就产生了。也应该有种"咦？怎么那么鲜甜"的感觉。

第二次吃，那种感觉更强烈，到了第三次，你已经上瘾了，明白了河豚是天下最好吃的鱼的道理。这时，时光倒流，你已经和拼死吃河豚的苏东坡，交上朋友。

另一条引导你爱上它的路途，就是吃河豚火锅了，最高级的餐厅用松茸、茼蒿和豆腐打底，汤滚了，下一大块一大块的河豚肉兼骨，煮熟后吃，就算第一次吃，也即刻能吃出甜味和清香来。河豚肉质脂肪极少，虽淡薄，但煮熟了甜味极重，更奇怪地，它是唯一冷后还是全无腥味的鱼。

煮过的汤中，放入白饭滚一滚，再打鸡蛋进去，便能煲出一锅粥来，清甜无比，你吃得再饱，也能连吞三碗。

这时你算是小学毕业了。开始试河豚全餐：前菜有腌制的河豚肉、河豚干和河豚皮冻三种。接着是刺身,刺身碟边有一堆河豚皮,先略略灼热后切丝的。烤河豚用个小炭炉,通常吃腹部最肥美的肉,炸河豚吃头颅和其他带骨的部分,以及河豚面豉汤和最后的河豚火锅及粥。

喝的酒,是把河豚的鱼翅晒干,再烤它一烤,浸入温得极热的酒中,上盖,饮前点火柴,把盖子打开,忽的一下点着了火,烧掉一部分的酒精,再喝之,最初感到有点腥味,久之不觉。这时,你中学毕业。

大学课程中,要欣赏的是河豚的精子,日本人称之为白子,中国早有"西施乳"的称呼,比乳酪、猪脑等口感胜出万倍,味道更是无双的。白子可以炸来吃,但烧烤后点些面酱则是完美的烹调。生吃,当然最佳。吃出味道,大学就毕业。这时,你也可以用白子代替鱼翅投入热酒中,更是世上绝品。

河豚不只是长在海里,也能游入江川,成淡水鱼。中国种就是河里的,河豚这个名字,是由中国传到日本,可见很多吃法,都只是日本保留下来罢了。至于豚,是味美如猪肉的意思,古时候,有猪肉吃,已是珍贵。

河豚的毒,一早就有文字记载,它的毒集中肝脏和卵巢,当然也是最美味的部分了。

当今就算日本,在东京和大阪的餐厅,政府也禁止卖肝脏,一个出名的歌舞伎演员食后中毒即死,还带着笑容,可见有多厉害。

只有在九州北部,一个叫大分的地方,餐厅有河豚肝可吃,据说大分的水质有专解河豚毒的效能。但是吃时只去了肝的最外层的部分,而且放在水龙头下冲水几小时,才能放心。吃过后舌头有点麻痹,那只是传说而已,通常是不会感觉到的。

这个阶段,你已经是大学教授了。

四、酒的无穷乐趣

很久没有好好吃饭了

家中酒吧是每一个酒痴的最终归宿

　　疫情一定会过去的，过了之后，我们第一件事就是去旅行。旅途中入住酒店，当然会去酒吧喝上一两杯，而坐了下来，面对酒保，叫些什么才好，有许多人还是搞不清楚。

　　最容易要的是一杯Highball了，那是什么？威士忌加冰加苏打就是了。而当你洋洋得意时，他老兄问你要怎样的威士忌，就会把你问哑，这时候你看看架子上的，只要你认识任何一种，指着就是。但也要强记几个牌子，不然会把白兰地当威士忌，就出洋相。

　　喜欢旅行的人，在吃晚餐时总会到酒吧泡泡，知道怎么叫一两杯鸡尾酒，是基本认识。最普通的，就是詹姆斯·邦德常喝的Dry Martini了，跟着来的是他吩咐酒保："摇晃，不是搅拌。"（"Shaken, Not Stirred."）是他喝这种鸡尾酒的常用指示，不过在《007：大战皇家赌场》（*Casino Royale*）中，酒保问他要摇晃，或是搅拌时，他回答说："你以为我在乎吗？"（"Do I look like I give a damn?"）

　　刘伶们总希望家里有个酒吧，现在不能出门，是创造自己酒吧的最佳时期。这是你自己的，不必跟着大家屁股走，喜欢喝什么酒，就买多一点，创作自己的鸡尾酒。

如果要做一杯另一种最常叫的Manhattan鸡尾酒，威士忌就要选美国的波奔（Bourbon），而不是英国的Scotch。两份，或两盎司[1]的波奔，加一份或一盎司的甜苦艾酒，再加一二滴苦汁，内地翻译成比特酒，是蒸馏酒中加入香料及药材浸制而成的饮品，通常用来帮助消化，或治疗肚子痛。一般常用的是Angostura Bitters，很有独特的个性，酒吧不能缺少的，最后加上糖浸的樱桃，搅拌而成。

而詹姆斯·邦德喝的Dry Martini则是用金酒（Gin）做底，金酒分两大派，酒保会问你要什么Gin，如果你讲不出就是门外汉，英国派以Tanqueray为代表，你回答说Tanqueray就不会出错，而且非常正宗。另外一派以苏格兰西部产的Hendrick's为代表，你回答说Hendrick's，酒保也会俯首称臣。家中的金酒，一定得藏这两种，如果你的金酒是Beefeater牌，那就平凡了，这是基本知识。

Dry Martini中的"Dry"，并不代表"干"，而是"少"，一般的Dry Martini是两份金酒加一份Dry Vermouth（干苦艾酒）混合而成。

喝Dry Martini的酒鬼，通常要酒精越多越过瘾，那么Dry Vermouth就不必一份，而是把它倒入冰中，摇晃几下，剩下那么一点点Dry Vermouth，把其余的倒掉，再用它来摇晃搅拌金酒。常说的笑话，当今又回放一次：天下最Dry的Dry Martini，是喝着金酒，用眼睛来望架上的那瓶Dry Vermouth一下，如果望了两下，就不够Dry了。

你的酒吧中，一定要藏的Dry Vermouth里要有：（一）Dolin Dry；（二）Quady Winery Vya Extra Dry；（三）Ransom Dry；（四）Channing Daughters VerVino Variation One；（五）Contratto Vermouth Bianco；（六）Martini & Rossi Extra Dry。

---

1 盎司：重量、容量单位，1英制液体盎司约28.41毫升。

对某些受不了金酒的独特香味的人来说，可以用伏特加酒来代替金酒，又名Vodkatini，也别以为伏特加都是便宜的，Diva Premium Vodka可以卖到一百万美金一瓶。

当然你的酒吧不必用到那么贵的伏特加，当年俄罗斯的Stolichnaya很正宗，现在各国都出伏特加，荷兰的Ketel One最好了，酒精度可达四十巴仙。波兰的Chopin也好喝，最流行的是法国的Grey Goose，瑞典产的Absolut最为平凡。

我自己的经验是伏特加既然是原产于俄国，当然喝回他们的，在莫斯科旅行时，发现苏联解体后，土豪群出，做的伏特加也越来越精美，比较下来，最好喝的一个牌子叫Beluga，家里的酒吧需要的话，买瓶一千美金左右的就很高级了，记得把这瓶伏特加放在冰格中，它的酒精度高到玻璃瓶子不会爆裂，而且要时常取出来淋水，让冰一层层地加厚，直到变成瓶子被冰包围着成为一团为止。这时拿一个小杯，倒上一杯，喝完之后发现还会挂杯的。

有了酒吧之后，朋友们还是喜欢单一麦芽威士忌的话，先让他们喝好的，如麦卡伦陈酿，或日本名牌，这只限第一、二、三杯，接下来，他们已经分不出味道时，拿出雀仔牌，这种原名The Famous Grouse的威士忌，质量好到被麦卡伦看上，收购了。普通装的只卖到一百多块港币一瓶。

加冰、加苏打之后，再拿出一瓶上好的Sherry酒，加上那么一点点，更像是Sherry Oak浸出来的一样，已经微醉的朋友也会大叫好喝，好喝。

当然，雀仔牌威士忌已是便宜了，Sherry不能省，如果你是孤寒惯了，那么勾一点绍兴酒，它的味道最接近Sherry，想更便宜的话，喝白开水好了，没人能阻止你怎么喝的，只是不想和你做朋友而已。

烈酒喝的是价值，而不是价钱

英文的Spirit，含意甚多，如精神、灵魂、幽灵、鬼、勇气、个性、脾气、锐气、活力、真意、要旨、影响和风气。用于宗教，更有圣灵之意，但是我们这些喜欢喝酒的人，认为最恰当的，是烈酒的称呼。要酒精含量四十巴仙以上的，才有资格称为烈酒。

中国人爱喝烈酒，一杯杯干。其他地方的人就不喜欢吗？举韩国人为例吧，他们爱的是量，啤酒和土炮马格利，大杯大碗不停地喝，但请他们喝一两杯白兰地或威士忌，一下子醉倒。

但是研究起来，中国人喝烈酒的历史并不悠久，在南宋之前，还没有发明蒸馏法，所以昔时英雄及诗人的惊人酒量，其实吓不死人，最高不过是绍兴酒之类的级数罢了。

中国的烈酒，通称为白酒或白干，制法的资料，在网上找遍，发现并不多，但是要找茅台酒的价钱，就会跳出很多条来。

当今已贵得不像话了，付了钱还不要紧，喝到的尽是些假货，就是冤大头了。

我一向喝不惯，也不喜欢所谓的白酒，除了到了北京，买一小瓶的二锅头来送菜，的确配合得天衣无缝。二锅头货贱，所以没人造假，还是喝得过。

至于茅台，数十年前喝过一瓶真正老的，白色的瓷樽氧化为浅蓝，倒出后挂杯，一口干了，极为柔顺，一点也不呛喉，但劲道十足。此酒难寻，当今若有也要几十万一瓶，喝过了，也就算了。

一般的白酒，不管什么牌子都好，都有一股强烈的味道，喜欢的人说是酱香，闻不惯的感到一阵恶臭。它的挥发性强，瓶子又不密封，贮藏起来一股酒味。有人说："从前的茅台，也不过是几十块港币一瓶，早知道放他十打八打，现在拿出来卖，就发达了。"

就算给我捞一大笔，但在几十年一直被同样的酒味熏着，也不是好玩的事。而且，制作成本极低的白酒，当今的售价，全是被炒出来的，我们喝的已经不是酒的价值，而是它的价钱。

我不爱喝白酒，另一个原因是，如果喝多了，那股酒味会留在身上，三天不散，自己的已不能忍受，何况要闻别人的？

为什么我们那么爱喝酒？微醉后的那种飘飘然，语到喃喃时的那种感觉，不识酒的人是永远不会了解的。世界上那么多人喝酒，酒的好处，早已得到了证实，不是别人反对或阻止得了的。

追求这种快感，酒就愈喝愈烈了，而能喝烈酒，完全是因为年轻，身体接受得了。凡是酒徒，都会经过这一个阶段。

在中国，从前没有其他选择，白酒就成为唯一的烈酒，我们生活在香港，幸福得多，开始接触到的就是白兰地和威士忌了。前者在二十世纪七八十年代，更是无此君不欢，大家吃饭，席上一定是摆着一瓶；后来，口味逐渐改变，又追求健康，喝起红白餐酒来。白兰地失去它的光辉，但餐酒始终没有烈酒的满足感，当今，单一麦芽威士忌成为我们的宠儿。

要改掉国内酒徒喝白酒的习惯并不容易，但生活质量提高之后，相信也会转移到外国烈酒去，威士忌正在慢慢流行。喝白兰地的也不少，但多数是因为它的价钱。

最接近白酒的应该是伏特加，但我认为意大利的果乐葩（Grappa），更喝得过。它起初是用葡萄的皮、核和梗酿成的劣酒，当今受世界酒徒欣赏，质量愈提愈高，甚至选最好的葡萄，先去掉其肉，只选其皮做出来。带着一份轻微的幽香，酒质醇得不得了，顺喉不减其烈性。喝醉了，酒精挥发，身上不存异味。如果多加宣传推广，这个酒在内地市场将有无限的前途。

并非想话当年勇，只是记录一个美好时段，年轻时在南斯拉夫喝的Slivovitz，用李子做的，蒸馏了又蒸馏，成为带甜的烈酒，喝时用小玻璃樽装着，以一米计算，排在酒吧柜台上，十多瓶，一瓶瓶喝，喝到醉倒为止，是我最喜欢的烈酒之一。

从前尖东富豪酒店地库，开了家Hollywood East的迪斯科，流行一种叫Tequila Pops，是把大量的龙舌兰酒倒入杯中，再加苏打水，喝时用纸杯垫盖住杯口，大力一拍，苏打击发气体，令酒精更快发挥作用，几杯下肚，不醉无归，也好玩。

喝烈酒掺啤酒，觉得醉得不够快，还是先干几杯烈酒，然后在罐装啤酒底部开一个洞，把罐顶的匙一拉，整罐冲入喉中，重复几次，非醉不可。

总之喝烈酒，要自灌才是正途，相比"来，干一杯！"那种命令式的，有趣得了。我最讨厌别人强迫我喝酒，说什么不喝就没朋友做，这种朋友，不要也罢。

这种疯狂地喝烈酒的年代，不知什么叫优雅。当今，烈酒照喝，进入欣赏阶段。所谓的欣赏，是每一口，都要喝出它的滋味来，一喝到不知酒味，便得把杯子放下，其实，你的身体,也会告诉你放下的。

但我还是爱喝烈酒多过红白餐酒,最怀念的是与倪匡兄在旧金山喝的,一人一瓶Extra轩尼诗,吹着喇叭,一下子喝得精光,过瘾过瘾。

啤酒的种类越多，乐趣越是无穷

几位朋友心血来潮，想在香港开间啤酒酒吧，互相比较喝啤酒的经验，越谈越兴奋。

我们先确定啤酒的历史。

早在五千年前，巴比伦时代遗留下来的楔形文字，已经对啤酒的酿制有详细的记载。

近年在埃及金字塔附近发掘出筑塔工人的遗物，除了做面包的工具之外，便是做啤酒的器皿了。

人类学会造面包，便跟着酿啤酒，道理很简单，雨水把吃剩的面包浸湿，面包发酵后酿出酒精，就此而已。

啤酒主要的原料和面包一样是麦，韩国人最干脆，到现在还是叫啤酒为"麦酒"。生啤酒就是把酿好的啤酒就这么拿来喝，不快点喝掉便会变坏。把啤酒入瓶，经过高温加热来杀菌，可保存很久，这就是我们常喝的所谓熟啤酒，Lager和Pilsner了。

香港目前最流行的Lager，当然是"生力啤"，近来出品了Dry啤，所谓的Dry，并不是直译的"干"或"涩"的意思。主要还是酒精含量较高吧。

一般啤酒酒精含量是四巴仙，高的有六巴仙，还有八巴仙以上的，喝起来真过瘾。但是回头一想，喝一瓶八巴仙的啤酒，和喝两瓶普通的，效果一样，也没什么了不起。

只喝"生力"和受欢迎的"喜力""嘉士伯""青岛""蓝妹"等，不免觉得太过单调，啤酒种类越多，乐趣越是无穷。

吃日本菜时喝日本啤酒，牌子不少。老酒客的劝喻是喝"麒麟"，它多年来保持同一个水准，日本水质不错，又肯深究外国技术，他们的啤酒喝得过的，问题出在和其他国家比较，还是淡。虽然他们出了各式各种的Dry，但总觉得只是拼命在啤中加酒精，不自然。

辣得飞起的泰国菜，最好配他们的"星哈"，它酒精度高，泰国人又喜欢把啤酒冻得瓶中有碎冰块为止，热得全身是汗时倒进胃里，哧溜的一声，像冒出烟来。

英国菜最不好吃，但是英国人是天下第一爱啤酒人。种类之多，不胜枚举。英国人整天泡在Pub里，酿啤酒的智慧自然高了。除了"健力士"，很难推荐哪一个牌子是英国最好的啤酒。大制作商巨量生产，味道总不像无名厂家那么有特色。在英国喝啤酒，最好找一些有私酿啤酒的Pub，可以先买一本叫*Good Beer Guide*的书，里面介绍全英国五千家最突出的Pub，肯定能找到包君满意的酒肆。

德国人虽然喝得比英国人多，但是只是量的问题，不像英国人仔细欣赏。德国人要拼命灌才算喝啤酒，这也有它的乐趣。喝啤酒，豪爽是主要的条件。

除了名牌的"喜力""DAB"等之外，德国有种叫"Jever"的，味道极为错综复杂，有点像蜜糖般的甜味，但又有四十四种不同的苦涩，用各类啤酒花，即我们称为香蛇麻花的，配以最好的大麦酿成。此酒在香港还不常见，到欧洲时请你一定要试试。

能够在太古广场西武的"酒藏"买得到的是比利时Trappist僧侣酿制的啤酒"Chimay"。Trappist是天主教Cistercian修会的一派,僧侣生活严肃简朴,又喜欢做长时间的沉思。好家伙,这一沉思思出天下美啤之一。近年来,他们又沉思,沉思如何做生意,把"Chimay"大力推荐到外国经销,我们才有福气在这里喝到。"Chimay"包装得高贵,每一瓶还带一个自己的开瓶器,要卖到几十块一小瓶,但物有所值。

另一种Trappist僧侣做的牌子叫"Orval",在一间有九百年历史的僧院中生产,它用五种不同的麦芽酿制,加冰糖、德国香蛇麻花,变成一种浓郁橙色的啤酒,有很强的独特个性。

如果找不到"Orval"的话,你就到澳大利亚,买他们的"Coopers Brewery Sparkling Ale",味道很接近。到澳大利亚不妨试他们的"残废"(Invalid)牌黑啤酒,很甜,很可口。当然比"猫唛波打"容易喝得多,也没有"麦奇信"牛奶啤那般焦糖味,又营养十足。

其实普通啤酒的营养也已经是吓人的。

除了那四五巴仙的酒精,啤酒中含有氮素物质、碳水化合物、甘油、酵素、磷酸盐,维生素B_1、B_2、B_6以及叶酸,等等。一瓶啤酒有二百二十八卡路里的热量,比吃一大碗白饭还多。

谈到这里,我们这一群人的大脑中枢神经已受影响,渐入麻痹状态,聊喝酒变成已饮酒。天下也只有酒的话题,才能达到这种效果。

睡在我旁边的女人,没有苏东坡的小老婆那么聪明,苏东坡小老婆指着他的大肚皮,说:"你这里面装的是一肚子不合时宜!"

望着自己的大肚皮,我也不敢自傲地说:"这是一肚子墨水。"

身边的女人老老实实地说:"啤酒肚嘛!"

在什么场合，就喝什么威士忌好了

肥彭有两只狗，家里的叫"威士忌"，失踪的名"苏打"，可见得他也是个爱喝威士忌苏打的人，令我想写一篇关于威士忌的东西。

喝威士忌的人在香港是"少数民族"，输给压倒性的白兰地，嗜者好成群结党，一听到对方也有同好，即刻称兄道弟地拍肩膀，很容易交上个朋友。这种感觉，是开朗的，是活泼的，是舒服的。

别以为只有男人喜欢喝威士忌，认识不少女中豪杰，都对威士忌有特别的钟爱，和她们聊起威士忌的乐趣，知识可能比你还丰富，所以我们应该对威士忌有多一点的知识，参考资料是一本叫《用威士忌骗人》（*Bluff Your Way In Whisky*）的书，可惜并没有中文译本。

香港人从前只懂得喝"尊尼·走路"（Johnny Walker），在贫苦的二十世纪六十年代，有支红牌，已算不错。跟着生活的改善，大家流行喝黑牌。目前连黑牌，势利的人也不屑一喝，所以该厂出了"最老"（Oldest）牌，还是扭转不了局面。其实，当年的红牌，喝起来味道比任何高价品都好。

打败走路威（"尊尼·走路"威士忌的简称）的是"芝华

士"（Chivas），在黑牌卖得很贵的时候，"芝华士十二年"出现，又便宜又好喝。物有所值，香港人都转喝它，现在在超级市场中可以随手购入，成为最受欢迎的威士忌。追求美好的香港人又嫌十二年不足，要喝同厂制造二十一年的"皇家礼炮"（Roval Satule）了。"皇"牌由个瓷瓶装住，着实好看，分蓝、红、绿三种。厌尖（挑剔）的人，还只认定去喝其中一个颜色的货品。

荒唐的是连"皇家礼炮"也觉不够好，要买更上一层的芝华士——The Royal Salute's Directors Celebration Reserve，应该给阎罗王抓去拔舌头。

对付这种人的最佳办法是请他们喝装入贵瓶的便宜威士忌，看他们喝不喝得出。

回到平凡的威士忌，通常我喜欢兑苏打喝，有的人只爱兑水喝，各有所好。但是好好的威士忌为什么要加水和苏打呢？威士忌和净饮的白兰地不同，要"开"了才好喝，水和苏打，都有把威士忌中的香味打开的功能。

不喜欢掺水和苏打的，喝Malt威士忌好了。香港人已经进入喝Malt威士忌的地步，最易上手的是Glenfiddich的三角形樽牌子。

Malt威士忌又分Vatted Malt和Single Malt，前者是掺了两种以上的牌子的酒，后者独沽一家。

令人破产的是Single-Cask Malt。

Single Malt由一家厂制造，但是掺了同厂的许多不同的酒，别以为瓶子上写的十二年就是十二年，它只是有些是十二年，有些只是十二天的勾出来罢了。

Single-Cask Malt绝对不掺水分，由一家厂、一个蒸馏器、一个年份制造出来。牌子很多，你自己去选，但要认定是Single-Cask Malt就是了。

喝Malt威士忌的人常常说:"世界上只有两种东西最好是裸体的,其中一种是威士忌。"

单单是喝贵威士忌,人就会变得庸俗,便宜威士忌好喝的很多,在什么场合,吃什么菜色,就喝什么威士忌好了。泰国出产的"湄公"牌便宜酒,配泰国菜一流。吃日本料理的时候可喝他们的Suntory,这酒味道带甜,我们常开玩笑说它加了"味之素"。英国人更尖酸,他们说:"如果你早上也喝日本威士忌,晚上也喝日本威士忌,那么最后你会觉得日本威士忌有点像苏格兰威士忌。不过,到那个时候,你已经死了。"

美国人不让英格兰人霸占威士忌,他们自己制造了"波奔"(Bourbon)威士忌。"波奔"这个名字是出自一个肯塔基州的商人Aristophanes Q. Bourbon。奇怪的是,这个叫波奔的人自己并不喜欢喝威士忌,他是一个出名的巧克力厂的老板,只爱吃巧克力和饼干。

这是英国人笑美国威士忌的话题,但是波奔的确有它独特的味道,在制作过程中用很多榆木炭来过滤,有一股强烈的炭味,喝了也会上瘾。最普通的是"积克·丹纽尔",但老饕们多爱喝"野火鸡"(Wild Turkey),野火鸡有一百一十度,每两度是一巴仙酒精,含酒精量五十五巴仙。

谈威士忌,有几个名词要记得,Pot-Still是其中之一。所谓Pot-Still,就是那个铜制的威士忌蒸馏器,样子有点像个洋葱,更像一管巨大的烟斗。

Cask是用来装威士忌的木桶,一切威士忌至少要放在木桶里三年才能成熟。威士忌一入瓶就不会成长。所以有人拿一瓶酒,说在家里已经放了二十年,也一点用处都没有。在木桶里长成的威士忌有二巴仙的酒被蒸发掉,这二巴仙叫Angel's Share,让天使喝掉了。

世界上的威士忌，有数万种，但是没有两种是相同的，所以威士忌像女人，不断地发掘，一生也追求不到那么多。可怜的是，天下有九十九巴仙的人喝不出它的分别。

在意大利邂逅果乐葩，从此成为人生挚爱

Grappa并没有一个正式的中译名，不像白兰地或威士忌。为了免写拉丁字母，我们暂时叫成"果乐葩"吧，直到另一个更适当的译名出现。

果乐葩是红白餐酒的副产品，剥葡萄后的剩余物资，如葡萄皮、枝梗，甚至果核也用上，酿成一种身价最贱的酒，蒸馏之后强烈无比，最初是农民做来过酒瘾的东西，登不上大雅之堂。

邂逅果乐葩，是因年轻时和意大利友人在树下吃四个钟头的午餐，在享用堆积如山的意粉和大鱼大肉之后，红酒已渐失味道。老头子从一个玻璃瓶中倒出一杯透明的液体要我尝尝，一进口简直是燃烧了喉咙，但那股强劲和香味令我毕生难忘，一见钟情地爱上了果乐葩。

后来一上意大利餐厅，即要求上果乐葩，不卖此酒的食肆绝对不正宗，尤其是在加州的新派健康意大利餐厅，就找不到果乐葩。对于这种忘本的食肆，我感到异常憎恶，永不涉足。

我把果乐葩叫为快乐饮品（Happy Drinks）。和白兰地相同，它是饭后酒，又与东方人喝白兰地一样，我是饭前、饭中、饭后都喝的。

最强的果乐葩有八十六巴仙的酒精，空着肚子一喝，人即刻飘飘然，接着的食物特别好吃。一杯又一杯干掉，气氛融洽，语到喃喃时，什么题材都觉得好笑，嘻嘻哈哈一番，所以叫它为快乐饮品。

当然其他烈酒也有这种效果，但是和意大利菜搭配，还是只有果乐葩最好。吃法国菜从头到尾饮白兰地不是不行，反正我付钱，要怎么喝是我的事，但法国红酒过于诱人，可以到最后再碰白兰地；意大利红酒好的少，餐厅老板也不在乎你放肆。什么？你喜欢一来就喝果乐葩？好呀，喝吧，喝吧，我也来一杯。

香港有家很正宗的意大利餐厅叫Da Domenico，海鲜蔬菜都一丝不苟地从罗马运来，那些头已发黑的虾，很不显眼，但一进口，即刻感到一阵又香又浓的味道，像地中海的风已经吹到，又灌了几口果乐葩。愈喝愈高兴，来一碟用橄榄油和大蒜爆香的小鱿鱼，再喝，不知不觉，一瓶果乐葩已剩半，大乐也。

近这十多二十年，果乐葩再也不是贱酒，它渐渐受世界老饕欢迎，最有品位的酒吧也摆上几瓶，像一百年前白兰地和威士忌打进市场一样，果乐葩是当今最流行的烈酒，把伏特加和特奇拉挤到一边去。

从前几美金一瓶的果乐葩，近来愈卖愈贵，选最好的葡萄，去掉肉，只剩皮来发酵蒸馏，瓶子又设计得美丽，已要卖几百美金一瓶了。

只有在意大利做的，才能叫果乐葩，和香槟、干邑等一样。而只用葡萄皮炮制，才拥有这个名称，整颗葡萄造出来的，叫Acquavite d'uva。

虽然传统的制法是把枝梗和核也一块儿发酵，但当今的果乐葩已放弃这些杂物，因为它们的涩味会影响到酒质，所以只用葡萄皮，而且是红葡萄比白葡萄好，将葡萄皮压榨后的物质叫"渣粕"，渣粕的发酵过程中加水，在欧洲联盟是被禁止的，这是有法律规定的，严格得很。

发酵过的渣粕煮热后就能拿去挤汁后蒸馏，过程和蒸馏白兰地或威士忌一样，一次再一次的，蒸到香醇为止。古老的方法是酿酒者喝了一口，往烈焰喷出，发出熊熊巨火的话，就大功告成，全靠经验。

不像其他佳酿，果乐葩只要储藏在木桶中六个月就可以拿来喝，但最少要放个半年，这也是法律规定。通常用的木桶由捷克的橡木做，小的可以装两千公斤，大的一万公斤。在储藏过程中，果乐葩产生一些甜昧，但也有些将糖分完全去掉，我本人还是喜欢略带甜的。

种类至少有数千种，哪一瓶果乐葩最好呢？初饮的人会先被瓶子给吸引，典型的有Bottega厂出产的Grappolo，瓶子上烧出一串透明的葡萄，漂亮得不得了。其他产品的瓶子也多数细细长长，玻璃的透明度很高，瓶嘴很小，用个小木塞塞住；也有圆形的，像个柚子。

喝果乐葩也有独特的酒杯，代表性的是Bremer厂生产的杯子，杯口像香槟杯那么又长又直，杯底则像白兰地杯般来个大肚子，杯柄和鸡尾酒杯一样细长。

果乐葩用不用在烹调上呢？真不常见。不如红酒或白兰地用得多，只加在甜品中，也有些意大利人在烤薄饼之前拿把油刷在饼上，洒上一层果乐葩，但大抵是对此酒入迷的人才会这么做。

伏特加和金酒常见在于鸡尾酒中当酒底，以果乐葩代替这两种酒，也是新的调酒方。

如果你问我哪一种果乐葩最好喝？我是答得出的，但不告诉你，喜欢果乐葩有一个过程，那就是每一种牌子都要亲自试一试，尝到最喜欢的那一种为止。像交女朋友一样，找到一个你爱上的，就好了。《大红灯笼高高挂》的多妻时代已经过去，好在烈酒还能拥有数种，甚至数十数百种，人生一乐。

关于清酒的二三事，听我一一细数

日本清酒，罗马字作Sake，欧美人不会发音，念为"沙基"，其实那"ke"读成闽南语的"鸡"，国语就没有相当的字眼，只有学会日本五十音，才念得出Sake来。

酿法并没想象中那么复杂，大抵上和做中国米酒一样，先磨米、洗净、浸水、沥干、蒸熟后加曲饼和水，发酵，过滤后便成清酒。

日本古法是用很大的锅煮饭，又以人一般高的木桶装之，酿酒者要站上楼梯，以木棍搅匀酒饼才能发酵，几十个人一块儿酿制，看起来工程似乎十分浩大。

当今的都以钢桶代替了木桶，一切机械化，用的工人也少，到新派酒厂去参观，已没什么看头。

除了大量制造的名牌像"泽之鹤""菊正宗"等，一般的日本酿造厂，都规模很小，有的简直是家庭工业，每个县都有数十家，所以搞出那么多不同牌子的清酒来，连专家们看得都头晕了。

数十年前，当我们是学生时，喝的清酒只分特级、一级和二级，价钱十分便宜，所以绝对不会去买那种小瓶的，一买就是一大瓶，日本人叫为一升瓶Ishobin，有一点四升。

经济起飞后，日本人见法国红酒卖得那么贵，看得眼红，有如心头大恨，就做起"吟酿酒"来。

什么叫吟酿？不过是把一粒米磨完又磨，磨得剩下一颗心，才拿去煮熟、发酵和酿制出来的酒。有些日本人认为米的表皮有杂质，磨得愈多杂质愈少，因为米的外层含的蛋白质和维生素会影响酒的味道。

日本人叫磨掉米的比率为"精米度"，精米度为六十的，等于磨掉了四十巴仙的米，而清酒的级数，取决于精米度：本酿造只磨得三成，纯米酒也只磨得三成，而特别本酿造、特别纯米酒和吟酿，就要磨掉四成。到最高级的大吟酿，就磨掉一半，所以要卖出天价来。

这么一磨，什么米味都没了，日本人说会像红酒一样，喝出果子味（Fruitiness）来。真是见他的大头鬼，喝米酒就要有米味，果子味是洋人的东西，日本清酒的精神完全变了质。

还是怀念我从前喝的，像广岛做的"醉心"，的确能醉入心，非常美味，就算他们出的二级酒，也比大吟酿好喝得多。别小看二级酒，日本的酒税是根据级数抽的，很有自信心的酒藏，就算做了特级，也自己申报给政府说是二级，把酒钱降低，让酒徒们喝得高兴。

让人看得眼花缭乱的牌子，哪一只最好呢？日本酒没有法国的Latour或Romanee-Conti等贵酒，只有靠大吟酿来卖钱，而且一般的大吟酿，并不好喝。

问日本清酒专家，也得不出一个答案，像担担面一样，各家有各家做法，清酒也是。哪种酒最好，全凭口味，自己家乡酿的，喝惯了，就说最好，我们喝来，不过如此。

略为公正的评法，是米的质量愈高，酿的酒愈佳。产米著名的是新潟县，他们的酒当然不错，新潟简称为越，有"越之寒梅""越乃光"等,都喝得过,另有"八海山"和"三千樱",亦佳。

但是新潟酿的酒,味淡,不如邻县山形那么醇厚和味重。我对山形县情有独钟,曾多次介绍并带团游玩,当今那部《礼仪师之奏鸣曲》大卖,电影的背景就是山形县,观光客更多了。

去了山形县,别忘记喝他们的"十四代"。问其他人最好的清酒,总没有一个明确的答案,以我知道的日本清酒二三事,我认为"十四代"是最好的。

在一般的山形县餐厅也买不到,它被誉为"幻之酒",难觅。只有在高级食府,日人叫作"料亭",从前有艺伎招呼客人的地方才能找到,或者出名的面店(日本人到面店主要是喝酒,志不在面),像山形的观光胜地庄内米仓中的面店亦有得出售,但要买到一整瓶也不易,只有一杯杯,三分之一水杯的分量,叫为"一下"(One Shot),一下就要卖到二千至三千日元,港币一百多两百了。

听说比"十四代"更好的,叫"出羽樱",更是难得,要我下次去山形,再比较一下。我认为最好的,都是比较出来的结果,好喝到哪里去,不易以文字形容。

清酒多数以瓷瓶装之,日人称之为"德利"(Tokuri)。点单时侍者也许会问:一合?二合?一合有一百八十毫升,一瓶酒的四分之一,四合一共七百二十毫升,故日本的瓶装比一般洋酒的七百五十毫升少了一点。现在的德利并不美,古董的漂亮之极,黑泽明的电影就有详尽的历史考证,拍的武侠片雅俗共赏,能细嚼之,趣味无穷。

另外,清酒分甘口和辛口,前者较甜,后者涩。日人有句老话,说时机不好,像当今的金融海啸时,要喝甘口酒,当年经济起飞,大家都喝辛口。

和清酒相反的，叫浊酒，两者的味道是一样的，只是浊酒在过滤时留下一些渣滓，色就混了。

清酒的酒精含量，最多是十八度，但并非有十八巴仙是酒精，两度为一巴仙酒精，有九巴仙，已易醉人。

至于清酒烫热了，更容易醉，这是胡说八道，喝多了就醉，喝少了不醉，道理就是那么简单。

原则上是冬天烫热，日人叫为Atsukan；夏日喝冻，称之Reishyu或Hiyazake。最好的清酒，应该在室温中喝。Nurukan是温温的酒，不烫也不冷的酒，请记得这个Nurukan，很管用，向侍者那么一叫，连寿司师傅也甘拜下风，知道你是懂得喝日本清酒之人，对你肃然起敬了。

人生喝到的第一杯鸡尾酒，此情不渝

有一阵子酒喝多了，生厌，停了一阵儿，现在又重投旧情人怀抱，要求更多，比从前的酒量厉害。

又在饭前逛酒吧，要了一杯"曼哈顿"（Manhattan），这是我人生第一次接触到的鸡尾酒，此情不渝。

初学调酒，依足书上所写：两份（二盎司）美国威士忌波奔（Bourbon），一份甜苦艾酒（Sweet Vermouth）和一滴Angostura Bitter（南美洲出产的一种芳香树皮浸出来的调味品）。

放进一个搅拌玻璃容器中，加大块的冰，铁匙拌它一拌，即刻倒入一个六盎司的口圆底尖鸡尾酒杯，放进一粒红颜色的樱桃，大功告成。

这杯琥珀色的酒，美丽得很，加上甜苦艾也容易入口，正感有点辛辣时又有那颗樱桃来调节，淑女也会即刻爱上，威士忌烈性强，绅士们喝得够喉，多几杯也会醉也，故无娘娘腔的感觉，是杯完美的鸡尾酒。

喝曼哈顿是向纽约人致敬，一面向那边的老饕学习，一面自己努力，多年来的研究，已能调出一杯请纽约客喝，也颇像样的酒来。

首先是波奔的选择，一般人认识的只有几个牌子，像Jim Bean、

Jack Daniel等，一到用上Wild Turkey已算是专家，更进一步，会接触到Maker's Mark。

其实，只出一种酒的Martin Mills很醇，Jefferson's也好。至于另一名牌I. W. Harper的总统贮藏（President's Reserve）是顶尖。

苦艾酒Vermouth只能用意大利Martini and Ross一牌，这公司出的苦艾酒分甜的（Sweet）和干的（Dry），前者深红后者纯白，不可混乱。

Angostura Bitter非常偏门，只有一家公司生产，不会搞错。

至于樱桃，太小的或无核的都不正宗，一定要用连核带枝的Maraschino Cherry。烛光晚餐中，对方不喝酒。来杯曼哈顿，先把樱桃由枝部拿出来献给她，绝对不能喝光了鸡尾才问人要不要吃，太恶心。别小看那么细的樱桃上沾的不够一滴的酒，感觉上也可醉人。

玻璃杯太小，酒倒得满满令人不安。杯子太薄也有寒酸气，最好用名牌玻璃厂出的六盎司大水晶鸡尾酒杯。

自己调配的话，可以不依足传统的配方，原来的曼哈顿到底太甜而不够强烈。波奔可以加到二点半盎司，甜苦艾减至一点半盎司。

绝对不可用摇器（Shaker）去混，放进调酒器（Strainer）中，加几块大块的冰，以防冰快融而冲淡，用搅棒拌一下即刻倒入杯中，再加樱桃。

之前下的Angostura Bitter也需技巧，用小樽的，往调酒器中一冲，即刻收手。酒吧为了省钱，喜用大樽的。口大，一冲太多，香味过浓也不是办法。

这时，你已经调了一杯完美的曼哈顿。

到底是谁发明的呢？

一般传说，是纽约的曼哈顿俱乐部中的一个酒保为丘吉尔夫人做的，不是首相的老婆，是他妈妈，时在一八七四年。

另一说是食评家Carol Truax的爸爸首创。谁都好，没正式记录，也不必去研究。

曼哈顿的另一个叫法是甜马天尼（Sweet Martini），和干马天尼（Dry Martini）是相对的。前者用甜苦艾酒，后者用干苦艾酒。两种酒都是在纽约的酒吧中最流行的。

喝干马天尼的杯子和曼哈顿用的一样。传统调配分量也和曼哈顿相同，但以两份的占酒（金酒）代替波奔，一份的干苦艾，也是在调酒器中拌一拌冰倒入杯，放进杯中的不是樱桃，而是一粒绿色的橄榄。占酒已够香了，所以不必再添什么Angostura Bitter之类的香料。

占酒为最普通的英国Beefeater，也有很多人用Gordon's Gin。自认为专家的人很喜欢用Tanqueray牌的占酒，他们到了酒吧，不说来一杯Dry Martini，而是说来一杯Tanqueray。

其实，最纯的占酒，应该是荷兰产的Bols，荷兰人叫占内芙，传到英国才变成占酒。

但当今被公认为最佳占酒的是Bombay Sapphire，英国产，和印度孟买无关。你在酒吧中回酒保说要Bombay Sapphire，绝对会受尊敬。

至于干苦艾，则用与甜苦艾同公司生产的就行。最后下的橄榄要大粒、坚硬和有核的，中间包着樱桃，软绵绵的是邪道。

空肚子灌上三两杯干马天尼很容易醉，人就轻松快乐起来，为了增强这种快感，当然把干苦艾酒的分量愈减低愈好。

所以叫这杯鸡尾酒时，通常向酒保说要很干（very dry）。"干"是什么？很多人还弄不懂。内地也拼命用这名词，什么干葡萄酒、干啤酒等。其实"干"是一种感觉罢了，喝进口酒的感觉到了喉咙即走，不会黏黐黐地一直流到肠胃中。所以当你说要很干时，只是表达你要尽量少苦艾酒而已。

这时，酒保会把苦艾倒入调酒器中，加几块冰，把苦艾倒掉，只留在冰上那么一点点，就是很干了。

至于天下最干最干的马天尼是怎么弄出来的？这是我最爱说的笑话，现在重播：那是只喝纯占酒，用眼睛望一望架子上的干苦艾罢了。

喝烈酒的人，
一定要到勃艮第喝一杯单麦芽威士忌

喝烈酒的人，到了最后，一定喝单一麦芽威士忌（Single Malt Whisky），天下酒鬼都一样。

而喝红白餐酒，到了最后，一定以法国的勃艮第（Burgundy）为首，天下老饕都一样。

年轻时，什么餐酒都喝进肚；人生到了某个阶段，就要有选择，而有条件选择的人，再也不会把喝酒的配额浪费在法国以外的酒了。

当然，我们知道，美国纳帕区产的酒也有好的，还有几支卖成天价呢，但为数还是少得可怜。澳大利亚也有突出的，像Penfold的The Grange和Henschke的特级酒，都喝得过，意大利和西班牙各有极少的佳酿。与这些酒一比，智利的、新西兰的、南非的，都喝不下去了。

到了法国，就知道那是一个最接近天堂的国家，再也没有一个地方有那么蔚蓝的天空，山明水秀，农产品丰富。酿酒，更是老大哥了。

诸多的产区之中，只有波尔多和勃艮第可以匹敌。巴黎在法国北部，我们这次乘午夜机，经时差，抵达时是清晨七点，交通不阻塞，坐车子南下，只要四个小时就到了勃艮第了。

主要都市叫伯恩（Beaune），我们当它是根据地，到勃艮第四周的酒庄去试酒。对食物，我还有一点点的认识，但说到餐酒，还真是一个门外汉。有鉴于此，我请了一个叫史蒂芬·史普瑞尔（Steven Spurrier）的英国绅士做我们的向导。士标罗是最先创造教人家喝酒的专家，在国际上颇享声誉。年纪应该七十多了，但一点也不觉老，只是不苟言笑，像个大学教授，说起话来口吃的毛病很深，由庄严的形象变成滑稽，较为亲民。

许多酒庄主人都是史普瑞尔的朋友，他带我们喝的，都是当地最好的酒，我们也不惜工本支持他，由年份较近的喝起，渐入佳境。吃的也是米其林的星级餐厅，米其林海外版信用不高，但在法国，是靠得住的。

勃艮第酒和波尔多的，最大分别是前者只用两种葡萄。白酒用的是Chardonnay，而红酒用Pinot Noir。后者则是以多种不同的葡萄品种酿成独特的味道，他们的解释是：一种葡萄是面包，作为打底；其他种类当成菜肴，加起来才是一顿佳宴。

真正的勃艮第整个产区，也不过是一百七十五平方公里，和波尔多一比是小巫见大巫，它夹在Chablis和Beaujolais之间，前者的白酒还喝得过去，后者每年十一月的第三个星期生产的博若莱新酒，不被法国人看重，有些人还当成骗外国酒客的笑话呢。

这回我们刚好碰上博若莱新酒出炉。有些没运到香港的牌子，还真喝得过。

一般人认为勃艮第的白酒最好喝，但是它的红酒才最珍贵，像Romanee-Conti，不但是天价，而且不一支支单卖，要配搭其他次等的酒才能出售。

为什么那么贵？Romanee-Conti区一年只出七千五百箱酒，天下酒客都来抢，怎能不贵？

勃艮第的法律也很严格，多少尺地种多少棵葡萄，都有规定。这个地方的石灰石土地和阳光，种出来的葡萄是独一无二的。虽说只用一种葡萄酿制，但下的酵母多少，每年气候如何，都有不同的品质，一个酒庄酿出来的酒没有一种强烈的个性，不像波尔多的名酒庄，一喝就很容易喝得出来。

专家们都说Romanee-Conti的1990、1996和1999都是过誉了，不值那个钱，其他名厂的酿酒法也跟着进步，不逊色于Romanee-Conti的了。

但专家说是专家事，众人一看到这家人的牌子就说好，说到底，懂得酒的价钱的人居多，知道酒的价值的人，还是少之又少。

白酒之中，Le Montrachet称为第二，没人敢称第一了。这家酒庄只有八公顷。波尔多人一定取笑，说这么小的地方酿那么少的酒，赚什么钱呢？但数量越少就越多人追求，我们在那个地区试的白酒，像Batard-Montrachet和Chevalier-Montrachet都很不错，价钱便宜得许多。

Chardonnay葡萄种酿的白酒，也不一定酸性很重，勃艮第的Theuenet酒厂就依照Sauternes的做法，把熟得发霉的葡萄干酿成的甜酒并不逊色，因为不受注意，价钱也被低估了。

走遍了法国的酿酒区后，发现一个事实，那就是红白餐酒是一种生活习惯，吃西餐的大块肉，需红酒的酸性来消化；吃不是很新鲜的鱼，需白酒的香味来掩遮，从小培养出来的舌头感觉，并非每一个东方人都能领会的。

而且，要知道什么是最好，需要不断地比较，当餐酒被指为天价时，只有少数付得起的人能够喝出高低。餐酒的学问，到底是要用尽一生，才有真正辨别出好坏的能力。

一知半解的，学别人说可以喝出云呢拿（香草）味呀，朱古力味呀，核桃味呀，那又如何？为什么不干脆去吃朱古力和核桃？有的专家还说有臭袜味，简直是倒胃。

餐酒的好坏，在于个人的喜恶，别跟着人家的屁股。喝到喜欢的，记住牌子，趁年轻，有能力的话多藏几箱。

也不是愈老愈好的，勃艮第的红酒虽说三十年后喝会更好，但白酒在五年后喝状态已佳，红酒等个十年也已不错。应该说，买个几箱，三五年后开一两支，尝到每个阶段的成熟，好过二三十年后开，发现酒已变坏，这话最为中肯了。

五、世界美食之旅

法国大餐，和法国巴黎一样浪漫可爱

如果你到过世界上的所有大城市，到最后，你不得不承认，还是巴黎最美。

凯旋门为中心，十几条的大道由此放射出去。巴黎整个都市是一个大博物馆，欧洲文明的结晶。这不是偶然的，比较周围的国家：英国是岛国，气候阴沉；意大利人最热情，不能耕种的地方还是过多；德国风景不错，但人冷酷；西班牙人太好玩，经济文化都落后一些；北欧国家太冷，东欧又太穷。唯有法国山明水秀，人性温和浪漫。一切是她最得天独厚的。

巴黎人爱夜晚，还建立了一套理论：如果将名胜古迹从外面照得像白天一样，那么和早上看有什么分别？夜里，就应该有晚上的光辉，他们说。

所以用了几千万个小灯泡，镶在架子里面，照出来的是如丝似锦的铁塔。这不只是新概念，而且要有一个爱面子，又有点疯癫的政府才肯花那么多钱去照亮的。

经济不景气，人们拉紧腰带也要支持政府浪费，但政府也照顾着他们，长棒形的面包和葡萄酒是不准涨价的，两样东西每天花不到二十块港币就能维生。

当然，巴黎人一有钱，就吃。吃东西对他们来讲，是生活的享受，不只是扒进口里就算了。到了巴黎，第一件事就是去吃他们最出名的海鲜。

法国人的海鲜是独特的，没有一个地方能够模仿。首先，侍者把一个三层的圆形空铁架放在餐桌上。最底层放着一碟醋和一碟牛油及多片的面包。第二层挂满了肥大的白灼虾。一圈围下来有数十只。最上层的大碟中铺满了细冰，上面是生蚝、蛤、螃蟹、螺和海胆。其中的东西你不喜欢，那么就来整大碟的三打生蚝或蛤或螃蟹。

有了这个丰富的海味，还吃什么面包撑肚皮，错了。入乡随俗，吃海鲜之前，要是你不以面包牛油将你的胃壁涂上一层保护膜的话，大多数人都会拉肚子。

生蚝我们在香港只知道吃Belon，其实还有许多又便宜又好吃的品种。建议点菜之前先走到他们的海鲜档上亲自选择。又肥又大的膏肉皆美，但有些瘦的更甜，几个人去吃，可以每样先来半打，挑最喜欢的再叫过。

较生蚝爽口，有咬头的是蛤子。法国蛤不比在纽约吃的Cherry Stone Clam差，巨大如橙，鲜甜得不得了。

法国螃蟹的膏也多，和大闸蟹也各有千秋，比大闸蟹大数倍，肉质幼细，味甘。

东风螺状的法国螺肉不硬，很可口，但已被先入为主的蚝和蛤抢去风头，客人只吃三四个就停手。

海胆是连壳上的，苹果般大的壳上打开一个洞，用匙羹掏出壳壁肉的膏吃。胆肉不多，弄个半天吃不到几口，有时还会吃到壳上的硬刺，实在不敢领教，还是日本料理的海胆有吃头。

以为已经饱了，原来海鲜只是头盘。这时最好来个热汤暖胃，法国海鲜汤不是用什么龙虾熬的，而是将鱼肉蒸熟后磨碎煮成。并没有腥味，但是一大碗像浆又似羹的浓汤喝了下去，肚皮再次胀饱。

接下是点主菜了，我们这次旅行全部由查良镛先生夫妇招待，去的都是第一流的餐厅，选中了一家叫"Au Pied de Cochon"的，《茶花女》这部电影就是借它拍内景的。美轮美奂，古色古香，招牌上画的是三个大师傅在批一只肥猪的手，名副其实，是以烧猪手出名的餐厅，当然是叫烧猪手了。

中间已去骨，猪手是蒸熟了之后再烤的，香喷喷的皮，用叉子也可以切片，可想而知，软熟得很。

以上的食物只是一餐中的三分之二，还有甜品，大片的胡桃蛋糕、法国冰淇淋、咖啡、巧克力等。

查太最欣赏餐酒，好年份的名牌，比香港便宜一半以上，就算是叫餐厅的普通白兰地，也比在香港购买到的什么X.O香醇。

这次查先生公子、儿媳妇、千金、女婿，还有其他友人，一共十二位，这一餐吃下来埋单是四千港币，在香港绝对吃不到。

连续几餐的法国菜之后，吃不消。另选越南牛肉粉，汤浓、肉鲜，简单的一碗，是天下美味。

有时也去吃中国菜，到一家叫"日月星"的餐厅，请店主找出腊肠来做沙煲饭，又是一乐也。饭后店主拿出簿子，翻到法国总统密特朗的那一页，给我们签名留念，查先生签之无愧，我是高攀。

查先生在巴黎十六区有个三千多英尺[1]的公寓，我们一直在餐厅吃已是两个星期了，上街市买海鲜、肉类回家打边炉，东西比香港便宜许多，味道又不差九龙城的"方荣记"。

1　1英尺=30.48厘米。

从歌词中走出的普希金咖啡室，一场诗意的幻想

我们这次在莫斯科只停留三天，但是吃了三顿"普希金咖啡室"（Cafe Pushkin）。

怎么会？听我细诉。抵达后第一晚去了"国家芭蕾舞剧场餐厅"（Restaurant Bolshoi），客人都是看完表演后去吃的，品位应该很高，水准也的确不错，但食物没有留下印象，反而是试了全俄罗斯所有的最高级伏特加，知道哪一个牌子的最好，这已很难得的了。

第二天就专程去这家闻名已久的"普希金咖啡室"了，名叫咖啡室，其实是家甚具规模的餐厅，一共有四层楼，地下室是衣帽间。

普希金是最受俄国人尊敬的一位作家和诗人，很年轻就和人家决斗而死去，莫斯科市内有个普希金广场纪念他，餐厅以他为名，名声更响。

一走进去，的确古色古香，架子是从二楼搭到四楼，全面是书，宏伟得很，墙挂古画，文艺气息非常之重，给客人一个历史悠久的感觉。

侍者都是千挑万选的人才，虽说共产主义之下没有训练出

服务人员，但这里的是例外，水准和欧洲大城市的名餐厅有得比，当他们听到我们叫了一瓶Beluga Gold Line的伏特加时，已知道懂货的人来了，即刻搬出巨大的冰桶，里面插着被冰包围的佳酿。

接着，拿出一管器具，一头是个小铁锤，用它敲开了封住瓶口的冰；一头是根刷子，用来把碎冰拨开，然后一下子将樽塞（瓶塞）起了，倒出一杯浓得似糖浆的酒，这是伏特加最正宗的喝法，大家一口干了，不会被呛住，很易下喉，证明是好酒。

未试过的客人一定会被这仪式吓着，其实Beluga这块牌子的伏特加有数种级数，如果在高级超市买了这瓶Gold Line，就有这根器具奉送。俄国人也学尽资本主义，把伏特加卖到天价去了。

送酒的，当然是鱼子酱了，这里卖的当然也不便宜，但和西欧比较，还是合理的，而且斤两十足，品质极高，要了一客两千多块港币的，也可以吃个满足和满意。

经常在侦探小说中提到"普希金咖啡室"，俄国走资本主义路线后，黑手党开始出现，克格勃也借尸还魂，旧老板当权，哪有不照顾手下的？他们的集中地，就是这家餐厅，我们做游客的，很欢迎这种现象，黑手党才有钱，有钱就会吃，好的餐厅才能出现。

在等待上桌时，侍者奉上一大篮子的面包，有各种形状，掰开一看，竟然全部有馅，野生蘑菇的、羊肉碎的、牛肉碎的、橄榄的、各种泡菜的，应有尽有，香喷喷的刚刚烤出来，单单吃这篮面包，已是美味的一餐。

汤上桌，是个碗，上面有个盖，全是面包烤出来的，里面是俄罗斯汤。当然也有斯特罗加诺夫牛肉（Beef Stroganoff）、烤肉串、黄油鸡卷、俄式馄饨等，精致一点的，有烟熏鲟鱼，是个尖形的玻璃罩子，把现烤的烟封住，中间插着一棵香草，一打开，香味扑鼻，吃一块鲟鱼，是肚腩肉，肥美无比。

鹅肝酱用果冻的方式做出，一层鹅肝、一层猪头肉、一层羊脑，中间夹着啫喱，淋上特制的酱汁，虽然是个冷菜，但无腥味。

我一向对鸡没有什么好印象，这里做的只用鸡腿的部分，外面一层培根和面包粒，肉是蒸得软熟，再油炸出来，吃进口，满嘴鸡肉的鲜味。

羊肉用羊肠卷起来，再拿去烧烤。牛肉不是神户的，但也那么多油和软熟，乳猪烤得像一块块的蛋糕，拌着芥末和其他香料做的啫喱吃。

甜品是侍者在桌边做的火焰蛋糕，里面的馅是雪糕，又冷又热，又香又甜。

伏特加一瓶开了又一瓶，当晚酒醉饭饱，问侍者说哪里可以抽烟？他用手指指着桌上："这里！一顿完美的餐宴，不以一根好雪茄结束，怎行？"

要是阻止黑手党大阿哥抽烟，也不太容易吧？我想。

"开到几点？"我又问。

"二十四小时。"他回答。

哈哈，这下可好，酒店的自助早餐，永远是花样极多，但没有一种是好吃的。翌日，我们又来到普希金咖啡室。各种丰富的英式炒蛋、煎蛋、焗蛋、水蛋当然不在话下，最难得的，是午餐、晚餐的菜单，都可照点，侍者说："我们的大厨，也是二十四小时恭候。"

叫了香槟和鱼子酱当早餐，店里的香槟选择不多，要了瓶Blanc De Blancs喝完之后，照样再来伏特加。

临走那晚，去了家旅游册和网上都介绍的Turandot，装修富丽辉煌，但一看菜单，竟有星洲炒面出现，即刻扔下小费逃之夭夭，好在普希金咖啡室就在旁边，又吃了一餐，而且菜式没有重复，除了伏特加。

"这家餐厅，是不是普希金故居改装的？"友人问。

完全没有关系，四十多年前，有个叫Gil Becaud的法国小调名歌手，跑去莫斯科演出，回到法国后他写了一首《娜塔莉》（*Natalie*）的歌，献给他的翻译娜塔莉，歌词是："我们在莫斯科周围散步，走进红广场，你告诉我列宁的革命名言，但我在想，我们不如到普希金咖啡室去喝热巧克力……"

这首歌脍炙人口，大家都想去莫斯科的普希金咖啡室，到了一九九九年，有个餐饮界奇才叫Andrey Dello，把它创造出来。店名是虚构的，但食物将古菜谱细心重现，真材实料。

去米兰不只买买买，还有吃吃吃

从酒店往帕尔马Parma走，车子要爬过一座高山，路弯弯曲曲，虽然说风景漂亮，但也不该受此折磨，即刻请导游公司安排一艘船，回程可以走水路。人数不多就有这个好处，随时改变更舒服的行程。

进入Alba山区，再经过以酿甜汽酒著名的Asti，抵达帕尔马。此地的生火腿近年来给西班牙的光芒盖住，其实一点也不公平。意大利餐中帕尔马火腿配蜜瓜，还是重要的一道菜，这种颜色橙红，又不是太咸的风干肉片，百食不厌。

不过来到了帕尔马，就要吃甚少输出到外国的另一优良品种，叫库拉特罗（Culatello）。

我们到专门做库拉特罗的工厂参观，制作过程是这样的：选上等猪肥肉，去皮去骨，选最精美的部分，略为抹上一层盐，然后取出一片像塑胶袋的东西，原来是晒干的猪膀胱皮。用水一湿，软了，就把整块腿肉塞了进去，然后以熟练的手势用绳子左捆右捆，扎了起来，好似一个篮球的大小。

把这个东西挂了起来，在室内风干。帕尔马的气候和风力最适宜制作火腿。两年后，大功告成，已缩成一个沙田柚般大的肉块，不必用防腐剂，只有盐。功夫大，没有多少家肯做，一年只生产一万三千个。

切片试吃，和一般的帕尔马火腿比较，色泽较深，香味更浓。肥的部分占十分之一，其他脂肪进入肉中，和日本大理石牛肉一样。很奇怪地，风干了那么久，下的盐又比普通帕尔马少，一点也不咸，细嚼之下，还产生甜味，但在西班牙火腿变成天价时，库拉特罗便宜得很。

到小卖店去，要了真空包装的三百克，才两百多块港币，反而只是肥膏的白库拉特罗（Branco di Culatello）不便宜，二百克要卖八十多块港币，是天下最贵的猪油了。意大利人拿来搽面包吃，说比牛油美味。

附近的山村里，有一个大胡子巨汉在等候，身旁一只狗，是《花生漫画》史努比的Beagle种。由它带路，我们走进森林找松露菌去。

大汉说我们来得正好，九月十五日是挖松露菌的解禁期，必有收获。果然看到史努比的亲戚一个箭步冲前，即刻猎到。虽说不用猪，用狗来寻找才好，史努比表弟一口把松露菌吃了下去。

大汉把它的口掰开，取出来一看，是小颗的黑菌，就赏了给狗吃。表弟大乐，继续找，越挖越巨型。我们看到大汉诚恳笑了出来，这种乡下人，是不会事先把菌埋了来骗我们的。

回到村屋，大汉拿出各种比蒙芝士，毫不吝啬地把挖到的黑松露菌刨在上面，香味扑鼻，我们吃到不能再吃，方罢休。接着他把浸黑松露菌的橄榄油拿出，大量地淋在刚出炉的面包上。不管怎么饱，也要再吞几块。

接着，我们到帕尔马市内的Stella d'oro去，食物精致得很，当然由库拉特罗开始，接着是山羊奶酪卷烟肉，下面铺小苦菜，黑猪猪肩肉饺子和黑松露菌汁，帕尔马猪脚，用Mascato甜酒代替焦糖的布丁等，这家餐厅也经营酒店，经花园的二楼都是客房，意大利就是那么会享受，男女吃饱一餐，再上楼去。

建议各位，游帕尔马区时，干脆就住在这家餐厅里面，吃完睡，睡完吃，其他要做些什么，随你。

但是说到最精彩，还是翌日下午吃的Restorante San Macco了。

一进门，就看到一大盘的白松露菌，个个拳头那么大，以为是给客人欣赏，原来全部让我们享用，是一顿松露菌大餐。

当然，配鸡蛋、薯仔蓉，做成肉酱淋猪扒、牛扒等吃法都齐全，相信大家也试过，并不出奇，但有一道菜，我想不会有太多人吃过。

上桌一看。

竟然是一条餐巾，卷起来铺在碟上。搞什么名堂？

餐巾餐？

一摸，很热。

仔细打开来一看。

里面包的竟然是几颗小意大利饺子。

浓浓的一道香味扑来。

原来，白松露菌也要吃当天挖到的，不然已没那么香，而且一被削成薄片，味道消失得厉害，只好把饺子渌熟时，迅速削片，即刻用餐巾把它包裹，让煮过的水饺热气焗了出来。这时进食，是最高境界。

接着来的是一片炸库拉特罗上面铺了一层鹅肝酱，一层又一层的饼。一数有数十层之多，又深红又粉红，然后切块来吃，配的是最佳的Barbera d'alba红酒Vigneto Gallina——有个犀牛当标志——和Moscato d'asti甜汽酒。更好的其他几道佳肴，已不必去提了。

"是不是很完美呢？"餐厅经理搓着双手来问。

"不。"我严肃地回答。

"为什么?"他诧异。

"意大利所有的餐厅,已禁烟。饭后没有那根雪茄,是不完美的。"

"啊。"他点头同意,"那是优雅的年代,已经终结!"

除了香肠，这些德国菜肴也值得一试

吃西餐，我们对法国菜、意大利菜比较熟悉，西班牙餐也渐渐学会，葡国菜澳门人懂得多。英国呢？没什么吧，除了炸鱼和薯仔条。

至于德国菜，我们的误解也很深，以为只有香肠和咸猪手而已。

我试过他们的烤乳猪，皮也烧得好，里面塞满了桃子和梨之类的水果，很有特色，切成一份份装进碟中上桌。

一提起烤乳猪，好像德国菜和中国菜拉上了点关系，其实接近的还有烧鹅呢。

Martinsgans也是德国名菜，英文字母中有马丁，通常这是在圣马丁日，十一月十一日吃的传统菜，但当今已不拘了，各家出名餐厅都有不同的马丁鹅。一般是放进烤炉之前先把苹果和核桃仁塞进鹅身中，烤出来的皮很脆，水果甜汁和果仁香味混在肉中，也是鹅的另一种吃法，改天有机会，一定要拉"镛记"的甘健成兄去德国试试。

另一种和中国很接近的食材是鲤鱼。欧美的菜谱之中很少看到有鲤鱼的，一般都是钓上来就扔回湖中，很少去碰它，因为根本不会烧嘛。

德国人不同，他们把鲤鱼煮熟之后淋上酱汁上桌，每一个省份的人酱汁的调配各异，最普遍的是番茄汁。

不过好像不太吃鲤鱼的内脏，试过的鲤鱼菜肚子都是空空的。中国人吃鲤鱼，尤其是潮州人，讲究吃它的精子，卵子次之。

鲤鱼菜通称Karpfen，英国人的"c"字，德国作"k"，如此类推，由"Karp"可联想英文的"Carp"，理解为鲤鱼之意。

中午吃一道道的菜甚厌烦，简单一点叫他们来一份炖菜Pichelsteiner，用青葱、豆角、红萝卜、薯仔和猪肉或牛肉熬成清汤。这种连汤连主食的菜，德国人叫它为Eintopf。我们再也不必老点香肠和猪手那么闷了。

墨西哥，便宜又好吃的美食大国

我们的先头部队，已经抵达墨西哥城，准备拍摄一部新片。

每天与当地工作人员开会至深夜。利用早上大家在睡觉的时间，我去逛街市，吃早餐。

我早上喜欢喝点汤的，墨西哥的人最普遍喝的是清鸡汤，把肥鸡熬个数小时，上桌时加点米饭在汤中，这个汤我们香港人一般很接受。

其次便是牛肚汤，墨西哥人熬汤时不加牛肉或牛骨，所以汤汁并不甜，吃时放大量的草药末和辣椒粉，这道菜并非大家受得了。地道的牛肚汤店中也有牛蹄筋卖，煮成啫喱状态，软熟好吃。偶尔也见一条牛大肠，比牛肚、牛筋有味，而且有点肥膏，不怕胆固醇高的话，吃起来不逊色于香港的牛杂。没看到牛鞭，大概墨西哥人并不需壮阳。

最高享受是羊肉汤，加以香料炖过夜，汤汁清澈，肉软熟，香喷喷的，引人垂涎。进口之前可以加芫荽和葱花消除膻味，肉是另切的，用个小碟子盛着，让客人蘸辣椒酱、牛油果浆吃，我看到锅中有个羊头，指了一指，小贩即刻会意，切下羊头的面颊肉来。吃了一口，啊，是天下绝品！"羊痴"的朋友们来墨西哥，万万不能错过这一顿丰富的早餐。

猪肉档前，用来招徕客人的是炸猪皮，每张有一匹布那么大。我喜欢吃带着一点肉的猪皮，百吃不厌。一大早买了一块，在办公室中忙了起来不出去吃午餐，就全靠这张猪皮充饥。想起中国故事中一对夫妇逃难时做了一块大饼，留给家中的儿子吃。回家一看，儿子饿死了，原来他只吃嘴前的，其余的饼懒得去动。我才不会那么笨，将猪皮吃得精光。

不是每天都那么忙，也有机会在中午和当地同事到餐厅去吃。墨西哥人感到最骄傲的巧克力酱鸡肉，我只试过一次，再也不肯吃那么古怪味道的东西。牛排多数餐厅都做得不好，烤得太熟太硬。宁愿叫他们的炆牛舌，做得极有水准。

今天试到的是炸仙人掌虫。

人家看了都怕怕，我却很享受地细嚼，一股香甜，介乎肉类和鱼类之间，是罕见的美味。

炸蚂蚁蛋也是一绝，每一颗有半粒米那么大，进口只感到香甜，毫无异味，问侍者有没有旁的做法，他点点头，到厨房为我做一道用蒜蓉蒸的蚂蚁蛋来吃，每一粒咬破时啵的一声，爽口弹牙，甜汁流出，吃过之后才知道除了伊朗鱼子酱，还有那么美味的东西。

墨西哥城筑于高原的盆地，海拔两千多米，空气稀薄干燥，香港来的同事们拼命喝大量的开水才能止渴，大家说有阿二靓汤就好了。这次等筹备工作做好，我便要做阿二，煲些汤给大家喝。

菜市中看到红萝卜，就决定煲青红萝卜猪腱汤，本来是用牛腱比较味浓，但是有很多同事因宗教关系不吃牛肉，只能以猪腱代替，青萝卜找不到，用洋葱了事。加点国内带来的榨菜吊味，绝对不会失败。

有花生卖，可以煲鸡脚猪尾花生汤了。

海鲜类不齐全，但也有鱲鱼，煎它一煎，再爆豆腐和炒青菜，然后煲汤。

墨西哥的鸡都黄油油的，很肥，买七八只，剥皮去骨来煮粥。这里的人也吃饭的，超级市场有白米出售，把鸡骨放进粥中熬。肉切薄片，等上桌前再灼它一灼，这煲鸡粥一定受大家的欢迎。至于鸡皮，学倪匡老兄的做法，串起来烤，离乡背井的香港人，哪能忍受这种诱惑。

我把这几道菜形容给同事们听，还没做，大家已流口水。

吃厌了墨西哥的东西，今晚大家到一间叫"长城"的中国菜馆。我脸皮厚，向老板说让我到厨房去炒个饭，他无奈答应了。

饭炒出来，每一粒都给鸡蛋包着，呈金黄色。同事们试过，说果然没有失望，对我的手艺信心大增。

自己下厨，没有胃口，光顾着喝酒，回到旅馆又是开会，上床已是半夜三点。

饥火难挡，取出旅行用的小电炉来，水滚了，下一包由香港带来的公仔面。

好像有预感，早上在菜市场看到了一堆很像菜心的蔬菜，绿油油中间夹着黄色的菜花，不管三七二十一地买了两把，刚好派上用场。把菜心洗干净，本来要除去头部的，发觉菜梗脆得很，洗的时候已经折断，每一个部分都能吃。

面汤已滚，将菜心放进了，菜心即熟。刚要吃时，忽然，全间房子的灯光都熄灭，原来是旅馆的电压不足，我用这个小电炉，已经烧了保险丝。

漆黑中，用打火机找到抽屉中的蜡烛，点了起来。

菜心和公仔面香气喷来，进口，菜心香甜，带点苦味，比吃肉佳，这个烛光晚餐，因无伴侣，不带罗曼蒂克，气氛却颇为难忘，特此志之。

始终看不厌、吃不腻的地方，非泰国莫属

从迪拜回来，在曼谷停了两天，我叫它R&R。

"R&R"这个名词来自美军，大战之后，美国人派兵到世界各地，驻了一个长时期，回老家之前就让士兵们去R&R一番。第一个"R"代表了休息（Rest），第二个"R"是Recreation，娱乐和消遣，也有点恢复身心的意思。

到欧美和中东，名胜和美食俱佳的国家不少，但始终我会看厌和吃不惯。一个星期下来，非到我们熟悉的地方R&R不可，而天下最佳的R&R国家，就是泰国了。

东方文华酒店已像是我另外一个家，如果作家翼（Writer's Wing）订不到房的话，其他房间也都有水准，舒舒畅畅，每层楼都有特别服务员，像私人管家，二十四小时服务，大堂的招待员是挑选出来的，记忆力特佳，见过你两次面，即能叫出某某先生来。

抛下行李就往外走，已经开始看到众多的街边小档，卖番石榴和青芒果，小贩们削皮切件，奉送一小袋加盐、加糖的作料，让你蘸着来吃。

另有一档卖水晶包，里面包的是糖和花生碎，又甜又咸，泰国人总是把这两种不同的味觉弄得非常调和。不知怎么买

的话，递上一张二十泰铢的钞票好了，等于港币五块。付了五块，你知道有多少分量，下次买可以增多或减少。

榴莲当造，见有干包，忍不住即刻要了几粒试试。说也奇怪，拿了榴莲后手很干净，名副其实的"干包"嘛，不会沾手的。怎么分得出是"干包"种，看果蒂就知，一般的只有一根手指长，"干包"至少有七八寸长，有的长至一尺。

非吃不可的是干捞面，泰语叫为Ba-Mi-Hang，二十泰铢一碗，里面佐料极多，鱼蛋、牛肉丸、猪肉碎、猪膶（猪肝）、炸云吞、青菜、豆芽等，再淋上猪油、炸红葱头、炸蒜头，撒以葱和芫荽。啊，我最爱吃了！香港当今也有几家店会做，但味道始终不如曼谷街边的。

再往前走，角落头有家卖甜点的，各种椰浆大菜糕我最喜欢，要不然买一串碱水粽，迷你装，包得像鱼蛋那么大罢了。蘸糖吃，也只有泰国人才肯花这种工夫。

甜品店转角，进入一条巷子，里面卖的是潮州粿汁，这种最地道的小食，香港已失传。基本上它是把沙河粉切成三角状，糜糊地煮成一大锅。食时铺以猪头肉、猪皮和各种内脏、豆卜及淋大量卤汁上桌，是宿醉者的恩物。

再有一档卖炒粉、炒面，以虾为配料，泰国人叫成香港炒面，但与香港的味道完全不同，非常可口。

菜市场中的水果，多得不可胜数，最要紧的是买一粒熟透了的木瓜，当日可食者，食了木瓜，再下去要吃多少辣东西都不必担心了。

买了几个塑胶袋吃的，走过大堂，服务员投以欣赏的眼光："蔡先生，开餐呀？"

放在房间内，吃不吃不是一个问题，有安全感才最重要，已到了午饭时间，又出门。

先来一顿泰国菜,去了被老饕推荐的"Lemon Grass",叫好几道菜,吃过之后觉得它像"太平馆",卖的是豉油餐,这里做成瑞士汁冬阴功,是经过改良,迎合西方人口味的泰菜。没有吃过的话,是值得一去的,你会发现它比其他的泰国食肆出色。但是如果要找正正宗宗的,还是得到另一家老字号"Baan Ching"去。

饭后试了两家泰国SPA,一家最高级的,但手艺并不出众;另一家是当地人喜欢,价廉物美的集团经营SPA,水准也只不过普通而已。

友人介绍了张太太,是位烹调高手,家庭富有,儿女又长大了,无聊之下,想做私房菜,要我去试试。未到之前,先去最著名的菜市场"查笃查"。"查笃查"极大,其中有个部分开成百万富翁菜市,名叫Otoko,那里的东西最新鲜,我要买些罕见的食材请张太太烧。

终于给我找到了鱼子,从前吃过,非常鲜美,至今难忘。泰国鱼子和伊朗鱼子酱、日本三文鱼子及中国台湾的乌鱼子都不同,每一粒有小孩打的石弹子那么大,说了你也不相信。

这是一种巨大的泥鳅的鱼子,鱼长在湄公河中,有一个人那么大,当地华侨叫为孔明鱼,不知出自何典,又为何与孔明有关?

把孔明鱼子拿到张家,张太也说没有吃过,就由我亲自动手,用橄榄油把蒜蓉爆香,扔鱼子进锅,由透明煎至发白即熟,上桌前加一两个鸡蛋。吃进嘴里,用牙齿一咬,能感到鱼子爆开,真是天下美味。

翌日再到众人推荐的一家法国菜馆和一家意大利餐厅。吃了之后,觉得不错,但绝非什么惊人的味道。大概是君之所好,非吾所喜吧。

潮州菜已成为泰国的国食，有两家很出色的，就在夜总会"嘉乐斯"的后面，叫"光明"和"廖两成"。华侨师传的手艺千年不变，烧出最家常和最原始的潮菜来，是只在曼谷才能享受到的。

　　回到东方文华，乘船渡河，来到酒店经营的SPA，做一个六小时按摩，之后到自助餐泰菜餐厅去吃，其他地方的自助餐不试也罢，东方文华的最高级最传统，吃过之后，才明白什么叫泰菜。这两天的R&R，令我变成一个新生婴儿，抵达香港，又吃云吞面去。

在日本老店吃寿司，有这样一些讲究

日本人吃鱼生，已有长远的历史，但是论及寿司，也不过是这两百年的事，是怎么诞生的呢？

文献中最初出现了"鮨""鲊"几个字，由中国传去的汉字，是将鱼腌渍的意思。原始形态的寿司叫"驯鮨"，是在水田耕作的农民想出来保存鱼肉的方法，用米饭包着鱼腌制，从数日到一年，发酵后产生酸性抵抗腐烂，还有一阵很强的臭味。这种制法当今在琵琶湖附近还能吃得到，进食时将米饭洗掉，只吃鱼肉，叫为"鲋鮨"（Funazushi）。

江户年代，民生渐为富裕，认为吃鱼生的话，愈新鲜愈好，就形成了当年我们吃的，把醋放进饭中，搽点山葵，铺上一片鱼肉捏出来的寿司了。"寿司"这两字完全是从发音中硬加上的汉字，念为Sushi，前面那个"Su"，是醋的发音，后面的"Shi"，取米饭（Meshi）的后半音。

用手捏的日本称之为"握寿司"（Nigiri Sushi），也叫为"江户前寿司"（Edomae Sushi），因为江户就是东京，在东京面临的海湾抓到的鱼，即劏即握即食。

这种吃法流传至全国，甚至海外，都叫为"江户前寿司"，是东京人独创，关西人都折服，不敢以大阪或京都寿司称之。

寿司店和其他餐厅，气氛完全不同。最大分别是大师傅面对着客人服务，回转寿司当然没有问题，光顾惯的香港铺子也能应付，要去一些老店、名店，不懂日语的话，还是感到格格不入，不过只要严守着几点原则，无往不利。

（一）先行订位。请酒店的服务部做这件事。寿司的材料因季节变化很大，可能有意想不到的价格出现，打电话订位时可以问好预算，特别是你和老友同往，当面问价钱总是不好意思的。而且，不订的话有时要等很久，有些一流的地方，即使有位，也不做你的生意。

（二）有些寿司店会有二至四个人的座位，但吃寿司，面对着大师傅坐在柜台前，才是正统。订座时指定Counter，走进去后，等侍者安排。或者，见有空凳，把椅子拉一拉，看大师傅的表情，他说声请（Dozo），坐下可也。

（三）寿司的叫法有三：甲、Omakase，是大师傅选出当店最好的食材切给你吃，店方主动；乙、Okonomi，是客人主动，喜欢吃什么叫什么；丙、Okimari，也就是所谓的Course定食菜了，通常有松、竹、梅三级的选择。甲最贵，乙次之，丙则有个预算。选了其中之一后，记得要声明是"握"（Nigiri），或者是"刺身"（Sashimi），前者有饭，后者无。"刺身"亦可叫为"Tsumami"，是送酒菜的意思，一喝酒，当然就不吃饭了。

（四）酱油的点法也有讲究，有饭团的话，把鱼肉翻过来蘸一蘸，如果是海胆等包着海苔的寿司，则点其底部可也，像白饭鱼之类的，容易掉落，就把酱油淋上。

吃刺身的话，用筷子夹一点点山葵，铺在鱼肉上，再蘸酱油。山葵溶入酱油的吃法，一被大师傅看到，已知你是外行，不受尊敬。

（五）从哪种鱼或贝类吃起，有没有规定呢？原则上，应从淡薄吃到香浓，刺身肉颜色分白身和赤身，前者味淡后者味浓。但是，付钱的是你，你最大，要从浓吃到淡，大师傅是不介意的。

（六）有些人吃了几次寿司，学到一些专门用语，像最后喝的茶，叫为"上"（Agari），就拼命乱使，反而被人看轻。Agari只是店方叫的，我们乖乖叫回"茶"（Ocha）吧。

（七）生姜的吃法，为了消除口中的残味，生姜发音为Shyoga，但你用寿司店俗语Gari叫，还是可以接受的。

（八）至于酒，最多喝小罐的两瓶为止。日本人说如果你想喝酒，那么去荞麦面店好了，寿司铺是吃鱼，不是喝酒的。

好了，如果你单单说一声"酒"（Osake）的话，那么店里一定煲热给你喝。"冷酒"（Reshyu）是夏天的恩物，但去到寿司店，也不是正统的饮料，切记勿叫之。

向大师傅要"Nurukan"好了，这是不烫又不冷的酒，吃寿司时最佳温度，只有老饕才懂得，你这一出声，所有日本人即刻肃然起敬。

（九）付账。有些寿司店是不收信用卡的，所以在订座时得问清楚。

既然是"江户前寿司"，那么在东京吃最为正统，而银座区的消费力最强，有些店，像"久兵卫"，每人得花五六万日币，不值得光顾。

如果一生只能去一家茶餐厅，我选新加坡"发记"

周游各地，新加坡的"发记"，应该是世界上最好的茶餐厅之一。

地点在厦门街的旧区翻新建筑物之中，地方宽敞，带有浓厚的唐人色彩，装修则无中菜馆的花花绿绿，一切从简，以食物取胜。

老板李长豪，肥肥胖胖，四十多五十来岁，是当厨师的最佳状态。他整天脸露笑容，门牙中有一个小缝，平易近人。做大师傅难不了他，有什么人不干就亲自下厨，当然，出品的水准的控制，食物的设计，都是出于他一个人的。

从他的祖父到父亲身上学来的潮州菜，一点也没走样。当年辛辛苦苦从大排档做起，在"同济医院"旁的咖啡店煮炒到现在，数十年功夫。

最难得的是，翻江过海到南洋的华侨，勤奋地种下根后，菜式的变化不多。也许这是一种固执，但只有固执，才不会搞出令人闻之丧胆的Fusion菜来。又因为这些华侨中间传承无断层，李长豪的潮州菜，比在潮州吃到的更正宗了。

什么叫正宗呢？举个例子吧。

鲳鱼，广东人不认为有什么了不起，因为它离水即死。不是游水的，不被重视。潮州人则不同，鲳鱼是上品，但会蒸的人，已不多，我怕这个古法消失，拍电视节目时特地跑回新加坡一趟，用摄影机记录下来。

过程是这样的，潮州人认为鲳鱼应越大条越好，取一条约两斤重的，只要蒸五分钟就熟。

五分钟？怎么蒸？鱼身厚，上面太熟，底部还生呢？

有办法，那就是在鲳鱼的两面横割深深的三刀，头部一刀，身上一刀，尾一刀，割至见骨为止。

这时，把两根汤匙放在底部的身和尾处，让整条鱼离开碟底，这一来蒸气便能直透。上面这边，则各塞一粒柔软的咸酸梅进割口处，头部以整条的红辣椒提起。

在鱼身上铺了切成细条的肥猪肉、姜丝、中国芹菜、冬菇片和咸酸菜，淋上上汤，汤中当然有咸味，不必加盐，最后是番茄。

以番茄用来取味吗？不是，是用来盖住鱼肚那部分，背上的肉很厚，腹薄，如此一来，才不会让蒸气把鱼肚弄得过火，这简直是神来之笔。

放入蒸炉中，猛火，的确是五分钟就能完成。蒸出来的鲳鱼，背上的肉翘起，像船上的帆，加上芹菜的绿、酸菜的黄、冬菇的黑和辣椒的红，煞是好看，而那白色的肥猪肉，则完全熔化在鱼身上，令肉更为柔滑。

这才是潮州古法蒸鲳鱼，连去潮州也吃不到了。

在"发记"，还能吃到不少失传的潮州名菜，像"龙穿虎肚"，很多潮州人听都没听过。

做法是拿一条五六尺长的鳗鱼，广东人叫花锦鳝，潮州人称之乌油鳗（亦叫黑耳鳗，因为它有两只黑耳），蒸到半熟，拆肉，拌以猪肉碎，再塞入猪大肠之中，炊熟后再煎的。

一般，我对鲍参翅肚没什么兴趣，像鲍鱼，卖到天价，吃来干什么？两头鲍早就尝过，还来什么二三十头？但是在"发记"做的，价钱相当合理，因为他们用的是澳洲干鲍，虽然肉质不及日本的，但胜在李长豪手艺好，搭够（凑够）成一流料理。

程序是复杂的：浸十二小时，倒水，再浸十二个钟头。以老鸡三只，排骨六公斤，三层猪肉六公斤，鸡脚两公斤，大锅熬出三升汤来，再浸，这时用猪油来夹着鲍鱼，以八十五摄氏度火煮五十个小时，直到那三升的汁变成一半为止。看着火候的，还有一个专人呢，当然不是一般的下蚝油去炆制那么简单。

这时呈扁平的鲍鱼胀起，用手按，全凭经验看它是否软熟，弄到客人觉得物有所值为止。

至于翅，则要选尾部下面那块，不识货的以为背鳍最好，其实鲨鱼游在水中，这个部分经常碰撞，有呈瘀血的现象，皆为下等翅。焖法以老鸡、鸡脚、猪肉皮、猪肚肉等，焖到汤汁收干为止，潮州人的翅，是不加火腿的。

这些菜只能偶尔一试，我个人也反对杀鲨鱼，只把过程介绍一下而已。自己叫的菜，有一样很简单清淡的，用黄瓜，去皮去瓤，用滚水烫之，再浸以冰水，让瓜脆了，以小虾米和冬菜煮之，已比鱼翅好吃。

另有一道鸡蓉汤也不错，剁鸡肉不用砧板而是把鸡放在一大块猪皮上剁碎的，此法亦失传。

大家以为只有日本人吃刺身，不知道潮州早已有鱼生这道菜，但这要事前吩咐好才做得出。从前是用鲩鱼的，但近年来怕污染，只采取深海鱼"西刀"，切成薄片，像河豚一样铺在彩碟中，片片透明。

配料倒是麻烦的,有菜脯丝、中国芹、酸菜、萝卜丝、黄瓜片和辣椒丝等,夹鱼片一起吃,后来演变为广东人通常吃的"捞起"(捞鱼生),他们用的则是三文鱼了。

蘸着叫梅膏的甜酱吃,有甜有咸,或许有点怪,但潮州人这个吃法是从古老的口味传下,不好吃的话早就被淘汰。一定不能接受又甜又咸的,那么有种叫豆酱油的作料,亦可口。

最后的甜品有整个南瓜塞满芋泥的金瓜盅。南瓜去皮后,用冰糖浸一天,才够硬不会崩溃,跟着把芋头磨成泥,猪油煮之。塞入南瓜,再蒸出来,是甜品中的绝品。

有一道失传的甜品,叫"肴肉糯米饭",用冰糖把五花脯熬个数小时,混入带咸的糯米饭,上桌时还能看到肥猪肉摇摇晃晃。

我办旅行团,有些地方一切具备,就是找不到好吃的东西,胖嘟嘟的李长豪拍拍我的肩膀,说:"不要紧,带我去好了,我煮给你们吃。"

好个"发记"。学广东人说:"真系(是)发达啦!"

若论天下最好的福建炒面，请去吉隆坡的"金莲记"

一生最爱吃面，而面食之中，最喜欢的是福建炒面，至于天下最好的福建炒面在哪里？首推吉隆坡的"金莲记"。

"去福建吃不就行吗？"友人问，"何必大老远地跑到吉隆坡？"

我也到厦门、泉州等地找过，此种烹调艺术，在中国内地已经失传，可以大胆讲一句，没有就没有。

南洋华侨，守旧又固执。单凭这一点，许多乡间小食，都在东南亚一带留了下来，值得庆幸。

从数十年前，初尝到"金莲记"的作品，就念念不忘。这一回，走出吉隆坡机场，向司机说的第一句话："去茨厂街。"

茨，番薯的意思。早年华侨集中在那一带，有些人开厂，把番薯晒干磨粉，故名之。

茨厂街这一区，已成为吉隆坡的唐人街，当今学日本，上了盖，两旁商店林立，中间摆摊子，卖的东西像旺角的女人街，不同的是，有很多翻版影碟档口。

在十字街街口，可以找到老店，店前已被各种小贩摊子遮住，要仔细看，就有一块被烟熏得漆黑的招牌，写着"金莲记"三个字。

由王金莲先生在一九二七年创立,已开了八十多年了。王氏是福建安溪人,安溪盛产茶叶,但在穷困的年代,王氏也打不到工,随同乡来到南洋谋生。

很少人知道,"金莲记"最初卖的是汤面而不是炒面,面条特别,有日本乌冬般大,比普通的油面还要粗出两三倍来。黄澄澄的福建面,别处罕见,当今在南洋的菜市场中也难找到,多数是卖面的店自制的。

福建汤面卖出名堂,为求变化,增多了一味炒面,结果反而更受欢迎,成了招牌美食,"金莲记"的客人都忘记了有汤面那回事了。

怎么炒法?因为是开放式的厨房,好奇心重的客人可以直接观赏,我当然没放过这个机会。

先下油,把蒜蓉爆香,当然用的是猪油了。坚持烧炭,大师傅说:"火炭是青火,才够锅气,而煤气是死火,味道影响食物,无法和炭火相提并论。"

面炒得干时,下汤,汤用数十斤的虾壳熬成,甜味十足,这时又下独有的秘方,那就是鱼干粉。什么鱼?比目鱼也。香港人叫为大地鱼,当地华侨叫左口,潮州人称之为铁甫。把鱼干用炭火烘得略焦,待冷却,用玻璃瓶子压扁,又细磨成粉而成。

一面炒,一面下鱼粉,味道更香,这时可下酱油了,用什么牌子的呢?大师傅说是吉隆坡华侨的生晒老抽,什么牌子不要紧,但并非吃鸡饭点的那种又甜又浓的。

配菜只有少许的猪肉片、虾肉和椰菜,并不多。最后要把锅盖一盖,让面条把汤汁完全吸干,才大功告成。

忘了说,还要下大量的猪油渣。

一入口，即被浓郁的香味和满嘴润滑的面条吸引，从此上瘾，吃到任何炒面，都已经不能与它做比较了。

当今的老板兼大师傅，叫李庆进，是第三代传人。李庆进娶了位太太，精于厨艺，就在老店对面开了一间咖啡室，除了面之外，也有各类小炒，做得最出色的是肉羹汤、枝竹排骨和蒸鲳鱼。

李庆进今年也有五十多岁了，生有几位儿女。大儿子对煮炒很感兴趣，和母亲一块儿躲在厨房做菜。如果他在外边发展，分分钟是一个一流的大厨，但南洋华侨家庭观念极深，还是留在父母身边。

"你的炒面呢？"我问李庆进，"有没有传人？"

他把小儿子李贤鹏叫了出来。一看，是位英俊高大的青年，到电视台去考演员的话，随时选中。

"你的功夫怎样？"我问。

"还不敢见人。"李贤鹏说。

"炒一碟让我试试看。"我说，"上回我来，你父亲不在，一个又瘦又黑的徒弟炒给我吃，味道也不错，你是他的儿子，一定全心全力传授给你。"

"不，不。"李贤鹏甩手摇头，"我只是等半夜两三点，客人都不在时才下厨，炒完给爸爸试味，他每次都说还不合格。"

当今的年轻人，还有哪个像他那样虚心学习？只要有这种态度，不可能不成功。

"煮炒又不是什么高科技，怎学不会？"我问。

李贤鹏不作声，我见他纳闷，大声喝道："有什么就说什么！吞吞吐吐，哪像一个年轻人？"

"虽然不是高科技，但是面生一点和熟一点，同样一种面，炒出来不同就是不同，还是要有一点天分，我不知道能不能像爸爸一样学得到。"李贤鹏嚅嚅地说。

老爸和老妈听了也不讲话,我拍拍李庆进的背:"行,有这么一个儿子,一定行,放心好了。"

美好的一天，从去护国寺街吃一顿早餐开始

在北京的时间很短，又是去介绍粤菜，只剩下一个早上可以去尝试当地佳肴。

北京吃早餐的地方不多，最典型和最地道的，算"护国寺小吃"了。吃的都是回民的风味，证明回民是比较勤力的。

"护国寺小吃"被华天饮食集团购买，一共开了七家，每一间都要加上"华天"这两个字，应该已是半官半私、自负盈亏的经营。

到哪一家好呢？当然是去龙头，在护国寺街，人民剧场附近的那一间去。

卖的有艾窝窝、驴打滚、豌豆黄、象鼻子糕、馓子麻花、麻团、面茶、杂碎汤等，一共有八十种小吃。

从小看老舍先生的作品，对豆汁的印象极深，第一次到北京就到处去找，结果给我在牛街找到，现在流行怀旧，每间风味小馆都卖豆汁了。

当地人吃了几百年几千年的东西，一定有它的文化，我一向对当地小吃都要尝一下，这是对这个地方的一种尊敬。

豆汁是榨了豆浆之后的渣，再发酵后加水煮出来的东西，当然带酸，也很馊，吃不惯的人一闻就倒胃。我照喝，喝出个

味道，还来得个喜欢，喝豆汁时一定要配焦圈和咸菜。

什么叫焦圈？这和麻花、开口笑等差不多，都是用淀粉炸出来的。从前生活困苦，有点油已是美味。从小吃的话，经济转好也会记得，长大了就一直要吃下去，看你是不是土生土长。外来的人吃不惯，就觉得不好吃。

肉类很少，我叫了一碗羊杂碎，算有点内脏吃，但汤极膻，愈膻愈好，不喜欢羊肉的朋友最好回避。又要了一碗羊肉面，只有几片薄得像纸的肉，但也觉得很满意了。

一份中原美食的完全手册

我只是去郑州走走。有些朋友问我时，我却这么回答："我要到中原。"

"中原？"友人好奇，"还有一个名叫中原的地方吗？是不是江湖人物必争之地？"

我故作神秘点点头。其实河南省地处黄河之下，是内地的中部，因此称之"中原"，又叫"中州"，简称"豫"。而郑州是河南的省会，中得不能再中了。

河南人好像对这个"中"字情有独钟，常用"中""不中"表示"可以""不可以"，去河南之前，学会这句话，当地人对你特别亲切。

从香港有直飞郑州的飞机，但是班次较少。深圳机场则每天三班，故从那里出发，整个飞翔时间是两小时。

机场离市中心十五到二十分钟。当今所有发达城市机场愈搬愈远，都要一小时以上了。

三月天去郑州，之前看天气预报，说是三至十摄氏度，带了大堆寒衣。想不到热得很，全没用上。

"你把阳光带来，今天是这几年来最好的天气。"当地朋友捧场地说。

街道两旁长着法国梧桐，现在还是光秃秃的，建筑物也有高楼大厦，但与一般的平房很不相称，从交通工具、人民衣着看来，这城市只能发挥怀旧感的作用。

下榻的Sofitel（索菲特）算是全市最好的了，此法国集团全球有数千家酒店，皆为二至三流。郑州这间全新，房间很干净舒服。

公事即刻办完，友人问要不要去玩玩？洛阳和开封都离郑州只是一个多小时车程，少林寺也近，要看黄河，二十分钟即有。

我出门已有一段日子，赶着回香港吃云吞面，但是来这里之前已做好调查，有三家老字号餐厅，非试不可。本来可以去洛阳看牡丹，但季节未到。洛阳还有所谓的"水席"，上菜程序有如行云流水，也想试试。

"水席我们郑州也有。"友人说。

即刻光顾，原来水席起源于洛阳盆地，雨量很少且气候干燥，因此民间膳食多用汤水，每一道菜都是汤。而水席的汤，以酸辣为主，也有乳白色不辣的，称之为奶汤。

印象最深刻，也是最著名的是"洛阳燕菜"，汤进口酸酸辣辣，捞起的是半透明的东西，细嚼之下，感觉很像燕窝，原来是用萝卜切成幼细得再也不能幼细的丝，刀功不得了，鲜嫩爽口。当年献给宫里吃，皇帝也大赞，赐名"假燕菜"，吃洛阳水席，单单这道菜已值回票价。

另一种叫"焦炸丸子"的，汤先上，再把刚刚炸好的小若樱桃的丸子一、二、三倒入汤中，Presentation效果一流。

吃完水席，请酒店大厨做一席典型的河南菜一试，觉得比起江南菜，中原烹调逊色得多。他们的活鱼活吃是把鱼炸了还活着开口，太过残忍，我不肯叫来吃。这道菜早应禁止。至于

"鲤鱼焙面",把鱼铺上粉炸了,淋上酸辣汁,没什么特别,与众不同的是将面团拉成细如发丝的龙须面,炸成金黄,盖在鱼上。细面给汁一浸,变成一团糊,也没吃头。友人又说从前用的是黄河鲤鱼,味尚好,但现在已经人工饲养,不堪入口也。

我想要是把那龙须面拿来做汤面,或炸或捞,也应该好吃。大厨点头,但做出来的比云吞面的面条还要粗,原来龙须面除了炸,不能试做其他。

还是去最著名的那三家老店吧!"葛记坛子肉焖饼"从店名看来,你会有什么印象?大概是和我一样,认为有一个小坛子,里面煨着红烧肉,再和圆如馒头的饼一齐吃吧?上桌一看,完全不是那一回事,像一碟干炒牛河!

原来所谓的焖饼是把面压平,切成一条条很粗的东西。所谓的坛子肉是在厨房中用一个大坛子煨了小方块的猪肉,再取出来淋在饼上罢了,根本看不到坛,大失所望。

天下第一面的"合记烩面馆"熬了羊肉汤,淋在很粗很粗的扁平面上,像吃饼多过面,汤也不够鲜。

临走的早上,到"京都老蔡记"去吃馄饨,本来要到中午才开,勉强了主人蔡和顺先生一早为我们做。上桌一看,乖乖,才知道什么是馄饨,什么叫饺子!

大蒸笼上面铺着长条的针松,叫马尾松,事先已用高汤炮制,再上油。马尾松的上面才是饺子,皮薄得像我们的云吞,折了十二个褶,也叫叶子褶,里面的馅充满汤,久放不破,躺在松叶上,扁扁平平,用筷子去夹,不必担心汤流出来。送进口。啊!那阵味道错综复杂,又加上松叶的香,的确是我这一生六十年尝所未尝的最佳饺子。任何人做的,和他们一比,都要走开一边。古人逐鹿中原,我没有打战的欲望,但是为了这笼饺子,争个你死我活,也是值得!

食在重庆，忘不掉的火辣滋味

这次在重庆四天，认识了当地电视台节目制作人唐沙波，是位老饕，带我们到各地去吃，真多谢他。这群人是专家，每天要介绍多家餐厅，由他们选出最好的介绍给观众，所制作的节目是《食在中国》，我这篇东西就叫"食在重庆"吧。

到了重庆不吃火锅怎行？这简直是重庆人生活的一部分，像韩国人吃泡菜，没有了就活不下去。火锅，我们不是天天吃，分不出汤底的好坏，下的食物都大同小异，但重庆人不那么认为，总觉得自己常光顾的小店最好。我们去了集团式经营的"小天鹅"，位于江边的洪崖洞，当地人称为"吊脚楼"的建筑，一共十三层，从顶楼走下去，相当独特。

主人何永智女士亲自来迎，她在全国已有三百多家加盟店。尽管当地人说别的更好，但我总相信"烂船也有三斤钉"。成功，是有一定的道理。

坐下后，众人纷纷到料架上添自己喜欢的蘸料。像腐乳、芫荽、韭菜泥、葱等。我也照办，回桌后，何女士说："那是给游客添的，我们重庆人吃火锅，点的只是麻油和蒜蓉。"

把拿来的那碗酱倒掉，依照她的方法去吃，果然和锅中的麻辣汤配搭得恰好。其实麻辣火锅谈不上什么厨艺，把食材放进去烫熟罢了,但学会了何女士教的食法,今后,吃麻辣火锅时依样画葫芦,也能扮一个火锅专家呀。这一课,上得很有意义。

一面吃,一面问下一餐有什么地方去,已成为我的习惯。早餐,大家吃的是"小面"。一听到面,对路了。

下榻的酒店对面就有一家,吃了不觉有什么特别。去到友人介绍的"花市"。门口挂着"重庆小面五十强"的横额,一大早,已挤满客人。

所谓小面,有干的和汤的,我叫了前者,基本上是用该店特制的酱料,放在碗底。另一边一大锅滚水,下面条和空心菜渌熟后拌面时吃,味道不错。

另外卖的是豌豆和肉碎酱的面,没有任何料都不加的小面那么好吃。当然,两种面都是辣的。

朝天门是一个服装批发中心,人流特别多,小吃也多。看到一张桌子,上面摆了卤水蛋、咸蛋、榨菜、肉碎等,至少有十六盘,客人买了粥、粉条或馒头,就坐下来,菜任吃,不知道怎么算钱的。

行人天桥上有很多档口,卖的是"滑肉"。名字有个肉字,其实肉少得可怜,用黑漆漆的薯粉包成条状,样子倒有点像海参,煮了大豆芽,就那么上桌。桌上有一大罐辣椒酱,有了辣,重庆人不好吃也觉得好吃起来。

另一摊卖饼,用一个现代化的锅子,下面热,上面有个盖,通了电也热,就那么一压,加辣椒酱而成。制作简单,意大利比萨就是那么学回去的吧?最初看不上眼,咬了一口,又脆又香,可不能貌相。这家人叫"土家香脆饼",还卖广告,叫人实地考察,洽谈加盟。每市每县,特准经营两家。在香港的天水围大排档区要是不被政府取缔的话,这倒是可以干的一门活。

中午，在一家无名的住宅院子里吃了一顿住家饭，最为精彩。像被人请到家里去，那碟腰花炒得出色，餐厅里做不出来。因为每天客满，又不能打电话订位，只有一早去，主人给你一张扑克牌，一点就是第一桌，派到五六桌停止。每桌吃的都是一样的，当然又是辣的。这种好地方，介绍了也没用，而且太多人去，水准反而下降，我们能尝到，是有口福。

吃了那么多顿辣菜，胃口想清净一点，问《食在中国》的制片主任苏醒，有什么不辣的菜吗？苏醒人长得漂亮，名字也取得好。

"我走进成都的馆子，可以点十五道不辣的菜。"我说。

"重庆的当然也行。"她拍胸口。

翌日下午拍摄节目时，她又向我说："我已订了一桌，有辣有不辣。"

"不是说好全是不辣的吗？"

她只好点头。晚上，我们去了应该是重庆最高级的餐厅"渝风堂"。在车上，我向美亚厨具的老总黄先生说："重庆人除了辣，就是辣。这一餐，如果不出辣菜，我就把头拧下来放在桌子上。"

地方装修得富丽堂皇，主人陈波亲自来迎。上的第一道凉菜，就是辣白菜，我笑了出来。

"不辣，不辣。"重庆人说，"是香。"

我摇摇头。接着的菜，的确有些不辣的，但都不精彩。陈波看了有点担心，结果我说："别勉强了，你们餐厅有什么感到自豪的，就拿出来吧。"

这下子可好，陈波笑了，辣菜一道道上，农家全鱼、水煮牛肉、辣鱼、辣羊肉、辣粉羔肉等，吃得我十分满意。

临上飞机,还到古董街去吃豆腐脑,他们的食法很怪,要和白饭一块儿吃。两种味道那么清淡的食物怎么配得好?请别担心,有麻辣酱嘛。

到处都可以看到卖羊肉的招牌,不吃怎行?到一家叫"山城羊肉馆"的老店,想叫一碗羊杂汤,没有!原来又是像火锅一样,把一碟碟的生羊肉、羊肚、羊肠放进去煮,最好吃的,是羊脑。"羊痴"不可错过。

很久没有好好吃饭了

记忆中的浓油赤酱，实践里的沪菜经验

数十年前，我这个南洋小子初出门，哪懂得什么是沪菜？

到香港定居后才认识，当年有大把上海人涌入，是沪菜的黄金时代。上司和友人，也多来自浙江。邵逸夫先生最早带我去的，就是尖沙咀宝勒巷的"大上海"了。后来邵氏向查先生买版权，请倪匡兄写剧本，与张彻导演商讨未来计划，都在这家食肆中进行。

店里的代表性人物，是经理欧阳，双眉粗，眼大，身材矮小，拿着筷子筒，前来听客人吩咐。最新鲜的食材，都是写在筷子筒的纸上，才学会了樱桃原来是田鸡腿，圆叶不是菜，是甲鱼。

后来邵逸夫先生侄子，即邵仁枚先生的儿子邵维锦从新加坡来到香港主持大局，也爱上了沪菜，所有应酬都在"大上海"吃，更是每周至少必去一次，似乎把店里所有的东西都吃过。

当年的菜，块头巨大，冷盘一叫，肴肉十几方块，油爆虾一大碟、素鹅一大碟，堆积如山的马兰头，还有我最爱吃的羊羔。欧阳好像很享受欺负外国客，西人光顾，就给他们来个大拼盘，已把他们的肚子塞得满满的，其他菜都吃不下。

大闸蟹季节来到，当年还只有"天香楼"有得供应，"大上海"的拿手菜是红烧翅、八宝鸭和元蹄，味道又甜又咸，这是我第一次接触到浓油赤酱，留下深刻印象，也以为沪菜应该是这样的，从此追求不懈。

这些都是小菜。要吃宵夜或小吃，则到金巴利道上的"一品香"。当年生活荒唐、花天酒地，到了深夜，必携酒女光顾。一走进去，就看到橱窗中让人眼花缭乱的熟食。海蜇头、熏鱼、熏蛋、毛豆炒蟹、烤麸等，数之不尽。最令人注目的是那五花腩的大方块，肥的部分几乎透明，染成通红。年轻时又高又瘦，眼露饥饿，吃过一块之后上瘾，每回光顾必叫。

熟食摊的旁边有一个大铜炉，侍应从中舀出，就是油豆腐粉丝。一试，又是永远不能忘怀，以后吃的，都没有那么美味。

时光飞逝，出现了北角的"雪园"，当年来说，已算是新派了。招牌菜有一道"拆骨鱼头"，鱼头被人家拆了，还算什么菜？就怀念起"大上海"的砂锅鱼头，更是珍惜。

较为稳阵（稳妥）的是"上海总会"，没有惊喜，也少失望。由他们独创的是道"火筒翅"，我对翅一向没多大兴趣，好吃的是那一大块火腿，被上汤煨得软熟，赤肉部分有如嚼柴，但肥的，尤其是那又是肉又是膏的那部分，百食不厌，每回去，只吃肥火腿。

生活越来越富庶，人开始怕死，太油太咸的食肆一间间地消失，淡而无味的新派沪菜代之，大多数的餐厅，还以不用猪油来标榜。

第一次踏足上海，首要任务就是去找浓油赤酱，到了几家老字号，当年都是国营的，但吃到的皆为不堪入口的所谓沪菜，最后只有在福州街的小巷子里享受了上海粗炒和油豆腐粉丝，还像样，每客一块人民币，便宜得让人发笑。

除了没有浓油赤酱，许多上海名菜也都渐渐失传，像那道雪里蕻九肚鱼，鱼焖后用布隔掉骨，再加上雪菜丝做成的冻，已再没有机会尝试了。烤麸的麸，在餐厅中已是刀切的，还只有到好友朱旭华先生的家，才吃到真正的烤麸及葱烤鲫鱼。虾脑豆腐，也是后来在友人家由他妈妈做出来。至于最普遍的蛤蜊炖蛋，餐厅大厨听都没听过，唉。

空叹息无用，要找浓油赤酱上海菜还是有的，其中一个途径是到台湾，那里的江浙人，还是固执地牢牢坚持江浙菜口味，在永和的"三分俗气"和台北市中心的"极品轩"，皆能寻回旧梦。

至于上海，当今真正吃得过的菜馆只有三家：

"吉士"，那是指"老"的，"新吉士"千万吃不得。"老吉士"还有一道失传的沪菜，是猪手，把很多料塞入拆了骨的猪手，再红焖出来的，不过这要提早一两天订才有。

"阿山饭店"在虹桥机场路上，地方难找，又简陋，菜单写在墙壁上，是真正的浓油赤酱做法。有一次和"镛记"老板甘健成先生去，刚好碰到一老者拿了一只甲鱼来卖，我们一看就知道是野生，即刻高价要了，请餐厅红烧了，才找回数十年前在"大上海"的滋味。

"小白桦"是一颗珠宝，老板的基本功打得好，任何食材一上他的手都能做出原汁原味的上海菜来。

俱往矣，在香港已没有一间用猪油来做沪菜的餐馆了，连"上海总会"也不用，要吃葱油拌面时，只有先叫一个红烧元蹄，面做好，捞出那层肥油浇上去，才有一点像样。

其他的新派菜馆已不必去试了，尤其是听到"沪粤"或"川沪"那些，一种菜已做得不正宗，还会结合其他省的吗？

怀念昔时的"大上海"，欧阳先生还健在吗？还有店里会说日语的伙计，绰号"日本仔"的，都应该垂垂老矣吧。我的沪菜经验，都是这些高手教出来的，还有已经逝世的朱旭华先生及他的家佣阿心姐。我对沪菜的钟爱，并不逊色于居港沪人，有时在文章上娓娓道来，在街上，常遇到读者，都问我是不是上海人呢。

一顿顺心顺意的顺德菜

去顺德拜访杨金在先生,本来谈完事我要告辞的,但杨先生热情,拿出已订好的菜单,说非吃一顿饭不可,盛意之下,我只好改掉广州的约会。

菜单上写着:

(一)风味炖响螺;(二)银纸蒸鸡;(三)西杏凤尾虾;(四)七彩烧汁鳝柳;(五)鲮鱼球啫啫鲍鱼;(六)椒盐酿沙虫;(七)银杏百合鲜核桃炒水蛇片;(八)瑶柱绿豆扣田鸡;(九)南乳芝士椰菜煲;(十)甜品有香芋卷饼和流沙包。

地点在顺峰山庄,由总经理罗福南招呼,他也是顺德饮食协会会长。

到达之后,被安排在一个幽静的厅房,隔着玻璃窗,可看到外面的小桥流水。

我吃饭一向不喜欢鲍参翅肚,只爱地道传统,进食环境不拘,服侍周不周到也是其次。和罗经理见了面,和他商量起来。

"响螺太名贵了,可不可以改一个特别一点的汤?"

"行。"罗经理说,"不如要芫荽沙虫生蚝鱼头汤吧!"

这个汤一听名字已知鲜甜,即刻拍手赞好。

"西杏凤尾虾,变不出什么花样,加了西杏,会不会弄出不伦不类的东西？"我心里那么想，但口中说："虾吃得多，不如来点鱼吧！"

"好，改成鱼塘公炆鱼。"

"弄个普通鲮鱼如何？"

"好，就用榄角来清蒸大鲮鱼。"

"水蛇片我也不吃了。"

"好，改个水鱼吧，是野生的。"

一听到有野生水鱼，不管对方怎么做，总是甜美："下一道的瑶柱绿豆扣田鸡是怎么一个煮法？"

我只是问问，罗经理以为我不吃田鸡，就说："好，我们来个鲫鱼二味，豉汁蒸头腩和生菜鲫鱼片粥。"

"至于蔬菜，"我说，"我对芝士没有什么信心。"

"好。"罗经理说，"改个最普通的顺德生炒菜薳！"

"喂，喂，喂。"主人翁杨先生笑着说，"你那么改，把所有的菜都改掉了！"

我说："椒盐酿沙虫和甜品都可以试试看。"

"银纸蒸鸡也别改了。"罗经理说，"我们特创的。"

"好。"这次轮到我说好了，"但是可不可以加一道顺德最出名的鱼皮角呢？顺德人每一个都说他的妈妈的鱼皮角做得最好，这是他们最自豪的菜。"

"好。"罗经理说，就那么决定下来。

想起从前有一位小朋友拿着石头给我改，我看了他的印章的构图，多余地方甚多，留白之处也不够，就抓了刀，一刀一刀像切豆腐般给他删掉，冯康侯老师修改我的篆刻也是那么一回事。身边一位友人看了甚不为然，觉得不应伤到对方的自尊心。

但是菜馆是不同的，我并非做修改，是与对方共同研究有什么更地道的食物，所以这次也不客气了。到了我这个年纪，吃一餐少一餐，不能对不起自己。总之，抱着诚恳的态度，不会有什么失敬之处。

芫荽沙虫生蚝鱼头汤上桌，果然不出所料，精彩万分。沙虫是种很甜的食材，生蚝够鲜，鱼头骨多，当然甜上加甜。又有芫荽来中和，汤滚得乳白颜色，是大师傅的手艺。用一个比饭碗大两倍的汤碗盛着，一人一碗，众人全部喝光，大声叫好！

广东人一向主张来个老火汤，但汤一煲上两个钟头以上，味太浓，多喝会留在肠胃中。不是每天能进食的东西，偶尔喝喝这种现煮现饮的，是件好事。

榄角清蒸大鲮鱼是永远不会失败的，那尾鲮鱼也难得，个头巨大，至少有二尺半长，菜市场中罕见。肚腩部分是全无骨，肉细腻，油又多，加上榄角的惹味，这尾鲮鱼又给我们吃得干干净净。

银纸蒸鸡是由污糟鸡改良过来的，里面并没有污糟鸡的黑木耳和腊肠片来吊味，就嫌寡了。改良的是在铁盘上铺了一层银纸，我吃了大失所望，后悔没坚持把这道菜改掉。

河鲜要是做得好，材料上等的话，不逊色于海鲜，而且价钱要来得便宜，那尾大鲫鱼分成两味，豉汁蒸的头腩中还有大量的鱼春，每人分一口，将鱼春干掉。

生菜鲫鱼粥是我在顺德吃过印象最深的。他们的师傅个个都有水准，鲫鱼多骨，能将骨头全部切成碎段，也只有顺德人才做得好。

最后的鱼皮角不论口感和滋味都是一流的，但是角边缘叠合处有机械性规则的凹凹凸凸，看了倒胃。

罗经理解释："师傅看到你来，用一个铁模子把饺皮印出来，以为那才好看。"

众人都笑了出来，这点小疵并不影响大局，谢谢主人家杨先生请的这一餐，他在顺德土生土长，近来常尝改良过的顺德菜，也说宁愿吃这种最地道最传统的。

正式的台湾餐，要找到台湾老饕才能吃到

到中国台湾，绝对不能去高级餐厅吃东西，他们的上海菜不像上海菜，广东菜不像广东菜，总之没有一间是正宗的。至于日本料理，更是气死人，台湾朋友以为好大面子地请我去，指着一块粉红色的鱼，大叫："Toro！Toro！"其实那并不是金枪鱼的肚腩部分，是一种叫旗鱼（Kajiki Maguro）的次等鱼，钓到了，旗鱼飞跃，血倒流，白肉变成粉红色罢了。但是尝试解释给他们听，他们立刻发脾气，说你不识货乱讲！

较像样的还是他们的四川菜，这一点我承认香港一直没有好好发扬，香港吃得过去的四川菜馆不多，台湾每间都有点水准。湖南菜也不错，福州菜更好，香港根本就吃不到福州菜。

典型的福州菜包有红糟和醋熘。红糟鸡、猪、羊，颜色鲜美，吃进口中，一股酒味，肉松化，是他们至高的文化。如果你不是醉客，那叫他们的醋熘腰子好了。一个腰子切成四大片，整齐地割着花纹，把锅子中的油爆得冒烟时，将猪腰、海蜇皮头、油炸鬼块（指油条）一齐扔进去，淋上糖醋，即起。腰子入口即化，海蜇头弹牙，油炸鬼吸汁，酸酸甜甜，可吃白饭三大碗。

谈到他们的白饭，是用一个个的小麻绳篓盛着米，隔水蒸熟。侍者把蒸熟白饭的篓子一挤，香喷喷的一团饭倒在你面前的空碗中，包你没吃过那么好的白饭。

喜欢吃面的话，福州海鲜面是一绝，用整只的膏蟹，加虾、鱼片、墨斗、蛏子等八九种海产熬了的汤，变成乳白色。下黄颜色的油面煨了一煨上桌，和白饭的水准一样，再次包你没有吃过那么好的面。

但是来到台湾吃什么福州东西？最上乘的当然是光顾地道的台湾餐。你向朋友要求，他们即刻抓头皮，因为他们也没吃过台湾餐。台湾没有台湾餐，那不是开玩笑吗？的的确确，一般上只有"青叶""梅子"餐厅等台湾小吃，正式的台湾餐，要找到台湾老饕才能吃到。

台湾餐分量很足，一席十个菜，十二个人也吃不完，要是人数少，可叫"半席"，那只有五味。

头盘的冷热荤是在一个大盘中盛着鲍鱼片，这是不经炮制，把罐头鲍鱼切片，就此而已。多春鱼的柳叶鱼是炸的，有十二尾。五香卷用猪肉、猪肝等以腐竹皮包了炸香切片。卤肉，猪的五花腩卤后切片。炸鱼片，当天有什么新鲜鱼就用什么鱼炸成一团团的，蘸日本丘比牌的沙拉酱吃。林林总总的花样中，最惹人注目的是中间摆的响螺肉，响螺先前在台湾很珍贵，几乎吃不到新鲜的，他们的响螺也不是香港的那么巨大，只是像在日本观光地烧着卖的蝾螺（Sazae），拳头般大，弃其肠壳，只有颗栗子那么小的螺肉，装进小罐头中。上桌时，为表示货真价实，整罐罐头放在盘中，还可以看到未完全打开的铁盖上的锯子痕。

接下来的菜很特别，名堂叫不出，台湾等基本上是福建菜，汤水特别多。像蒸鲳鱼，潮州人是用碟子盛，他们的蒸鲳鱼可以说是"煮鲳鱼",用咸酸菜、肥猪肉丝、香菇丝、中国芹菜加红辣椒丝等蒸之,蒸时用了大量的汤,以大碗分盛后上桌。客人除了吃鱼肉和配菜之外,还用汤匙喝汤;酒徒不喜吃东西,只饮汤,特别合胃口。

有些菜干脆用整个锅上桌,锅中的东西有点像新界的盘菜,是一层层的。最下面用大粒的蛤蜊铺底,加一层芋头,芋头上铺的是:一层炸过的排骨、一层粉丝、一层白菜、一层猪杂、一层冬菇、一层鱼肉、一层韭菜黄,再一层鸡肉、一层蛋卷等,数之不清,整锅东西加了大量上汤炖个数小时,你说味道鲜不鲜甜?

海参的做法是用葱、姜、绍酒把海参发了之后,煮鸡汤、猪肉汤,把肉扔掉,留汤煨之;再将猪肚、猪舌、鸭肝、鸭肫、冬笋等油爆后捞起,加莲子、切成小块的猪脑拌后炒之,味道错综复杂,绝非红烧海参或虾子海参那么简单。

上面四种只是副菜,主菜为台湾式的佛跳墙,单单是材料有:(一)鱼翅;(二)鱼唇;(三)刺参;(四)干贝;(五)鲍鱼;(六)鱼肚;(七)火腿;(八)猪蹄尖;(九)猪蹄筋;(十)猪肚;(十一)羊肘;(十二)鸭;(十三)鸡;(十四)鸡肾;(十五)鸡蛋;(十六)冬菇;(十七)冬笋;(十八)红萝卜;(十九)酱油;(二十)酒;(二十一)茴香;(二十二)冰糖;(二十三)桂皮;(二十四)葱白;(二十五)姜;(二十六)猪油。炮制方法和时间不赘,已知是绝品。

最后有台湾炒面和炒米粉,其实只是这两样,已能饱腹。

台湾菜的师传已经买少见少,能够享受一次,是福气。

到台湾如果吃不到台湾菜的话,那只好吃街边小吃,包括:卤肉饭、排骨饭、牛肉面、苦瓜排骨汤、切仔面、蚝仔面线、烤香肠、贡丸汤、猪血汤、金菰鱿鱼羹、金不换炒羊肉等，我的口水已经流个不止……

　　一次去台湾，为了谈生意，被人家请到"来来饭店"的沪菜厅。主人客气地问道："太太呢，怎么不一起来？"我黑口黑面地说："她去吃大排档，她比我幸福。"

很久没有好好吃饭了

厦门的美食，吃不尽，也数不完

"八市"菜市场在厦门无人不知，最为古老，由几条街组成，食材齐全，目不暇接，所有海鲜和广东沿海一带相似，并没有让我感到新奇的。

有种叫为"鯒鱼"的，很像鲥鱼，不知是否同一家族，闽南人也有"鯒鱼炖菜脯，好吃不分某"的话。某，妻子的意思，自己吃，不分给老婆吃，那应该相当美味吧。

小巷中有个石门，另有个石牌，只见一个"石"字，其他已模糊了，旁边有档卖海蛎的，老太太在这里剥蚝壳已剥了六十多年，她家的生蚝最新鲜，厦门人绝不叫为蚝，只称海蛎。友人林辉煌是厦门人，常说小时候没饭吃，一直在海边挖生蚝充饥，羡慕死付贵价在Osyter Bar开餐的时尚年轻人。

菜市中心广场，有个叫"赖厝古井"的名胜，一群老年人坐着矮凳泡茶喝，老厦门人也真悠闲，一早去买几个甜的馅饼或绿豆糕，沏铁观音或大红袍，看报纸，又是一天。

这里，地道的早餐店有"赖厝扁食嫂"，所谓扁食，是小馄饨，还有拌面，另外有"友生风味小吃""陈星仔饮食店"的面线糊和咸粥，"阿杰五香"的五香卷等，算是厦门最地道的早餐了。

有力量去冲刺了,上午到"纸的时代"书店去,这是一家把书堆到天花板,要用梯子爬上去找的店铺,很有品位,店名也取得好。

我们早到,只有一排客人买了书正在等着付账,我请同事打开一张桌子,说是为你们签了名再去给钱吧,众人大乐。一下子,大堂已挤满了读者,有三四百人之多,又和大家开始问答游戏,最后一一合照,众人大乐。

我的护法"木鱼问茶"和"青桐庄主"也由泉州和福州赶来,好不热闹。厦门读者消费力强,这次的签售会一共卖了八千本书。

接着上电台节目,主持人洪岩问我会不会说闽南语,我用纯正的口音说了一个笑话:有个厦门男子去了四周是陆地的安溪做茶生意,娶了一个乡下老婆,带到环海的厦门,见一大船,后面一小船,太太大叫:"夭寿,船母生船仔!"

午饭去了一家叫"烧酒配"的餐厅。烧酒配,下酒小菜的意思。留下印象的,是一道叫"葱糖卷"的,这是福建薄饼的另一个版本,馅和普通薄饼相同,但下了大量的糖葱和酸萝卜泡菜,吃起来爽爽脆脆,酸酸甜甜,儿童最喜爱,我的"花花世界"网店拍档刘先生是个大小孩,吃了四卷还嫌不够。

下午在一个叫"中华儿女博物馆"的地方,与各个传媒的记者做见面会,到了会场,见摆着几张椅子,让我们几个主持人坐,而记者席是离得远远的,我一下子把椅子搬到人群当中,让大家像老朋友一样聊天,这一来即刻打破了隔膜。

晚上,到厦门最高级的食府之一"融绘"的东渡店。由名厨张淙明创办,东渡店位于东渡牛头山,是厦门的地标,我们从停车处经过一条山径,再乘坐依山而建的三十八米高的电梯才能抵达,包厢中看到三百六十度的海景,厦门大桥就在眼前。

包厢分两个部分，十几人坐的圆桌和一个开放式的厨房。不坐圆桌，就在厨房柜台边进食也行，那样比较直接和亲切，坐圆桌的话，能看到一个电视大荧光幕，现场拍摄和播放着张淙明师傅的手艺。

第一道菜就是我最喜欢的包薄饼了。凡是闽南人，到了过年过节必做的菜，吃法简直是一个仪式，过程繁复，要花上两三天工夫准备。从前家家都包，当今在香港已罕见，我一听说有什么福建朋友家里包了，即刻挤进去吃，而且百食不厌。

厦门一带，都叫为薄饼，传到南洋也是那么叫，泉州则称为润饼，泉州文化传到台湾，故台湾人也跟着叫润饼。

餐桌上已摆好所有配料和主馅，最重要的，也是薄饼的灵魂，是海苔，叫为"琥苔"，或"浒苔"，把海藻爆炒得极香，没有此味，这个薄饼就逊色了。另外有舂碎的花生酥，加力鱼碎、蛋丝、肉松、炸米粉、京葱丝、炸蒜蓉、银芽、芫荽等共十种。南洋人吃的，豪华起来，还用螃蟹肉代替加力鱼肉。

薄饼皮当然挑选最好的，在碟子上铺好之后，就在薄饼的一边摆上自选的配料，另一边把葱段切成刷子，涂上蒜蓉醋、芥末、辣椒酱和番茄酱，在中间最后才放主馅，用高丽菜丝、红萝卜丝、冬笋丝、五花肉丝、豆干丝、蒜白、荷兰豆、虾仁、海蛎、大地鱼末、干葱酥去翻炒了又翻炒，太干了加大骨汤。闽南人说隔夜翻炒，才最美味。

这一顿最正宗的薄饼，吃了其实不必再去加菜，但让人抗拒不了的佳肴紧接而来：茶浓响螺片片得极薄，用铁观音灼熟即食；豆酱三层肉煮斗鲳，斗鲳就是我们的鹰鲳，有七八斤之大；固本酒焗红虾，红虾是闽南极品，非常甜，不逊色于地中海的;海蛎煎当然是蚝烙了,土龙汤用猪尾和鳗鱼来炖;闽南芋包用芋泥蒸成皮,包着猪肉、虾仁、冬笋和马蹄;杂菜煲用古龙猪脚骨头焖大芥菜;冷鱼三吃是手撕剥皮鱼、噎汁巴浪鱼、秋葵拌狗鱼……

已经吃不下,也数不完,大家自己去品尝吧。

六、食材与食谱

素菜

椰菜

粤人之椰菜，与棕榈科毫无关联，样子也像椰子。北方称为甘蓝，俗名包心菜或洋白菜。闽南及台湾则叫作高丽菜，是不是韩国传来，已无考据了。

洋人多把它拿去煲汤，或切成幼条腌制，德国人吃咸猪手的酸菜，就是椰菜丝。

朝鲜族吃高丽菜，也是腌制的居多，加辣椒粉炮制，发酵后味带酸。友人鸿哥也用番茄酱腌它，加了点糖，样子像韩国金渍，但吃起来不辣又很爽口，非常出色。

至于北方人的泡菜，用一大缸盐水就那么泡将起来，没什么特别味道。过于单调，除非你在北方长大，不然不会喜欢。

菜市场中卖的椰菜，又圆又大，属于扁形的并不好吃，要买的话最好买天津生产的，像一个圆球，味道最佳，向小贩讲教可也。

椰菜保存期很久，家中冰箱放上一两个月，泡即食面时剥几片下锅，再加点天津冬菜，已很美味。

冬菜和椰菜的搭配奇好，正宗海南鸡饭的汤，拿了煲鸡的汤熬椰菜，再加冬菜已成，不必太多花巧，香港人卖海南鸡饭，就永远学不会煮这个汤。

其实椰菜的做法很多，任何肉类都适合炒之，是一种极得人欢心的蔬菜。我们也可以自制泡菜，把椰菜洗净，抹点盐，加多一些糖，放它几个小时就可以拿来吃了，不够酸的话可以加点白米醋。

罗宋汤少不了椰菜，把牛腩切丁，加大量番茄、薯仔和椰菜，煲个两三小时，是一碗又浓又香的汤，很容易做，只要小心看火，不煲干就是。

女人一开始学做菜，很喜欢选椰菜当材料，她们一看到杂志和电视把椰菜烫了一烫，拿去包碎肉，再煮，即是一道又美观又好吃的菜，马上学习。结果弄出来的形状崩溃，肉又淡而无味，椰菜过老。马脚尽露，羞死人也。

现在教你们一个永不失败的做法，那就是把椰菜切成细丝，加点盐，加大量黑胡椒粉，滴几滴橄榄油，就那么拌来生吃，味道好得不得了。加味精，更能骗人。试试看吧。

生菜

生菜（Lettuce），是类似莴苣的一种青菜，内地叫作卷心菜，香港人分别有西生菜和唐生菜两种叫法。香港人认为唐生菜比西生菜好吃，较为爽脆，不像西生菜那么实心。

一般呈球状，从底部一刀切起，收割时连根部分分泌出白色的黏液，故日本古名为乳草。

生菜带苦涩，在春天和秋天两次收成，天冷时较为甜美，其他季节也生，味道普通。

沙拉之中，少不了西生菜。生吃时用冰水洗濯更脆。它忌金属，铁锈味存在菜中，久久不散，用刀切不如手剥，这是吃生菜的秘诀，切记切记。

有些人认为只要剥去外叶，生菜就不必再洗。若洗，又很难干，很麻烦，怎么办？农药用得多的今天，洗还是比不洗好。炮制生菜沙拉时，将各种蔬菜洗好之后，用一片干净的薄布包着，四角拉在手上，摔它几下，菜就干了，各位不妨用此法试试。

生菜不管是唐或西，就那么吃，味还是嫌寡的，非下油不可。西方人下橄榄油、花生油或粟米油，我们的白灼唐生菜，如果能淋上猪油，那配合得天衣无缝。

炒生菜时火候要控制得极好，不然就水汪汪了。油下锅，等冒烟，生菜放下，别下太多，兜两兜就能上桌，绝对不能炒得太久。量多的话，分两次炒。因为它可生吃，半生熟不要紧，生菜的纤维很脆弱，不像白菜可以煲之不烂，总之灼也好炒也好，两三秒钟已算久的了。

中国人生吃生菜时，用菜包鸽松或鹌鹑松。把叶子的外围剪掉，成为个蔬菜的小碗，盛肉后包起来吃。韩国人也喜用生菜包白切肉，有时他们也包面酱、大蒜片、辣椒酱、紫苏叶，味道极佳。

日本人的吃法一贯是最简单的，白灼之后撒上木鱼丝和酱油，就此而已。京都人爱腌渍来吃。意大利人则把生菜灼熟后撒上庞马山芝士碎。

对于不进厨房的女人来说，生菜是一种永不会失败的食材。剥了菜叶，放进锅中和半肥瘦的培根腌肉一齐煮，生一点也行，老一点也没问题，算是自己会烧一道菜了。

蕹菜

蕹菜又叫空心菜，梗中空之故。分水蕹菜和干蕹菜，前者粗，后者细。

把水蕹菜用滚水灼熟，淋上腐乳酱和辣椒丝，就那么拌来吃，已是非常美味的一道菜。在一般的云吞面档就能吃到。如果不爱腐乳，淋上蚝油是最普通的吃法。

我最拿手的一道汤也用蕹菜，买最鲜美的小江鱼（最好是马来西亚产的），本身很干净，但也在滚水中泡它一泡，捞起放进锅中煮，加大量的生蒜，滚个三四分钟，江鱼和大蒜味都出来时，放进蕹菜，即熄火，余温会将蕹菜灼熟。江鱼本身有咸味，嫌不够咸再加几滴鱼露，简单得很。

蕹菜很粗生，尤其适合南洋天气，大量供应之余，做法也千变万化。

鱿鱼蕹菜是我最爱吃的，小贩把发开的鱿鱼和蕹菜灼熟，放在碟上，淋上沙嗲酱或红颜色的甜酱，即能上桌。肚饿时加一撮米粉，米粉被甜酱染得红红的，也能饱肚，要豪华可加血淋淋的蚶子，百食不厌。

把虾米舂碎爆香，加辣椒酱和沙嗲酱，就是所谓的马来盏。用马来盏来炒蕹菜，就叫"马来风光"。常在星马（新加坡和马来西亚的简称）被迫吃二三流的粤菜，这时叫一碟"马来风光"，其他什么菜都不碰，亦满足矣。

泰国人炒的多数是干蕹菜，用他们独特的小蒜头爆香后，蕹菜入锅，猛火兜两下，放点虾酱，即能上桌。蕹菜炒后缩成一团，这边的大排档师傅用力一扔越过电线，那一边的侍应用碟子去接，准得出奇，非亲眼看过不相信，叫"飞天蕹菜"。

很奇怪，蔬菜用猪油来炒，才更香更好吃。只有蕹菜是例外，蕹菜可以配合粟米油、花生油，一样那么好吃。

不过，先把肥腩挤出油来，再爆香干葱，冷却后变成一团白色，中间渗着略焦的干葱；灼熟了蕹菜之后，舀一大汤匙猪油放在热腾腾的蕹菜上，看着凝固的猪油膏慢慢熔化，渗透蕹菜的每一瓣叶子，这时抬头叫仙人，他们即刻飞出和你抢着吃，这才是真正的飞天蕹菜。

菠菜

菠菜，名副其实地由波斯传来，古语称之为"菠薐菜"。

年轻人对它的认识是由大力水手而来，这个卡通人物吃了一个罐头菠菜，马上变成大力士，印象中，对健康是有帮助的。事实也如此，菠菜含有大量铁质。

当今一年四季皆有菠菜吃，是西洋种，叶子圆大。东方的叶子尖，后者有一股幽香和甜味，是西方没有的。

为什么东方菠菜比较好吃？原来它有季节性，通常在秋天播种，寒冬收成，天气愈冷，菜愈甜，道理就是那么简单。

菠菜会开黄绿色的小花，貌不惊人，不令人喜爱，花一枯，就长出种子来，西洋的是圆的，可以用机械大量种植，东方的种子像一颗迷你菱角，有两根尖刺，故要用手播种，显得更为珍贵。

另一个特征，是东方菠菜连根拔起时，看到根头呈现极为鲜艳的粉红色，像鹦鹉的嘴，非常漂亮。

利用这种颜色，连根上桌的菜肴不少，用火腿汁灼后，拖粉红色部分集中在中间，绿叶散开，成为一道又简单又美丽又好吃的菜。

西洋菠菜则被当为碟上配菜，一块肉的旁边总有一些配色：马铃薯为黄色，煮热的大豆加番茄汁为赤色，用水一滚就上桌的菠菜为绿色。搭配得好，但怎么也不想去吃它。

至于大力水手吃的一罐罐菠菜罐头，在欧美的超级市场是难找的，通常把新鲜的当沙拉生吃算了。罐头菠菜只出现在寒冷的俄国，有那么一罐，大家已当是天下美味。

印度人常把菠菜打得一塌糊涂，加上咖喱当斋菜吃。

日本人则把菠菜在清水中一灼，装入小钵，撒上一些木鱼丝，淋点酱油，就那么吃起来；也有把一堆菠菜，用一张大的紫菜包起来，搓成条，再切成一块块寿司的吃法，通常是在葬礼中拿来献客的。

其实菠菜除了春冬之外，并不好吃，它的个性不够强，味也贫乏。普通菠菜，最好的吃法是鸡汤或火腿汤灼熟后，浇上一大汤匙猪油，有了猪油，任何劣等蔬菜都能入口。

芥蓝

这也是一种万食不厌、最普通的蔬菜。不能生吃，要炒它一炒，至少要用滚水灼一下。

和其他蔬菜一样，芥蓝是天气愈冷愈甜，热带地方种的并不好吃。西方国家很少看到芥蓝，最多是芥蓝花，味道完全不同。

在最肥美的深秋，吃芥蓝最佳。用水一洗，芥蓝干脆得折断，烫熟加蚝油即可。

炒芥蓝有点技巧，先放油入锅，油冒烟时，加点蒜蓉，加点糖，油再冒烟就可把芥蓝扔进，兜几下就行，记得别炒得过老。过程中洒点绍兴酒，添几滴生抽，即成。

潮州人喜欢用大地鱼干去炒，更香。制法和清炒一样，不过先爆香大地鱼干罢了。

看到开满了白花的大棵芥蓝时，买回来焖排骨。用个大锅，熟油爆蒜头和排骨，加水，让它煮十五至二十分钟；把大芥蓝整棵地放进去，再焖个十五至二十分钟即成，过程中放一汤匙的宁波豆酱，其他什么调味品都不必加，炊后自然甜味溢出，咸味亦够了。

用枝和叶去焖，把最粗的干留下。撕开硬皮，切成片，盐揉之，用水洗净，再倒鱼露和加一点点糖去腌制，第二天成为泡菜，是送粥的绝品。

餐厅的大师傅在炒芥蓝时，喜用滚水渌它一渌，再去炒，这种做法令芥蓝味尽失，绝对不可照抄。芥蓝肥美时很容易熟，不必渌水。

把芥蓝切成幼条，用来当炒饭的配料，也是一绝，比青豆更有味道。

和肉类一起炒的话，与牛肉的配搭最适合，猪肉则格格不入。牛肉用肥牛亦可，但是叫肉贩替你选块包着肺部的"封门腱"切片来炒，味道够，更有咬头，又甜又香。

冬天可见芥蓝头，圆圆的像粒橙，大起来有柚子那么大。削去硬皮，把芥蓝头切成丝来炒，看样子不知道是什么，以为生炒萝卜丝或薯仔丝之类，进口芥蓝味十足，令人惊奇。不能死板地教你炒多久才熟，各家的锅热度不同，试过两次，一定成功。

大芥菜

　　深秋，是大芥菜最便宜最肥美的时候。大芥菜带点苦味，食而甘之，是非常好吃的一种蔬菜，也应该是纯中国种吧，很少看到外国人吃它，日本的食谱上也没大芥菜。
　　素食之中，不常见以大芥菜入馔。芥菜辛辣，可能也被当成荤的。而且，大芥菜和肉类的配搭极佳，尤其是火腿。单单用来斋煮固然也好吃，但一般人不接受。
　　最普遍的吃法是炆，炆排骨、炆火腿，大芥菜炆得愈稀烂愈好。豪华起来，只取中间的心，其他部分弃之。
　　因为一到秋天产量极多，吃不完了就拿去腌制。咸酸菜主要的原料就是大芥菜，但不容易做得好，过酸或过咸都不行。有时自己家里炮制，还加一点点的糖，餐厅要是有咸酸菜当小点供应，一试之下就见输赢，做得不好的话，这家人的菜一定不行。吃咸酸菜还有秘诀，就是要撒南姜粉末才够味。
　　咸酸菜只经过发酵的，才有酸味。新鲜的大芥菜就那么拿盐来渍，也是一种家常小菜，当今只有在最地道的潮州菜馆才有得供应，不过一般都做得太过死咸。
　　最理想的泡芥菜，制作起来并不复杂，可以试试看在家做做。
　　选肥大的芥菜，取出其心，切成半寸见方，洗个干干净净后，撒盐上去。
　　揉了又揉，让它出水，沥干，让风吹个一天半日，等到水分完全去掉为止。这个过程需要耐心，一带水就容易变坏。
　　另外切大蒜，大小最好和芥菜一样，混起来吃，有时咬到芥菜，有时咬到蒜头，才够刺激，分辨得出反而没趣。

加红色的指天椒碎，放入一个玻璃瓶中，高身的咖啡粉空罐很理想，再倒入半瓶的鱼露进去，泡个一两天即成。不爱吃太咸的人可以加点糖进去中和。

剩下的外层可以拿去爆大蒜，不必炒得太老，带点爽脆的感觉才像吃大芥菜。灼也行，别以为身厚就要灼久，它很容易焖熟，吃即食面时加大芥菜煮之，不逊色于鲍参肚翅。

冬菜

冬菜是一种用大蒜制成的咸泡菜。下的防腐剂不少，但只要我们不大量吃，对身体没害的。

中国人吃的冬菜，几乎都来自天津。后来中国台湾和泰国也出产，为数不比那又圆又扁的褐色陶罐多。

在台湾，吃贡丸汤或者切仔面的街边档桌上，偶尔也放一罐冬菜，任客人加入，但是用透明的塑胶罐装着，心里即刻打折扣，觉得不如天津冬菜的咸和香了。

你到潮州人开的铺子里吃鱼蛋粉，汤中总给你下一些冬菜，这口汤一喝，感觉与其他汤不同，就上了冬菜的瘾了。从此，没有了冬菜，就好像缺乏些什么。

潮州人去了泰国，也影响到他们吃冬菜，泰国菜中像腌粉丝等冷盘，下很多冬菜，他们的肉碎汤或者汤面中也少不了。

海南人也吃冬菜，纯正的海南鸡饭中一定配一碗汤。此汤用煲过鸡的滚水和鸡骨熬成，下切碎的高丽菜，即广东人叫为椰菜的东西，再加冬菜，即成。冬菜是绝对不能缺少的，很多香港店铺做的海南鸡饭，却不知道这个道理，乱加其他食材，反而弄得不伦不类。

冬菜实在有许多用途，像一碗很平凡的即食面，抛一小撮冬菜进去，变成天下美味。

把剩下的冷饭放进锅子里滚一滚，打两个鸡蛋进去，再加冬菜，其他什么配料都不必放，已是充饥的佳品。

说到鸡蛋，潮州人和台湾人爱吃的煎菜脯蛋，用冬菜代替菜脯，有另一番风味。

有时单单用干葱头切片炸了，再下大量冬菜炒一炒，加一点点的糖吊味，就那么拿来送粥，也可连吞三大碗。

最佳配搭是猪油渣，和冬菜一齐爆香，吃了不羡仙矣。

我父亲的一位老友是个又穷又酸的书生，一世人好酒，没有菜送，弄撮冬菜泡滚水，泡完冬菜发涨，就那么一小口送一大杯，吃呀吃呀，也吃光，喝冬菜水当汤，最后把抓过冬菜的手也舔一舔，乐不可支。

菜心

菜心，英文名"Flowering Cabbage"，因顶端开着花之故，总觉得它不属于Cabbage科，是别属一类的蔬菜，非常之清高。

西餐中从没出现过菜心，只有中国和东南亚一带的人吃罢了。我们去了欧美，最怀念的就是菜心。当今越南人移民，也种了起来，可在唐人街中购入，洋人的超级市场中还是找不到的。

菜心清炒最妙，火候也最难控制得好，生一点的菜心还能接受，过老软绵绵。

炒菜心有一秘诀：在铁锅中下油（最好当然是猪油），待油烧至生烟，加少许糖和盐，还有几滴绍兴酒进油中去，再把菜心倒入，兜它两三下，即成，如果先放菜心，再下作料的话，就老了。

因为盐太寡，可用鱼露代之，要在熄火之前滴下。爆油时忌用蚝油，任何新鲜的菜，用蚝油一炒，味被抢，对不起它。

蚝油只限于渌熟的菜心，即渌即起，看见渌好放在一边的面档，最好别光顾，那家人的面也吃不过。

灼菜心时却要用渌过面的水，或加一点苏打粉，才会绿油油，否则变成枯黄的颜色，就打折扣了。

夏天的菜心不甜，又僵硬，最不好吃。所以南洋一带吃不到甜美的菜心。入冬，小棵的菜心最美味。当今在市场中买到的，多数来自北京，那么老远运到，还卖得那么便宜，也想不到老爱吃土豆的北京人会种菜心。

很多人还信吃菜心时，要把花的部分摘掉，因为它含农药。这种观念是错误的，只要洗得干净就是。少了花的菜心，等于是太监。

带花的菜心，最好是日本人种的，在City'super等超级市场偶尔会见到，包成一束束，去掉了梗，只吃花和幼茎。它带有很强烈的苦涩味，也是这种苦涩让人吃上瘾。

有时在木鱼汤中灼一灼，有时会渍成泡菜，但因它状美，日本人常拿去当成插花的材料。

日本菜心很容易煮烂，吃即食面时，汤一滚，即放入，把面盖在菜心上，就可熄火了，这碗即食面，变成天下绝品。

四季豆

四季豆虽然名为豆,但吃的是荚。

味道相当有个性,带点臭青,嚼起来口感爽脆,喜欢的人吃个不停。这时,口腔内流出一阵清香,是很独特的。

四季豆最适宜长在气温略为寒冷的地域,一年皆能收成,故称之为四季豆,但说到最甘甜肥美,则选夏季的六月到八月产的了。

豆荚的一端长于藤状的枝上,到了尾部,呈针形翘起,像蝎子尾的毒钉,但并不可怕。记得小时妈妈买四季豆回来,就要帮她剥丝,把长在枝头的那一端用手指折断,丝就连着剥了下来;轮到另一头,折下针形的尾,也连丝就那么一拉,大功告成。

丝并不是太硬,看到洋人吃四季豆,都不剥的。中国妇女手工幼细,才做这种功夫,别国的女人不懂。

四季豆做成菜肴,最普遍的就是生煸四季豆。所谓生煸,其实就是炸。与炸不同的是火要极猛,像大排档那种熊火才做得到家,把四季豆投入锅中,一下子炸熟,捞起。用另外一个锅,以黏在豆上那么一点点的油再加些面酱和肉碎,兜两下即成。

生煸煸得好时很入味,做得老就半生不熟,难吃到极点,绝对不像炸那么多油,是一门很深奥的学问。

潮州人用腌制过的橄榄菜来炒四季豆,和生煸的做法差不多。因为橄榄菜惹味,很受食客欢迎,当今这道菜已流行到世界每一个角落的中国馆子去。

日本人也很常吃四季豆,做法是将豆一分二,扔入沸腾滚水中,加上一匙盐,灼它一灼,捞起备用。把鸡胸肉蒸个七八分钟，切成与四季豆一般粗，这时混上黑芝麻酱、酱油、木鱼汁、山椒粉，就是一道很好的冷菜，但渌熟的四季豆，始终不像生煸那么入味。

从他们用芝麻酱的方法，发现四季豆和芝麻配合得最佳，所以我做生煸四季豆不时用面酱，换上刚磨好的芝麻，加点糖和肉末一块儿炒，味道最佳。吃辣的话，加豆瓣酱和麻辣酱，更刺激胃口，各位不妨试试！

豆角

豆角，北方人叫豇豆，闽南话叫菜豆仔，真名鲜有人知。英文名为"Yardlong Bean"，长起来有一码[1]之故，又叫芦笋豆（Asparagus Bean），但和芦笋的身价差个十万八千里。

原产地应该是印度吧。最大的分别是浅绿色肥大的种和深绿瘦小的，我也看过白皮甚至红皮的豆角。

叶卵形，开蝶形花，有白、浅黄、紫蓝和紫色数种颜色。它为蔓性植物，爬在架上，也有独立生长的种。从树干上挂着一条条的豆荚，瘦瘦长长，样子没有青瓜那么漂亮，也不可爱。

吃法也显然比青瓜少，豆角味臭青，很少人生吃，除了泰国人之外，泰国菜中，用豆角蘸着紫颜色的虾酱，异味尽除。细嚼之下，可还真的值得生吃的。那虾酱要是舂了一只桂花蝉进去，更香更惹味，但是酱的颜色和味道却相当恐怖。

---

[1] 码：英制单位，1 码 ≈ 0.9144 米。

因为豆角里面的果仁很小很细,不值得剥开来吃,我们都是把整条切段,再炒之罢了。

最普通的做法是把油爆热,放点蒜蓉,然后将豆角炒个七成熟。上锅盖,让它焖个一两分钟,不用锅盖的炒出来一定不入味。

和什么一齐炒?变化倒是很多,猪肉碎最常用,放潮州人的橄榄菜去炒也行。把虾米舂碎后炒,最惹味。

印度人拿去煮咖喱,干的或湿的都很可口,这种做法传到印尼和马来西亚,加入椰浆去煮烂,更香。

最爱吃豆角的,莫过于菲律宾人,可能他们煮时下了糖的关系,炮制出来的豆角多数黑黑的,不像我们炒得绿油油那么美观。

虽然很少生吃,但是在滚水中拖一拖,也不失其爽脆和碧绿,用这方法处理后,就可以和青瓜一样加糖、加盐、加醋,做成很刺激胃口的泡菜。

豆角的营养成分很高,也不必一一说明,最宜给小孩子吃,可助牙齿和骨骼生长。西洋人不会吃豆角,故煮法少了很多,连日本人也不会吃,更少了。

羊角豆

羊角豆有一个很美丽的名字,叫"淑女的手指"(Ladies's fingers)。的确,加一点点的幻想力,这支又纤细又修长的豆,形态和女孩子的手指很相像。

将羊角豆一剥开，里面有许多小圆粒的种子，被黏液包着，人们爱吃的并非豆，因为它的皮或种子，是全部哽进嘴里的那种黏黐黐的感觉，这种口感有些人会很害怕，试过一次之后就不敢再去碰它，但是一喜欢了，愈吃愈多，不黏的话就完全乏味了。

羊角豆并不是一种中餐常入馔的蔬菜，却在印度和东南亚一带大行其道，烹调方法之多，数之不清。

一般人做咖喱加的是薯仔，但是印度人用羊角豆来煮咖喱，也很美味。但它只能当成辅料，要是全靠它而不加鱼或肉的话，就太寡了。

正宗的咖喱鱼头这道菜中一定加羊角豆。并不切开，整支放进去，等到入味了，羊角豆里面的种子一粒粒发涨，每咬一口，咖喱汁就在嘴中爆炸，是蔬菜中的鱼子酱。

有时切细来炒马来盏，也是一道很好的下饭菜。做法简单，把羊角豆切成五毛钱币般厚，备用，马来盏是用虾米、指天椒、大蒜舂烂后再猛火爆之，等到发香时下羊角豆，炒到烂熟，就能上桌了。

日本人也常把羊角豆当冷盘，切片后放进滚水中灼一灼，捞起，加木鱼丝，最后淋上一点酱油，即成。他们的天妇罗也常用羊角豆来炸的。

在南洋生长的华人，羊角豆是用来酿豆腐的。酿豆腐为客家菜，把鱼胶塞入豆腐或豆卜之中煮熟。到了南洋，就地取材，羊角豆挖空了酿鱼胶。

招待和尚、尼姑朋友时，我曾经把大量的羊角豆剥皮，只取出种子。用云南的牛肝菌加酱油红炆后，用块布包着榨出浓汁，再去煨羊角豆粒。客人都吃得津津有味，不知是用什么食材做的。

萝卜

上苍造物，无奇不有，植物根部竟然可口，萝卜是代表性的，谁能想到那么短小的叶子下，竟然能长出又肥又大又雪白的食材来？

萝卜的做法数之不清，洋人少用，他们喜欢的是红萝卜，样子相同，但味道和口感完全不一样。其实它的种类极多，有的还是圆形呢。颜色则有绿的，有的切开来里面的肉呈粉红。所谓的"心里美"就是这个品种，我在法国，还看过外表黑色的萝卜。

我们吃萝卜，从青红萝卜汤到萝卜糕等，千变万化，但是老人家说萝卜性寒，又能解药，身体有毛病的人不能多吃。

既然性寒，那么拿来打边炉最佳，当今的火锅店已有一大碟生萝卜供应，汤要滚泻时就下几块下去，中和打边炉的燥热，熬出来的汤更是甜美。

我本人最拿手的菜就是萝卜瑶柱汤，不能滚，要炖，汤才清澈。取七八颗大瑶柱，浸水后放进炖锅。萝卜切成大块铺在瑶柱上，再放一小块过水的猪肉腱，炖个两三小时，做出来的汤鲜美无比。

韩国菜中，蒸牛肋骨的Karubi-Chim最为美味。牛肉固然软熟可口，但是菜中的萝卜比肉好吃。他们的泡菜，除了白菜金渍[1]之外，萝卜切成大骰子般的方形渍之，叫为Katoki Kimchi，也是代表性的佐食小菜。

日本人更是不可一日无此君，称之为大根。食物之中以萝卜当材料的极多，最常见的是泡成黄色的萝卜干（Takuwan）。

1　金渍：kimchi，即韩国泡菜。

大厨他们也知道可将燥热中和的道理，所以吃炸天妇罗时，一定刨大量的萝卜蓉佐之。小食关东煮（Oden），很像我们的酿豆腐，各种食材之中，最甜的还是炆得软熟的萝卜。

在河南，有种叫水席的烹调，一桌菜多数为汤类。其中一味是把萝卜切成幼细到极点的线，以上汤煨之，吃起来比燕窝更有口感。

萝卜源自何国，已无从考据，但古埃及中已有许多文字和雕刻记载，多数是奴隶们才吃的。我们的萝卜，可在国宴中出现，最贱的材料变为最高级的佳肴，这就是所谓烹调的艺术了。

红萝卜

红萝卜又叫胡萝卜，有个"胡"字，可想而知是外国传来，原产于地中海地区，西边传到欧洲，东边由丝绸之路来中国。那时候的种子颜色很艳红，已罕见，日本还保留着，称之为"金时"。日本人也叫红萝卜为人参，两者相差十万八千里。

当今的红萝卜带橙黄色，是再次把欧洲种子送来种的。我们最常用是煲青红萝卜汤。这是广东人煲的汤中最典型的一种，用牛腱为材料，也可以用猪骨去煲。方太教过我下几片四川榨菜进去吊味，效果不错。

汤渣捞出来吃，红萝卜带甜，小孩子喜欢。青萝卜就没什么吃头，四川榨菜则爽口得很，淋点酱油，可送饭。

外国人的汤中也放大量的红萝卜，他们的汤或酱汁分红的和白的，前者以番茄为主，红萝卜为副，配以肉类；白汁则配海鲜，用奶油和白酒炮制。

红萝卜的叶子我们是不吃的，洋人也把它们混进汤中熬，本身没什么味道，不像芹菜那么强烈，也没白萝卜的辛辣。

西餐中也常把红萝卜煮熟了，切块放在扒类旁边当配菜，是最常见的吃法。

中餐中的红萝卜做法也不多，当雕花的材料罢了，真是对不起红萝卜。

做得最好的是韩国人，把牛肋骨大块大块斩开，再拿去和红萝卜一起炆，炆得又香又软熟时，红萝卜还比牛肉更好吃，剩下此菜汁拿来浇白饭，也可连吞三大碗。

在中东旅行时，看到田中一片片细小的白花，问导游是什么，原来是红萝卜花，相信很多人没看过。

红萝卜含大量的维生素，对身体有益。我们常用它来榨汁喝，不喜欢吃甜的人也可以接受，它的甜味甜得刚好，不惹人讨厌，如果要有一点变化，在榨的时候加一颗橙进去，就没那么单调了。

我有一个朋友的脸色愈来愈难看，又青又黄，也不是生什么病，后来听医生说是红萝卜汁喝得太多引起的，不知道可不可信，但凡事过多总是不好，你说对吗？

芦笋

芦笋卖得比其他蔬菜贵，是有原因的。

第一年和第二年种出来的芦笋都不成形，要到第三年才像样，可以拿去卖，但这种情形只能维持到第四年、第五年，再种又不行了，一块地等于只有一半的收成。

当今内地地广，大量种植，芦笋才便宜起来，从前简直是蔬菜之王，并非每个家庭主妇都买得起。好在不知道从什么地方传来，说芦笋有高的营养成分，吃起来和鱿鱼一样，能产生很多好的胆固醇，但华人社会中仍不太敢去碰它，在菜市场中卖的，价钱还是公道。

大支的芦笋好吃，还是幼细的好？我认为中型的最好，像一管老式的Mont Blanc钢笔那么粗的不错，但吃时要接近浪费地把根部去掉。

一般切段来炒肉类或海鲜，分量用得不多，怎么吃也吃不出一个瘾来，最好是一大把在滚水中灼一灼，捞起加点上等的蚝油来吃，才不会对不起它。低级蚝油一嘴糨糊一口味精，有些原料还是用青口代替生蚝呢！

芦笋有种很独特的味道，说是臭青吗？上等芦笋有阵幽香，细嚼后才感觉得出。提供一个办法让你试试，那就是生吃芦笋了！只吃它最柔软细腻的尖端，点一点酱油，就那么送进口，是天下美味之一。但绝对不能像吃刺身那样下山葵（Wasabi），否则味道都给山葵抢去，不如吃青瓜。

在欧洲，如果自助餐中出现了罐头的芦笋，最早被人抢光，罐头芦笋的味道和新鲜的完全不同，古怪得很，口感又是软绵绵的，有点恐怖，一般人是为了价钱而吃它。

罐头芦笋也分粗幼，粗的才值钱，多数用白色的，那是种植时把泥土翻开，让它不露出来，照不到阳光，就变白了。但是罐头芦笋的白，多数是漂出来的。

被公认为天下最好的芦笋长在巴黎附近的一个叫Argenteuil的地区，长出来的又肥又大，能吃到新鲜的就感到幸福到不得了。通常在老饕店买到装进玻璃瓶的，已心满意足。但是这地区的芦笋已在一九九〇年停产，你看到这个牌子的，已是别的地方种植，别上当。

笋

古代文人皆爱笋。文字记载甚多，黄山谷写的一篇《苦笋赋》，书法和内容俱佳。

今人虽非文学家，爱笋的人也颇多，尤其是上海菜，含笋的不少，广东人对于笋的认识不深，凡是笋都叫冬笋，不管四季，洋人至今还不懂得吃笋，寄予茶与同情。

对于笋的印象，大家都认为带苦，那是因为没有吃过台湾的一种夏天生长的绿竹笋，那简直是甜得像梨，蘸着沙拉酱吃固佳，依足台湾人传统，点酱油膏，更是天下美味；用猪骨来滚汤，又是另一种吃法。

此笋偶尔在九龙城的"新三阳"可以买到，有些已非台湾产，多数是在福建种的了。

把尖笋腌制成的"笃鲜"，也非常好吃。一小箩一小箩用竹编成来卖。买个一箩，可吃甚久。取它一撮，洗净后用咸肉和百叶结来滚，最好下些猪骨，其汤鲜甜无比，是上海菜中最好吃的一道。

粗大的笋经发酵炮制出的笋干，带酸，又有很重的霉味。一般人不敢吃，但爱上后觉得愈臭愈好，还是少不了用肥猪肉来炆。

肥猪肉和笋的结合是完美的，比用梅菜来扣好吃得多。

笋放久了，不单苦味渐增，吃起来满口是筋，连舌头也刮伤，一点也不出奇。父母教子女，笋有毒，也是这个印象带来的吧。反正凡是东西不要吃太多，总无碍。

新鲜的笋，讲究早上挖当天吃，摆个一两天也嫌老。那种鲜味真是引死人。在日本京都的菜市场中，一个大笋卖上一两百块港币是平常事。有机会到竹园里去尝试这种笋，是人生一大味觉的体验。

其他食材一经人工培植，味道就差了，只有笋是例外，春秋战国时代已有人种笋了，笋长大的速度是惊人的。一次去竹园，整晚不眠看笋，好像看到大地动荡，啪啪有声，第二天早上已有一个个头冒了出来。

小时看父亲种竹，后院有竹林，生笋的季节来到，家父搬块云石桌面压在泥上，结果长出来的笋又扁又平，像一片薄饼，拿去煮了，切开四块来吃，记忆犹新。

莼菜

莼菜，亦名蓴菜，俗称水葵。

属于睡莲科，是水生宿根草本。莼菜的叶片呈椭圆形，深绿色，浮于水面，像迷你莲叶。

夏天开花，花小，暗红色。

能吃的是它的嫩叶和幼茎，叶未张开，卷起来作针形，背后有胶状透明物质，食感潺潺滑滑，本身并无味，要靠其他配料才能入馔。

性喜温暖，水不清长得枯黄。中国长江以南多野生，也有少量人工栽培。春夏食用，到秋节寒冬时叶小而微苦，用来养猪了。

《晋书·张翰传》记载："翰因见秋风起，乃思吴中菰菜、莼羹、鲈鱼脍。"后称思乡之情为"莼鲈之思"，但莼羹并不代表是最美的东西。

莼菜最适宜用鱼来煮，西湖中生大量莼菜，所以杭州菜中有一道鱼丸汤，下的就是莼菜。鱼丸和潮州的不同，不加粉。单纯把新鲜鱼肉刮下来，混入蛋白做出，质软，并不像潮州鱼丸那么弹牙，但吃鱼丸汤主要是要求莼菜的口感，滑溜溜的，让人留下深刻的印象。

除了中国人之外，只有日本人会吃，连韩国人也不懂，东南亚诸国没机会接触。在西菜上，找遍他们的食材辞典，也只有拉丁学名Brasenia Schreberi出现过。

日人不叫"莼"，而用"蓴"，发音为Junsai，由中国传去，记载在《古事记》和《万叶集》之内，古名"奴那波"。当今也在秋田县培植，昔时多在京都琵琶湖中采取，故关西菜中的"吸物"鱼汤中常有莼菜的出现。当成醒酒菜时，日本人用糖醋渍之。

南货铺里可以找到瓶装的莼菜，色泽没有刚采到那么鲜艳，做起汤来的诱惑性大减。

叶圣陶有篇散文提到莼菜，赞它的嫩绿颜色富有诗意，无味之味，才足以令人心醉。

有了这样的好食材，幻想力不必止于鱼羹，我认为它除了诗意，还有禅味，用来做斋菜是一流的。包饺子、做馒头，以莼菜为馅，香菇竹笋等调味，口感突出。

发展到用莼菜当甜品,也有无限的创造空间;莼菜糕、莼菜咖喱、莼菜炖红枣等,任你想出新花样,生活才不枯燥。

青瓜

青瓜本名胡瓜,当然是外国传来,北方人称之为黄瓜或花瓜,青瓜本来多呈青色的嘛,还是广东人叫为青瓜直截了当。

分大青瓜和小青瓜两种,前者中间多核,核可吃,有它独特的味道;当今的人流行吃小青瓜,外皮有不刺人的刺,故也叫为刺瓜,肉爽脆,最宜生吃。

最简单的就是切片或切条,点盐或淋酱油生吃,日本人会拿来蘸原粒豆泡秘制的面豉,此种味噌带甜,称之为Morokyu。洋人用在沙拉之中。

泡青瓜可以很容易地切片后捏一把盐即成。要更入味,加糖和醋;更刺激的话,切辣椒,春虾米花生去泡,非常开胃。

复杂的做法是将它头部连起来,身切十字形。中间放大量蒜头、辣椒粉和鱼肠,这是韩国人的做法,叫Oi-Kimchi。

德国人最爱用整条青瓜浸在醋中,捞起就那么吃,切片则用在热狗中。

烹调起来,有繁复的潮州半煎煮,把鲜虾或鱼煎了,再炒青瓜,最后一起拿去滚汤,鲜甜到极点。

南洋鸡饭也少不了青瓜,通常用的是多核的大青瓜,放在碟底,再铺上鸡肉。

大青瓜带苦,除苦的方法是切开一头一尾,拿头尾在瓜身上顺时针磨，即有白沫出现，洗净，苦味即消。

拿它来榨汁喝，有解毒、美容和抗癌的作用，切薄片贴在脸上，比面膜的功能更显著，一片面膜的钱，可买几十条青瓜。

青瓜为攀附式的植物，当今栽培，多立枝或拉网，没有古人竹棚下长瓜的幽雅了。

叶呈心形，雌雄皆开黄色的花，很漂亮，最可爱的吃法是把连花结成小小条的青瓜，摆在碟上蘸五种酱料吃，悦目又可口。

英国上流社会爱吃青瓜三文治，在王尔德的小说中多次出现，我们常笑他们的美食太过贫乏。

英国人穷也穷得乐趣，正宗的青瓜三文治做法是：把大青瓜削皮，切成纸般的薄片，揉点盐，放个十五分钟去水，再用毛巾压干。面包去皮，不烘，涂上甜牛油，下面那片叠上面层的青瓜，撒胡椒和盐，盖在上面那层也得涂牛油。合之，斜切半，则成。

苦瓜

苦瓜，是很受中国人欢迎的蔬菜。年轻人不爱吃，愈老愈懂得欣赏，但人一老，头脑僵化，其迷信，觉得"苦"字不吉利，广东人又称之为凉瓜，取其性寒消暑解毒之意。

种类很多，有的皮光滑带凹凸，颜色也由浅绿至深绿，中间有籽，熟时见红色。

吃法多不胜数，近来大家注意健康，认为生吃最有益，就那么榨汁来喝,愈苦愈新鲜。台湾地区种的苦瓜是白色的,叫白玉苦瓜,榨后加点牛奶,大家都是白色。街头巷尾皆见小贩卖这种饮料,像香港人喝橙汁那么普遍。

广东人则爱生炒,就那么用油爆之,蒜头也不必下了。有时加点豆豉,很奇怪的,豆豉和苦瓜配合甚佳。牛肉炒苦瓜也是一道普遍的菜,店里吃到的多是把牛肉泡得一点味道也没有,不如自己炒。在街市的牛肉档买一块叫"封门柳"的部分,请小贩为你切为薄片,油爆热先兜一兜苦瓜,再下牛肉,见肉的颜色没有血水,即刻起锅,大功告成。

用苦瓜来炆的东西,像排骨等也上乘。有时看到有大石斑的鱼扣,可以买来炆之。鱼头鱼尾皆能炆。比较特别的是炆螃蟹,尤其是来自澳门的奄仔蟹。

大部分日本人不会吃苦瓜,但受中国菜影响很大的冲绳岛人就最爱吃。那里的瓜种较小,外表长满了又多又细的疙瘩,深绿色。样子和中国苦瓜大致相同,但非常苦,冲绳岛人把苦瓜切片后煎鸡蛋,是家常菜。

最近一些所谓的新派餐厅,用话梅汁去生浸,甚受欢迎,皆因话梅用糖精腌制,凡是带糖精的东西都可口,但多吃无益。也有人创出一道叫"人生"的菜,先把苦瓜榨汁备用,然后浸蚬干,切碎酸姜角,最后下大量胡椒打鸡蛋加苦瓜片和汁蒸之,上桌的菜外表像普通的蒸蛋,一吃之下,甜酸苦辣皆全,故名之。

炒苦瓜,餐厅大师傅喜欢先在滚水中烫过再炒,苦味尽失。故有一道把苦瓜切片,一半过水,一半原封不动,一起炒之的菜,菜名叫为"苦瓜炒苦瓜"。

灯笼椒

灯笼椒英文作Sweet Pepper，法国名Paivron，意大利文叫Peperone，日本人则叫Piman，从拉丁名Pigmentum缩写。它已是我们日常的蔬菜之一，中餐以它当食材，屡见不鲜。我们一直以为名字虽然带个"椒"字的灯笼椒并不辣，但是我在匈牙利菜市买了几个来炒，可真的辣死人。像迷你灯笼椒（Habanero），是全球最辣的。

一般灯笼椒苹果般大，颜色有绿、黄、红、紫或白色，像蜡做的，非常漂亮。在墨尔本的维多利亚菜市买到一个，小贩叫我就那么吃。我半信半疑，咬了一口，味道甜入心，可当成水果。

经典粤菜的酿青椒，用的是长形的灯笼椒，有些有点辣，有些一点也不辣。辣椒的辣度是不能用仪器来衡量的，只有比较。以一到十度来计算，我们认为很辣的泰国指天椒，辣度是六而已，最辣的是上面提到的Habanero，辣度是十。而做酿青椒的，辣度是零。

我们通常是炒来吃，像炒咕噜肉或炒鲜鱿等，用的分量很少，当其中一种配菜，其实也不宜多吃。在香港买到的灯笼椒有一种异味，吃时不注意，但留在胃中消化后打起噎来，就闻得到。此味久久不散，感觉不是太好。

外国人多数是生吃，横切成一圈圈当沙拉。意大利人拿它在火上烤得略焦，浸在醋和橄榄油中，酸酸软软的，也不是我们太能接受的一种吃法。中东人酿以羊肉碎，又煮又烤地上桌，也没什么吃头。我认为灯笼椒最大的用处是拿来做装饰，把头部一切，挖掉种子，就能当它是一个小杯子，用来盛冷盘食物像鲜虾或螃蟹肉等，又特别又美观。

既然名叫灯笼，可以真的拿它来用，头切掉，肉雕花纹，再钻小洞，继而摆一管小蜡烛，是烛光晚餐的小摆设。最好是当插花艺术的其中一种材料，颜色变化多，清新可喜。有时不和其他花卉搞在一起，就那么拿几个去供奉菩萨，亦赏心悦目。

洋葱

凡是带"洋""番""胡"等字的，都是由外国输入的东西，洋葱原产于中亚。

家里不妨放多几个洋葱，它是最容易保存的蔬菜，不必放在冰箱中所以也不占位置，一摆可以摆两三个月，什么时候知道已经不能吃呢？整个枯干了，也许洋葱头上长出幼苗来，就是它的寿终正寝，或是下一代的延长。

外国人不可一日无此君，许多菜都以洋葱为主料，连汤也煲之，做出出名的法国洋葱汤。

切洋葱一不小心就被那股味道刺激出眼泪来。有许多方法克服，比方说先浸盐水等，但最基本的还是把手伸长，尽管离开眼部就没事了。

先爆热油，把切好的洋葱扔下，煎至略焦，打一个蛋进去，是最简单不过的早餐。大人放点盐，给小孩子吃则下点糖去引诱他们。这道洋葱炒蛋，人人喜欢。

同样方式可以用来炒牛肉，可以开一罐腌牛肉罐头进锅，兜乱它，又是一道很美味的菜，不过腌牛肉罐头记得要用阿根廷产的才够香。

印象中洋葱只得一个"辣"字，其实它很甜，用它熬汤或煮酱，愈多愈甜。

烧咖喱不可缺少洋葱，将一个至两个洋葱切片或剁成蓉，下锅煎至金黄，撒咖喱粉，再炒它一炒。咖喱膏味溢出时就可以拿它来炒鸡肉或羊肉，炒至半生熟，转放入一个大锅中，加椰浆或牛奶，至滚熟，就是一道好吃的咖喱。你试试看，便发现不是那么难。

或者在即食面中加几片洋葱，整碗东西就好吃起来，它是变化无穷的。

基本上，洋葱鲜美起来可以生吃，外国人的汉堡包中一定有生洋葱，沙拉中也有洋葱的份，但选用意大利的红洋葱较佳，颜色也漂亮，更能引起食欲。

有种洋葱甜得很，在旧金山倪匡兄的家，看见厨房里放了一大袋洋葱，他说："试试看，吃来像梨。"

我咬了一口，虽然比意料中还要甜，但是洋葱吃后和蒜头一样，难免有一股古怪味，所以要和倪匡兄两个人一起吃，就是名副其实的臭味相投了。

冬菇

菌类之中，中国人吃得最多的就是冬菇了。我们日常吃的，多数来自日本。

到日本植物场中看种植过程，先把手臂般粗的松树干斩一碌碌三尺长，到处钻数十个小洞，将冬菇菌放入洞内，几天后就长出又肥又大的冬菇了。收成后，那碌棍还可以继续使用，直到霉烂为止。

贮藏松树的地方要又阴又湿，当今的养殖场多数是铺上塑胶布当成一个温室，燃烧煤气来保持温度，一年四季皆宜种之。

摘下来的菇，有阵幽香，就那么拿在炭上烤，蘸酱油来吃最美味。嫌太寡的话，点辣椒酱也行，但味道被酱抢去。真正的食客，点盐而已。

晒干了就成冬菇。种类极多，一般的并不够香，大家认为花菇最好。所谓花，是菇顶爆裂着的花纹。其实有更厚肉的海龙冬菇是极品，花菇一斤一百六十元，海龙冬菇要卖三百六十元。

从前的冬菇绝不便宜，和花胶、鱼翅等同地位，海产干货店才有得出售，当今在内地大量种植，杂货铺中也供应了。

干冬菇要浸水来发，速成以滚水泡之，香味走掉不少，一定要用凉水。

厚身的冬菇可以切成薄片炒之，或整只红烧。炖品盅下冬菇，怎么煲都煲不烂，笨拙的家庭主妇最好是用它当材料。

斋菜中少不了冬菇，什么素什么宝，炆了就吃，但是最巧妙的还是冬菇的蒂，通常是切而弃之的。把它撕成一丝丝，所以有荤菜的江瑶柱做法，都能以冬菇蒂来代替。用油爆香，加上玉米的须，下点糖，是一道很精美的斋菜。

浸过冬菇的水也不必丢掉，用来和火腿滚一滚，是上汤。

所有的料理之中，以色泽来统一的也很有趣。用冬菇、发菜、木耳，最后加入墨鱼汁来煮，变成全黑色的菜。

三姑六婆喜欢煮冬菇水清饮，说能减肥。我试过，淡出鸟来，非常难喝，加几片鸡肉进去，也不会发胖，就美味得多了，我相信效果是一样的。

莲藕

四季性的莲藕，随时在市场中找到，成为变化多端的食材。

莲藕，日本人称之为莲根，英文名叫为Lotus Roots，其实与根无关，是莲的肿茎，一节节，中间有空洞。

不温不燥，莲藕对身体最有益。池塘有莲就有藕，产量多的地方，像西湖等地，过剩了还把莲藕晒干磨成粉，食用时滚水一冲，成糨糊状，加点砂糖，非常清新美味，是种优雅的甜品。

原始的吃法是生的，搅成汁亦可，和甘笋掺起来，是杯完美的鸡尾汁。

将莲藕去皮，切成长条或方块，用糖和醋渍它一夜，翌日就可以当泡菜下酒。

拿来炆猪肉最佳，莲藕吸油，愈肥的肉愈好吃。有时和笋干一起炆，笋韧藕脆，同样入味，是上乘的佳肴。

剁碎了和猪肉混在一起，煎成一块块的肉饼，是中山人的拿手好菜。

清炒也行，当成斋菜太寡了，用猪油去炒才发挥出味道来。吃时常拔出一条条细丝，"藕断丝连"这句话就从这里来的。

通常我们是直切的，露出一个个的洞来。这时先把头尾切开，看洞的位置，将洞与洞之间再割两刀，像左轮枪的形状，再直切之，就有很美丽的花样出现。

有时切片腌糖，晒干了变为简单的甜品。复杂一点，用糯米酿入洞中，再用糖来熬，要不就一个洞酿糯米，一个洞酿莲蓉，扮相更为优美。如果你再加绿豆沙、豌豆蓉的话，那么就可以制成彩色缤纷的莲藕。

如果将莲藕直切，就看不到洞了，切为细条，和豆芽一块儿炒，包你吃到了也不知是什么做的。

连着根的部分最粗，一节节上去，愈来愈小，到最后那一节，翘了起来。结婚的礼品中也有莲藕，象征多子多孙。

最后，别忘记广东人最常煲的八爪鱼干莲藕汤，两种食材煲起来都是紫色，广东人喝了叫好，外省人的倪匡兄大喊暧昧到极点，不肯喝之。

番薯

名副其实，番薯是由"番"邦而来，本来并非中国东西。因为粗生，向来我们认为它很贱，并不重视。

和番薯有关的都不是什么好东西，广东人甚至问到某某人时，哦，他卖番薯去了，就是"翘了辫子"，死去之意。

一点都不甜，吃得满口糊的番薯，实在令人懊恼。以为下糖可以解决问题，岂知又遇到些口感黏黐黐，又很硬的番薯，这时你真的会把它涉进死字去。

番薯，又名地瓜和红薯，外表差不多，里面的肉有黄色的、红色的，还有一种紫得发艳的，煲起糖水来，整锅都是紫色的水。

这种紫色番薯偶尔在香港也能找到，但绝对不像加拿大的那么甜，那么紫，很多移民的香港人都说是由东方带来的种，忘记了它本身带个"番"字，很有可能是当年的印第安人留下的恩物。

除了煲汤，最普通的吃法是用火来煨，这一道大工程，在家里难于做得好，还是交给街边小贩去处理吧，北京尤其流行，卖的煨番薯真是甜到漏蜜，一点也不夸张。

煨番薯是用一个铁桶，里面放着烧红的石头，慢慢把它烘熟。这个方法传至日本，至今在银座街头还有卖，大叫烧薯，石头烧着，酒吧女郎送客出来，叫冤大头买一个给她们吃，盛惠两千五百日元，合共一百多港币。

怀念的是福建人煮的番薯粥，当年大米有限，把番薯扔进去补充，现在其他地方难得，台湾还有很多地方到处可以吃到。

最好吃还有番薯的副产品，那就是番薯叶了。将它烫熟后淋上一匙凝固了的猪油，让它慢慢在叶上溶化，令叶子发出光辉和香味，是天下美味，目前已成为濒临绝种的菜谱之一了。

落花生

花生（Peanuts），我总叫它的全名落花生，很有诗意。

落花生是我最喜爱的一种豆类，百食不厌，愈吃愈起劲，不能罢休。唯一弊病是吃了放屁。

外国人的焗落花生（Roasted Peanuts）或中国人的炒落花生、炸落花生，都是最劣等的做法，吃了喉咙发泡，对不起落花生。

水煮落花生或蒸焓落花生才最能把美味带出，又香又软熟，真是好吃。从前在旺角道能看到一个小贩卖连壳的蒸落花生，当今不知去了哪里？南洋街边，尤其是在槟城，焓落花生常见，只是他们把壳子炮制得深黄，虽然不是化学染料，我看了也不开胃。

九龙城街市中，很多菜档卖煮熟带壳的落花生。放盐，把水滚了，煮到水干为止，天下美味。一斤才卖五块钱，买个三斤，吃到饱饱为止。

杂货店里也卖生的花生米，分大的和细的，有些人会比较，我则认为两者皆宜，大小通吃可也。

买它一斤，放在冷水泡过夜，或在滚水里煮个十分钟，将皮的涩味除去，就可以煮了。有些人要去衣才吃，我爱吃连衣的。

放一小撮盐，水滚了用慢火熬一个小时，即可吃；喜欢更软熟的话，煮两个钟。

煮时水中加卤汁，向卖卤鹅的小贩讨个一小包就是。等水煮干了，花生就能吃，我去餐厅看到这种佐菜的小食，总一连要几碟，其他佳肴不吃也罢。

北京菜的冷盘中，一定有水煮落花生，山东凉菜中，煮得半生不熟，带甜臭青味的，也可口。到了咸丰酒店，来一大碟落花生送绍兴花雕，店里叫"大雕"的，又香又甜，一碗才八块钱，喝得不亦乐乎，但没有落花生配之，味道就差点。

烹调落花生的最高境界，莫过于猪尾煮落花生了。同样方法，去衣涩，备用。先把猪尾煲个一小时，再放落花生进去多煮一个钟，这时香味传来，啃猪尾的皮，噬其骨，再大汤匙舀落花生吃，最后把那又浓又厚的汤喝进肚，不羡仙矣。

松子

松子的分布，全球很广，但非每一种类的松树都能长松子，生产得很多的是阿拉伯国家和亚洲，韩国尤其大量。

农历五月左右，松树枝头长出紫红色的雄花，另有球形的雌花，一年后结成手榴弹般大的果，成熟爆开，硬壳里面的胚乳就是松子了。象牙颜色，每颗只有米粒的两三倍大，含有丰富的蛋白质，一向被人类认为是高尚的食材，药用效果亦广。

在上海看到带壳的松子，剥起来甚麻烦，一般市场卖的已经去了壳，可以生吃，也有炒或焙熟的，更香。把松子油炸，不同于腰果，它很小，容易焦，得小心处理。

松子含大量油脂，保存得不小心便溢出油馊味，购入生松子时，最好一两两去买，别贪心，每一两用一个塑胶袋装好，密封，不漏气，才能保存得久。

世界上最贵的果仁，首推夏威夷果，松子次之，再下来才轮到开心果，花生最贱。在欧洲，古时一般百姓是吃不起松子的。

人类吃松子的历史很悠久，《圣经》早有记载，十六世纪的西班牙人到了美洲，已发现印第安土著用松子来做菜。

中东人很重视松子，他们嗜甜，几乎所有的高级甜品中皆用松子，特别是土产"土耳其欢乐"，用松子代替花生，加大量蜜糖制成。地中海菜里，塞进鸭鹅来烹调。突尼西亚人更把松子放进汤中一块儿喝。

中国的小炒用松子的例子很多,尤其是南方的所谓炒粒粒,将每一种食材都切细,混入松子来炒,多数会把松子炸了,放在碟底当点缀罢了,以松子为主的菜不常见。

韩国人最会吃松子,在伎生、艺伎馆中,大师傅会把松子磨成糊煮粥,客人来喝酒之前,由伎生喂几口,让松子粥包着胃壁,喝起酒来才不易醉。

饭后,必送一杯用肉桂熬出来的茶,冷冻了喝,上面漂浮着的红枣片和松子,又美丽又可口,是夏天饮品中之极品。

客厅茶几上,最好摆个精美的小玻璃瓶,里面摆松子,一面看电视,一面当小吃吃,不会饱肚,是种高级的享受。

咸酸菜

咸酸菜,潮州人的泡菜,只简称为咸菜,用大芥菜头制成。

每年入秋,大芥菜收成,我在乡下看过,堆积如山,一卡车一卡车送往街市,不值钱。放久了变坏之前,潮州人拿去装进瓮中,加盐,让它自然发酵变酸,就是咸菜了,很大众化的终年送粥佳品,潮州人不可一日无此君,有如韩国人的金渍。上等的咸菜,那个陶瓮做得特别精致,今日能变古董,不过当今的瓮已非常粗糙,烂了也不可惜。

在潮州菜馆,伙计必献上一碟咸菜,为餐厅自己泡的,咸甜适中,也不过酸。上桌前撒上一点南姜粉,非常可口,可连吃三四碟来送酒,做不好的话,这家餐厅也不必再去了。

当今在泰国的潮州人也把咸菜装进罐来卖，白鸽牌的品质最佳，还有一只红辣椒的带辣味，比较好吃。其他牌子的嫌泡太烂，不爽脆。

咸菜入馔已是优良的传统，最普通的做法是拿来煮内脏，将粉肠和猪肚加大量的咸菜熬出来的汤特别好吃。家中一向做得不好，只能在餐厅吃，装进一个人那么高，双手合抱的大铁锅中熬个一夜才能入味，煮时撒下把胡椒，只有九龙城的"创发"才有那么大的锅熬出来。

小量的咸菜可以煮鱼。什么带腥的鱼，经过与咸菜一齐煮，却好吃起来。一定得用咸菜煮，煮时下点姜丝和中国芹菜，更美味。

通常吃咸菜的梗，叶弃之。但当年穷困的潮州人也很会利用，把叶子切碎，加点糖和红辣椒爆它一爆也变成佳肴。不然用咸菜叶来包住鳝鱼炖，鳝肥的时候，这道菜是所谓可以"上桌"登大雅之堂的。

很奇怪，每一个城市都有一档专卖咸菜的摊子，通常是一个食古不化的老者坚守着，独沽一味卖咸菜。低声下气地请老人家为你选一个，他挑出来的一定好吃；再请教咸菜的煮法，他会滔滔不绝告诉你，千变万化。

梅菜

梅菜是非常可口的一种渍物，分咸的和甜的两种，吃时要用水冲一冲，和榨菜一样，洗得太干净的话，就不好吃了。

用什么做原料的呢？芥菜是最原始的，不过后来凡是把菜晒干了用盐炮制的，都叫为梅菜，常用的还有小白菜。

制成的梅菜分菜心和菜片两种，做得最好的地方是惠州，故也叫为惠州梅菜，而最好的惠州梅菜产于惠阳土桥。土桥梅菜最高级。

一般的惠州梅菜用的都是菜心，上好的菜心仅有三四寸长，带花蕊，色泽金黄。

叫为梅菜，因为炮制后有点发霉味吧？但据称是一个叫阿梅的仙女传授给背她过河的农民，这个说法比较浪漫。

最受欢迎，也遍布到世界各地的名菜，莫过于梅菜扣肉了。

把五花腩切成一大方块，放进锅中，先下猪油，待起烟，五花腩背朝下，把肥的那部分浸在猪油中。油炸油，油一多，快要碰到瘦肉部分时，就得捞起一些油来。绝对不可把整块五花腩放在油中炸，否则肉和肥的部分一下子分开了，样子和味道都差。

炸好的五花腩用酱油和冰糖去红烧，这时把梅菜切碎加进去一起炮制，煮四十五分钟之后，即成。

这时五花腩的皮是皱的，连着肉。怎么夹也夹不开，加上梅菜的清甜爽口，淋上汁，可连吞白饭三大碗。

嫌麻烦？买梅林牌的梅菜扣肉罐头好了。

梅菜也可以用来蒸鱼，尤其是桂花鱼等本身没有什么个性的河鱼，用梅菜来补助最适宜。

把猪颈肉切成细丝，再和梅菜一齐炒，冷却后放入冰箱，随时取出送粥。如果用虾米代替猪肉，更能久放不坏。

包子之中，把梅菜切细后素炒当馅，蒸出的梅菜包子百食不厌。水饺也可以用梅菜来包，很惹味。梅菜吸油，炒时要用大量的油才不会过干，但是非用猪油不可，一以植物油代之，鲜味尽失，也是一件很奇怪的事。

豆芽

最平凡的食物，也是我最喜爱的。豆芽，天天吃，没吃厌。

一般分为绿豆芽和黄豆芽，后者味道带腥，是另外一回事，我们只谈前者。

别以为全世界的豆芽都是一样，如果仔细观察，各地的都不同。水质的关系，水美的地方，豆芽长得肥肥胖胖，真可爱。水不好的枯枯黄黄，很瘦细，无甜味。

这是西方人学不懂的一个味觉，他们只会把细小的豆发出迷你芽来生吃，真正的绿豆芽他们不会欣赏，是人生的损失。

我们的做法千变万化，清炒亦可，通常可以和豆卜一齐炒，加韭菜也行。高级一点，爆香咸鱼粒，再炒豆芽。

清炒时，下一点点的鱼露，不然味道就太寡了。程序是这样的：把锅烧热，下油，油不必太多，若用猪油为最上乘。等油冒烟，即刻放入豆芽，接着加鱼露，兜两兜，就能上菜，一过热就会把豆芽杀死。豆芽本身有甜味，所以不必加味精。

"你说得容易，我就学不会。"这是小朋友们一向的诉苦。

我不知说了多少次，烧菜不是高科技，失败三次，一定成功，问题在于你肯不肯下厨。

肯下起码的功夫，能改善自己的生活。就算是煮一碗即食面，加点豆芽，就完全不同了。

好，再教你怎么在即食面中加豆芽。

把豆芽洗好，放在一边。水滚，下调味料包，然后放面。用筷子把面团撑开，水再次冒泡的时候，下豆芽。面条夹起，铺在豆芽上面，即刻熄火，上桌时豆芽刚好够熟，就此而已。再简单不过，只要你肯尝试。

豆芽为最便宜的食品之一，上流餐厅认为低级，但是一叫鱼翅，豆芽就登场了。最贵的食材，要配上最贱的，也是讽刺。

这时的豆芽已经升级，从豆芽变成了"银芽"，头和尾是摘掉的，看到头尾的地方，一定不是什么高级餐厅。

家里吃的都去头尾，这是一种乐趣，失去了绝对后悔。帮妈妈择豆芽的日子不会很长。珍之，珍之。

豆腐

英国人选出最不能咽下喉的东西之中，豆腐榜上有名，这是可以理解的。

就是那么一块白白的东西，毫无肉味，初试还带腥青，怎么会喜欢上它？

我认为豆腐最接近禅了。禅，要了解东方文化；要到中年才能体会。我喜欢吃豆腐较早，是在京都当学生的时候。

寒冬，大雪。在寺院的凉亭中，和尚捧出一个砂锅，底部垫了一片很厚的海带，海带上有方形的豆腐一大块。

把泉水滚了，捞起豆腐蘸酱油，就那么吃。刺骨的风吹来，也不觉得冷。喝杯清酒，我已经进入禅的意境。

这个层次洋人难懂。他们能接受的，限于麻婆豆腐。

豆腐给这个叫麻婆的人做得出神入化，我到麻婆的老家四川去吃，发现每家人做的麻婆豆腐都不一样。和他们的担担面相同，各有各的做法。

我们就从最基本的说起吧！首先，用油炸辣椒开始。麻烦的话，可用现成的辣椒油。再把猪肉剁碎，是七分油三分肉的比例。麻烦的话，可买碎肉机磨出来的。油冒烟时就可以爆香肉碎，最后加豆腐去炒。嫌麻烦的话，可在超级市场买真空包装的豆腐。

　　豆腐的制作工序很细致。先磨成豆浆，滚熟后加石膏而成。一切怕麻烦，就失去了豆腐的精神。

　　至于"麻辣"中间的麻，则罕见，但可在日资百货公司买一小瓶吃鳗鱼饭用的"山椒粉"，捞上一些，就有麻的效果。

荤菜

蛋的八种做法

不想骂人，只是谈吃；八蛋，八种蛋的做法也。

最基本的，有：（一）煎；（二）煮；（三）炒；（四）蒸；（五）烧；（六）焓；（七）焗；（八）就是"混蛋"了。唉，又像在骂人。

以卵击石，早就有这种俗语，可见得蛋是那么脆弱的，也代表了我们这群人民。最低微、价钱最贱的蛋，是那么千变万化，我口口声声大喊："蛋，万岁！"

没有一种食材那么容易做，那么亲民。就算有些人是笨蛋一个，永不下厨，也会把蛋做好。

慢点，这句话说得太早，我见过一个，油没热，就打蛋下去煮。当然，做出来的蛋白死硬，毫无香味，咽不入喉。

就算一个最普通的煎蛋，也要等油生烟，才能下蛋的。用滚油和不热的油，再用植物油和动物油比较一下，你就知道分别。

不要给那些自以为专家的家庭主妇吓倒，也别听庸医乱讲。一个普通大小的蛋，只含七十八卡路里，吃不死人的。一杯星巴克冻咖啡，已有五百六十一卡路里。

除非你是个白痴，天天吃，餐餐吃，那才有毛病。其实什么东西都一样，过量了就不好，像整天吃生菜的人，也会变成兔子。

偶尔八八蛋，乐趣无穷。我自己下厨，也会做多种变化的蛋，但是一个人的知识有限，有什么好过从诸位大厨处学习呢？

凡遇到高手，必向他们请教："你替我做一个蛋吧！"

通常要求对方的，都是一些复杂的菜式，一经我那么问，大厨们都抓着头皮，想不出来。当今被公认为厨界元老的保罗·鲍古斯也差点被我考倒，但他终于露出一手：原来是最简单的蛋，用最简单的方法去炮制。

先要认识食材，蛋类之中，可以吃的，包括了鸡蛋、鸭蛋、鹅蛋、鸽子蛋、鹌鹑蛋、野鸡蛋、海鸥蛋、鸸鹋蛋和最大的鸵鸟蛋。当然，龟蛋也在其中，那是名副其实的"王八蛋"了。

焗蛋和混蛋

普通的奄姆烈属于煎蛋类，如果做西班牙的又圆又大的Tortilla，那就要焗了。

用一个中型、直径二十厘米的平底锅，加橄榄油，放马铃薯进去炒熟，加洋葱，再炒。另外把西班牙香肠切片，和大蒜及西洋芫荽一起爆香，最后用锅铲把马铃薯压成蓉。

这时就可以打蛋进去了，通常那个中型的平底锅要用六个蛋,如果你想厚一点用八个蛋好了。

撒盐和胡椒,把蛋和其他食材慢慢翻兜,像在煎奄姆烈一样。炒至蛋浆全熟时,把一个比锅子更大的碟子盖上,翻转锅子,让蛋饼置于碟中,再放进锅,两面煎之,煎到表面略焦,就完成。

一般在店里吃到的蛋饼,都用很少蛋来煎大量的马铃薯,香肠又下得吝啬,吃得很不是味道。但西班牙人说那样才正宗,自己做时随你加料,加至心满意足为止。

意大利人做的蛋饼没西班牙人那么厚,叫Frittata。不同的是加了大量的番茄和香草。把番茄和马铃薯从洋人的食谱中拿走的话,菜就烧不成了。

一谈到混蛋,做法可多,其实任何食材都可以混入蛋中炮制。洋人多数拿来当甜品,像他们的舒芙蕾(Souffle)要混入很多芝士。可丽饼(Crepes)混面粉和糖。华夫饼(Waffle)也要加面粉,更有其他甜面包类,都缺少不了蛋。

别忘记冰淇淋也是混了鸡蛋做出来,还有数不清的鸡蛋酱呢。

这几天谈蛋的做法,只举一二个例子,如果要算全世界的蛋谱,有一万种以上吧。家庭做法很容易找到资料,等有空时,我再把大厨做鸡蛋的心得一一细述。

至今,我还是不断地寻求,遇到喜欢烧菜的人就问他们怎么做自己最爱吃的蛋。很奇怪地,每次都有意外的惊喜,如果各位有何建议,独特一点的话,请提供,编成一本蛋书,书名就叫《蛋蛋如也》吧!

蒸蛋

所有蛋的做法，最难掌握的还是蒸蛋。

有人说："蒸蛋的黄金比例是一份蛋、两份水。"

又有人说："不，不，水和蛋是一比一。"

总之，要你自己试验，像小时候听老师训话：失败，是成功之母。

有一点需切记：用来混蛋的水，绝对不可以用生水，即未煮过的水。也有些大厨传授秘笈，说蒸蛋，要用粥水；粥水，也不过是煮过的水。

生水中有很多氧气，即使蛋和水的比例正确，蒸后蛋的表面也有一粒粒的水泡，并不平滑，影响美观。

至于要蒸多久，全看你的炉火有多猛。

我喜欢吃的蒸蛋是最简单的，加盐或鱼露去蒸，其他食材什么都不加。洋人也有异曲同工的做法：只加糖，变成甜品。

复杂一点，蛋浆中可加猪肉碎，我喜欢在肉碎中剁一些田鸡肉，这么一来，更甜。进一步说：把蛋壳顶敲一小洞，倒出蛋。将蛋浆和肉碎及田鸡肉倒回空蛋壳中，再蒸。

完成后，用茶匙舀来吃也行，像焓熟蛋一样切半来吃也行。烹调是一门天马行空的技艺，全凭我们的幻想力去创造。

广东人的金银蛋，用新鲜鸡蛋和咸鸭蛋来蒸。三色蛋，则加了一味皮蛋。

日本人也爱吃蒸蛋，他们做得最好的是"茶碗蒸"，那是把鱼饼、银杏、鸡肉、虾，加上木鱼熬出来的汤，放进一个茶杯中蒸，其中加了"三叶"这种野菜，味道极为古怪，初尝者多会吐出来。

洋人不大懂"蒸"这个字，他们很少用特别来做蒸东西的厨具，只是放进焗炉中，算是半蒸半焗吧。

其中有一道菜也很像日本的茶碗蒸，那是用焗杯（Cocotte Mould），把带壳的虾和续随子（Capers）——一种用盐腌制的刺山果花蕾，加牛油、胡椒，放入焗炉中蒸出来，续随子已够咸，不必加盐了。

炒蛋

我的炒蛋自小从奶妈学到，做法是这样的：取二个蛋，先打一个。记得用另一个碗，打第二个蛋时，看看有没有问题。如果蛋白和蛋黄混淆不清，即弃，不然会浪费第一个蛋的。

猛火，加猪油入锅，你要用植物油，随你，不那么美味罢了。

油热之前，把蛋打匀，加胡椒。不同时做这个步骤的话，一炒就来不及。

油生烟，即刻把蛋浆倒进去，随手即洒几滴鱼露。蛋味很寡，有了鱼露即起复杂的味觉。若嫌鱼露腥，那么用盐，但盐要在打匀鸡蛋时下，否则太过花时间，鸡蛋会过熟。味精无用。

这时沙的一声，不必等熄火，要即刻把锅拿开，用木匙或锅铲把蛋搅动，在鸡蛋不完全硬化之前已倒入碟中。

你如果喜欢硬一点，就再翻兜几下。鸡蛋是在半生不熟透的情形下最滑，猛火之下迅速炒好，也是最能把蛋的甜味引出的办法。

这么一来，你就可以吃到一碟完美的炒蛋了。

炒蛋，洋人叫"手忙脚乱蛋"（Scrambled Egg），意思也是要你快点炒好，慢条斯理的，就做不出好的炒蛋来。

他们也不相信植物油会炒得蛋，用的是牛油，除了用牛油，还会加忌廉或鲜奶去炒，虽然他们认为会更香，但一加其他东西，炒的速度就慢了，蛋的味道发挥不出来，也是弊病。

洋人做得最好的是一道简单的菜谱，黑松露菌炒蛋，炒了蛋之后削几片黑松露菌进去，是个极美妙的配合。

我在碧绿歌乡下也吃过一道，黑松露菌不削成薄片，而是只切成小方块和蛋混来炒，更有香味和咬头。

当黑松露菌不是季节的时候，买瓶用它浸的橄榄油好了。只有此油，可以和猪油或牛油匹敌，这种油可以在高级食材店买到，你试试看吧，炒出来的蛋不同凡响。

煮蛋

最容易不过，水一滚，放鸡蛋进去，煮至熟，就是煮蛋了。

问题在每一个人对吃蛋的生熟度不同，怎么煮才算标准呢？通常有半生熟蛋、全熟蛋和外硬内软蛋之分。

半生熟蛋：用一个大锅，放三分之二的水。水一滚，要精确的话，煮足一分钟。如果你想蛋白硬一点，那么多三十秒，即熄火，一共是九十秒。

这时即从锅中取出，不然蛋会继续熟，愈来愈硬。把鸡蛋放在蛋盅里，用一把利刀，在四分之一处割开壳，就可以用茶匙挖来吃。

外硬内软蛋：煮法和半生熟蛋一样，不过要煮足三分钟，记得水一滚就要转小火。

蛋熟后用汤匙舀起，放进一锅冷水之中，至少要浸足十分钟左右，如果是太热的话可加一点冰块进去。

剥蛋壳的功夫很重要，不然黐住壳，除浪费还影响美观。过程是这样的：先用茶匙在圆的那一端敲碎壳，那里有一个气袋，较易打开。

一面剥一面冲水，那层膜就会被水分隔离，你会发现这么一来，蛋的形状是完美的。

全熟蛋：做法与外硬内软蛋相同，不过要煮足六分钟。

煮猪肉时，最好是和全熟蛋一块儿红烧，卤肉时也同样炮制。全熟蛋的名菜，有茶叶蛋。

做法是这样的：蛋煮了六分钟后全熟，用汤匙在蛋壳上轻轻地敲，千万别打得太碎，只要有裂痕即停，切记裂痕要在蛋上布置得均匀。

放茶叶，铁观音和普洱。前者取其香，后者取其色。再加八角、桂皮、甘草、酱油、胡椒粒去煮，当然得添酒，一般内地的其他烈酒比绍兴酒更好，但不能用药性太强的，像五加皮药酒之类。成龙的父亲教我，倒三分之一瓶白兰地进去，效果最佳，煮个二十分钟，浸过夜，翌日加热，即能做出完美的茶叶蛋。

我在非洲做过一个，吃过的人印象深刻，那是一颗鸵鸟茶叶蛋。

煎蛋

煎蛋没什么大道理，切记看到油生烟，打蛋进平底锅煎就是。

最重要的是要有耐性，慢慢煎。火要小，一大了就焦。炭火当然比煤气炉来得好。先看到的是蛋白四周开始发出泡泡，也不必去翻动，让它继续煎下去。

到了某种程度，就可以取出上碟。至于什么程度？那你就要试了，一次不行，来两次、三次，直到你掌握住自己喜欢的生熟为止。我常强调，烹饪并非高科技，经验可以让你成功。

喜欢吃荷包蛋的话，等蛋白发泡后将左边翻到右边，或者从上至下，下到上，都行。

蛋黄的熟度凭个人喜好，有的半生，有的全熟。到外国吃自助早餐时，有专人为你煎蛋。要是你要熟一点的蛋黄，可两面煎。有句英文术语，叫为"太阳向上"（Sunny Side Up）。此话也有毛病，要是像太阳的话，那不应该两面煎，我一向是吩咐："蛋黄煎硬。"（"Egg Yolk Very Hard."）

我煎蛋时不吃蛋黄，是因为小时的阴影。那年英国飞机轰炸日据新加坡，我刚好生日，母亲为我煮了一个蛋，吃了蛋白要吃蛋黄时，听到警报，拉着我进防空洞，我不舍得丢下那粒蛋黄，一口吞下，差点哽死。

另一个原因，是当今的蛋多以激素催生，又不知有无细菌，不像小时可以打开一个小洞生噬。从此看到生蛋怕怕，煎熟了也只吃蛋白，不过打匀后炒起来，我也可以接受蛋黄。

煎蛋全靠工夫，花愈长时间去煎愈好吃，你可以先试新加坡的煎蛋，没有吉隆坡的好吃，吉隆坡的又没有曼谷的那么美味，这就证明了现代人不肯花时间，只有在生活节奏慢的地方，才能做出美好的煎蛋。

美国的速食文化影响下，当今的快餐厅厨房里，煎板上摆着十几二十个铁环，各打个蛋进去，就那么炮制出来。我一看到这种圆扁蛋，即倒胃。这也是我从来不走进麦当劳的原因。

焓蛋

焓蛋倒是洋人的拿手好戏，我们较少用这个烹调法。

第一个原则，就是焓蛋的滚水不可加盐，否则，蛋白就会出现一个个的小洞来，影响美观。

最基本的焓蛋，做法是这样的：用个锅子，加白醋，待水滚。

看到水冒大粒的泡，中国人叫为"蟹眼"的，就可把蛋慢慢地倒入滚水中，每颗蛋焓一分半钟。其他菜的时间不必掌握得那么精确，但是焓蛋最好守着九十秒的原则，在超级市场的食物部可买到一个便宜的中国制电子秒表，很管用。

焓蛋一般是现焓现吃，如果要做一个数百人吃的早餐的话，也可以事先焓好，放进雪柜，可藏至两天。吃时重新加温，在滚水中浸个三十秒即可。

要是还不能确定焓蛋熟不熟，那么以一根汤匙捞起，用手指轻压蛋的表面，熟了有弹力，不熟会被你压破蛋黄。

蛋一焓好，即刻上桌，但样子不会好看，可以把蛋放进冷水中，用刀子把不规则的蛋白削掉，成为完美的圆形。这时，焓蛋完成。

最多洋人，尤其英国人吃的焓蛋"宾尼狄蛋"（Egg Benedict），做法如下：

把英国圆面包（English Muffins）切片，烤个一两分钟。

用牛油炒菠菜，加盐和胡椒，熟后取出置于面包旁，以剩下的牛油煎一片牛舌头，放在面包上。

把蛋从滚水中捞起，去掉水分，放在牛舌上。

倒大量的荷兰酱（Hollandaise Sauce，可在超市买到）在蛋上，再撒细葱段，即成。

如果不喜欢吃牛舌的话，可以用火腿片代替，但这又不正宗了。

焓蛋还可以放在汤上上桌，也有人放在烤洋葱上或马铃薯蓉上，更有人加在各种青菜的沙拉上。另一道出名的吃法叫Egg Florentine，是以大量菠菜为主角。

烧蛋

烧，是最原始的烹调法，发挥得最佳的是日本人，《源氏物语》中，源氏和平家打仗，后者败后逃亡，在山中进食，只有用烧，故称"落人烧"，战败者的烹调，烧蛋多数焓熟后再烧。

有时还是用锅，只是不加油。日本人的烧蛋，用一个特别的厨具，像一个扁平的长方形饼铁盒。

把蛋打匀，蛋浆放进扁平锅，分量不能太多，经热量，就会烧出一层很薄的蛋片来，轻轻地由下卷上，卷成一长卷，再在空处又加蛋浆，再卷。把它包在第一卷上，依照这种方法，一卷又一卷，最后成为烧蛋卷。

直切开来，有美丽的图案。

如果不卷，一层叠一层，那就是千层蛋块了。

烧蛋卷做得最好的寿司店师傅，他们会一层蛋，一层切得极薄的海鳗鱼，叠了起来，看不见鱼片，但吃出鱼味。

又有些寿司店是用鲜虾代替海鳗，让客人以为是海鳗，又不像海鳗。

嘴刁的客人一走进寿司店，第一件事就是点蛋卷，如果吃得过，那么表示这家人有水准。味道一差，就走人，不再吃下去。

但是如果你也依样画葫芦，遇到脾气不好的师傅，知道你要来考他，也不作声，但最后埋单时，会算你双倍的价钱。

淡水河鳗的鳗鱼店中，也一定卖鸡蛋卷，他们用来夹在蛋与蛋之间的那层河鳗是很厚的，让客人吃一个过瘾。

烧鸟店里除了烧鸡肉串之外，也卖烧鹌鹑蛋，一串五粒，只是椒盐去烧，也有浸了甜浆烧得略焦的，较为美味。

洋人的烧蛋，多是做成甜品，打蛋浆进一个杯中，隔水炖熟，最后撒上白糖，再用喷火器把表面烧焦，就是焦蛋了。

中国人不用烧，最多是烟熏，把蛋焓得外硬内软，再烟熏，这种蛋上海人做得最好。

鸡

小时候家里养的鸡到处走，生了蛋还热烘烘的时候，啄个洞生噬。客人来了，屠一只，真是美味。

现在我已很少碰鸡肉了，理由很简单：没以前那么好吃，也绝对不是长大了胃口改变的问题，当今都是养殖的，味如嚼蜡。

西餐中的鸡更是恐怖到极点，只吃鸡胸肉，没幻想空间。煎了炸了整只吃还好，用手是容许的，凡是能飞的食材，都能用手，中餐中反而失仪态了。西餐中做得好的土鸡，还是吃得过。法国人用一个大锅，下面铺着洗干净的稻草，把抹了油和盐的鸡放在上面，上盖，用未烤的面包封口，焗它二十分钟，就是一道简单和原始的菜，好吃得不得了。将它变化，下面铺甘蔗条，鸡上撒龙井茶叶，用玉扣纸封盖，也行。

在西班牙和韩国，大街小巷常有些铺子卖烤鸡，用个玻璃柜电炉，一排十只，十排左右，转动来烤，香味扑鼻，明知道没什么吃头，还是忍不住买下一只。拿回去，第一二口很不错，再吃下去就单调得要死。

四川人的炸鸡丁最可观，一大碟上桌，看不到鸡，完全给大量的辣椒干盖着，大红大紫，拨开了，才有那么一丁丁的鸡，叫为炸鸡丁，很贴切。

外国人吃鸡，喜欢用迷迭香（Rosemary）去配搭，我总认为味道怪怪的，这是我不是在西方生长之故。我们的鸡，爱以姜葱搭档。洋人也吃不惯，道理相同。

各有各精彩，谈起鸡不能不提海南鸡饭，这是南洋人发扬光大，在海南岛反而吃不到像样的。基本上这道菜源自白切鸡，将鸡烫熟就是，把烫后的鸡油汤再去炊饭，更有味道了，黑漆漆的酱油是它的神髓。

日本人叫烤鸡为烧鸡。烧鸡店中，最好吃的是烤鸡皮，又脆又香，和猪油渣异曲同工。

近年在珠江三角洲有很多餐厅卖各式各样的走地鸡，把它们搁在一个玻璃房中，任君选择。

鸭

为什么把水陆两栖的动物叫为"鸭"？大概是它们一直鸭、鸭声地叫自己的名字吧？

鸭子走路和游泳都很慢，又飞不高，很容易地被人类饲养成家禽。它的肉有阵强烈的香味或臭味，视乎你的喜恶，吃起来总比鸡肉有个性得多。

北方最著名的吃法当然是北京烤鸭了。嫌它们不够肥，还发明出"填"法饲养。

烤鸭一般人只吃皮，皮固然好吃，但比不上乳猪。我吃烤鸭也爱吃肉，就那么吃也行，用来炒韭黄很不错。最后连叫为"壳子"的骨头也拿去和白菜一齐熬汤。时间够的话很香甜，但是熬汤时记得把鸭尾巴去掉，否则异味臊你三天，久久不散。

鸭尾巴藏了什么东西呢？是两种脂肪。你仔细看它们游泳就知道，羽毛浸湿了，鸭子就把头钻到尾巴里取了一层油，再涂到身体其他部分，全身就发光，你说厉不厉害？

可是爱吃鸭屁股起来，会上瘾的，我试过一次，从此不敢碰它。

南方吃鸭的方法当然是用来烧或卤，做法和面一样。贵的吃鹅，便宜的吃鸭。鸭肉比鹅优胜的是它没有季节性，一年从头到尾都很柔软，要是烧得好的话。

至于鸭蛋，和肉一样，比鸡的味道还要强烈，一般都不用来煮，但是腌皮蛋、咸蛋都要用鸭蛋，鸡蛋的话味不够浓。

潮州、福建的名菜蚝煎，也非用鸭蛋不可，鸡蛋就淡得无味。

西餐中用鸭为材料的菜很多。法国人用油盐浸鸭腿，蒸熟后再把皮煎至香脆，非常美味。意大利人也爱用橙皮来炮制鸭子，只有日本菜中少见。日本的超市或百货公司中都难找到鸭，在动物园才看得到。

其实日本的关西一带也吃的，不过多数是琵琶湖中的水鸭，切片来打边炉。到烧鸟店去也可以吃烤鸭串。

日本语中骂人的话不多，鸭叫为Kamo，骂人家Kamo，有"老衬"[1]的意思。

牛

这个题材实在太广，牛的吃法千变万化，除了印度人印度教徒之外，世界各地都吃，成为人类最熟悉的一种肉类。

仁慈之意，出于老牛耕了一辈子的田，还要吃它，忍不忍心？但当今的牛多数是养的，什么事都不必做，当它是猪好了，吃得心安理得。

老友小不点最拿手的是台湾牛肉面，请她出来开店。她说生意愈好屠的牛愈多，不肯为之，一门手艺就要失传，实在可惜。

最有味道、最柔软、最够油的当然是肥牛那个部分了。不是每只牛都有的，名副其实地要肥的牛才有，拿来打边炉最适当，原汁原味嘛。要炮制的话，就是白灼了。

怎么灼？用一锅水，下黄姜末、万字酱油，等水滚了，把切片的肥牛放进去，水的温度即降，这时把肉捞起来。待水再滚，

---

[1] 老衬：粤语中指容易被人蒙蔽、愚弄的人。

又把半生熟的肉放进去，熄火，就是一道完美的白灼肥牛了。

西洋人的牛扒、韩国人的烤肉、日本人的铁板烧，都是以牛为主，也不一定要现屠现吃。洋人还讲究有Dry Aged的炮制法，把牛肉挂在大型的冰箱中，等酵素把肉的纤维变化，更有肉味，更为柔软。

所有肉类之中也只有牛肉最干净，有些牛扒血淋淋，照吃可也。吃生的更是无妨，西餐中的鞑靼牛肉，就是取最肥美的那部分剁碎生吃。韩国人的Yukei也是将生牛肉切丝上桌，加蜜糖梨丝来吃。

我见过一位法国友人做菜给两个女儿吃，把一大块生牛扒放进搅拌机内，加大量的蒜头，磨了出来就那么吃，两个女儿长得亭亭玉立，一点事也没有。

被世界公认为好吃的牛，当然有日本的和牛了。"Wagyu"这个英文拼法也在欧美流行起来，非它不欢。但爱好普通牛肉的人认为和牛的肉味不够，怎么柔软也没用。

有个传闻说和牛要喂啤酒和人工按摩才养得出来的。我问过神户养牛的人有没有这回事。他回答"有"，不过是"当电视摄影队来拍的时候"。

羊

问任何一个老饕，肉类之中最好吃的是什么？答案一定是羊。

鸡、猪、牛固然美，但说到个性强的，没什么肉可以和羊比的。

很多人不喜欢羊肉的味道，说很膻。要吃羊肉也要做到一点膻味也没有，那么干脆去吃鸡好了。

一生中吃过最好的羊肉，是在南斯拉夫。农人一早耕作，屠了一只羊，放在铁架器上，轴心的两旁有个荷兰式的风车，下面用稻草烧火煨之。风吹来，一面转一面烤。等到日落，羊全熟，抬回去斩成一件件，一点调味也不必，就那么抓了羊块点盐入口。太过腻的时候，咬一口洋葱，再咬一口羊。啊！天下美味。

整只羊最好吃是哪一个部分？当然是羊腰旁边的肥膏了。香到极美，吃了不羡仙。

在北京涮羊肉，并没有半肥瘦这回事，盘中摆的尽是瘦肉。这时候可另叫一碟圈子，所谓圈子，就是全肥的羊膏，夹一片肉，夹一片圈子来涮火锅，就是最佳状态的半肥瘦了。

中国新疆和中东一带的烧羊肉串，印象中肉总是很硬，但也有柔软的，要看羊的品质好不好。那边的人当然下香料，不习惯的话吃起来有胳肋底（腋窝）的味道；爱上了非它不可，就像女朋友的体味，你不会介意的。

很常见的烤羊，是把肉切成圆形，一片肉一片肥，叠得像根柱子，一边用煤气炉喷出火来烧。我在土耳其吃的，不用煤气，是一支支的木炭横列，只是圆形的一头，火力才均匀够猛，烧出来的肉特别香。

海南岛上有东山羊，体积很小，说能爬上树，我去了见到的，原来树干已打横，谁都可以爬。但是在非洲的小羊，为了树上的叶子，的确会抱着树干爬上去。这也是亲眼看到的。这种羊烤来吃，肉特嫩，但香味不足。

肉味最重的是绵羊，膻得简直冲鼻，用来煮咖喱，特别好吃。马来人的沙嗲也爱用羊肉，切成细片再串起来烧的。虽然很好吃，我还是爱羊肠沙嗲，肠中有肥膏，是吃了永生不忘的味道。

火腿

火腿，是盐腌过后，再风干的猪腿。英国人叫为Ham，西班牙语为Jamon，法语为Jambon，意大利人则叫为Prosciutto。

一般公认西班牙火腿做得最好，而最顶级的是Jamon iberico de bellota，是用特种黑猪的后腿经过二十四个月干燥制成。外国人都以为火腿是片片来吃的，但是我住在巴塞罗那时，当地人吃的是切成骰子般大，并不是片片。

意大利的Prosciutto di Parma、法国的Jambon de Bayonne和英国的Wiltshire Ham联合起来，把西班牙火腿摒开一边，说他们的才是世界三大火腿。

但照我吃，还是中国的金华火腿最香，可惜不能像西洋的那么生吃。金华火腿美极了，选腿中央最精美的部分，片片来吃，是天下美味，无可匹敌。在中环的"华丰烧腊"可以买到，要找最老的师傅，才能片得够薄。

我们在西餐店，点的生火腿拌蜜瓜，总称为Parma Ham，可见帕尔马这个地区是多么出名，买时要认定为帕尔马公爵的火印——由政府的检察官一枚枚烙上去。

帕尔马火腿肉鲜红，喜欢吃软熟的人最适合，但真正香味浓郁的，是肉质深红，又较有硬度的Prosciutto di Santo Daniele，一切开整间餐厅都闻得到。我认为比较接近金华火腿，在外国做菜时常拿它来煲汤替之，这种火腿从前还在帝苑酒店内的Sabatini吃得到，当今已不采用，剩下帕尔马的了。

一般人以为生火腿只适合配蜜瓜，其实不然。我被意大利人请到乡下做客，大餐桌摆在树下。树上有什么水果成熟就伸手摘下来配火腿吃，绝对不执着。

生火腿要大量吃才过瘾，像香港餐厅那么来几片，不如不吃。有一次去威尼斯，查先生和我们一共四人叫生火腿，侍者用银盘捧出一大碟，以为四人份，原来是一客罢了，这才是真正意大利吃法。

恶作剧的话，可以去火锅店或涮羊肉铺子时，用生火腿铺在碟上，和其他生肉碟混在一起，看到你不喜欢的人前来，用双手抓生火腿猛吞入肚，一定把对方吓倒。

三文鱼

从澳大利亚出生，游向大海，又一定回到原地产卵的三文鱼，是初学吃鱼生的人最喜欢的。

三文鱼给人一个很新鲜的印象，是因为它的肉永远柑红色，而且还带着光泽，其实败坏了，也是这个颜色，又不觉鱼腥呢。

这是多么危险的一回事！

所以，正统的日本寿司店，绝对不卖三文鱼生，老一代的人也不吃。日本年轻人尝之，是受到外国人的影响。

吃三文鱼是欧洲人生活的一部分，北欧尤其流行，不过他们也不生吃，大多数是整条烟熏后切片上桌。三文鱼虽为深水鱼，但也游回水浅的河中，易长寄生虫也。

日本人一向以盐腌渍。海水没受污染的年代，三文鱼大量生长，日本军国主义者捕之，硬销到中国来，通街都是。我的父母亲还记得大家都吃得生厌呢。

当今产量减少,被叫为"鲑"(Shake)的三文鱼,在日本卖得也不便宜。切成一包香烟那么厚。在火上烤后送饭,是日本人典型的早餐。

三文鱼最肥美的部分在于肚腩,百货公司的食品部切为一片片卖。但是更多油的是肚腩那条边,日本人最爱整齐和美观,把它切掉。市场中偶尔可以找到。一包包真空包装,称之为"腹肋"(Harasu),很贱价。

腹肋是三文鱼最好吃的部分,用个平底锅煎它一煎,油自然流了出来,是我唯一能接受的三文鱼。

三文鱼的卵像颗珍珠那么大,大红颜色,生吃或盐渍皆佳。日人叫为Ikura,和问"多少钱"的发音一样。

精子则少见,我只有在北海道吃过一次,非常美味,日本人也没多少个吃过这种他们叫为Shage No Shirako的东西。

大西洋中捕捉到的三文鱼,肉很鲜美,生吃还是好吃的。在澳大利亚的塔斯曼尼亚小岛的市场上,我看过一尾尺长的大三文鱼,买下来花尽力量扛到友人家,当见面礼。朋友的父母用刀切下肚腩一小块送到我嘴里,细嚼之下,是天下绝品。

海胆

海胆,又叫云丹。英文名海刺猬(Sea Urchin)。属于棘皮动物科,体外有放射形的石灰质骨骼,就是所谓的刺了。

刺有长有短,短的褐色,形状像马的排泄物,故称为马粪海胆。

从浅海到深海都有海胆繁殖，全球有五千种以上的记录，可食的大约有一百四十种。

海胆壳中，有发达的生殖腺，亦称生殖巢，可以生吃或烧烤，煮后盐渍和酒渍。日本的三大珍味之中，酒渍的海胆占其中之一。

中国菜中几乎不用海胆，只有渔民懂得享受，用它来蒸蛋一流，有些还拿去煲粥。二三十年前，大家还没受日本料理影响，西贡市场中卖得很贱，一斤不过十几块钱。

日本人最会吃海胆了，剥开壳取去其生殖巢，我们叫为膏的，就是Uni了。用海水洗一洗，一排排地排在木盒中，运到各高级寿司店来卖。

海胆名称也多，长着黑色长刺的叫北紫海胆，膏较少，分成五瓣，生在北海道，旧时讨厌它吃掉昆布、海带，当今当宝，但味道还是嫌淡薄。日本海胆年产量一万三千吨，其中半数以上是北紫海胆。

马粪海胆除北海道之外，分布日本全国，味道比北紫海胆香浓，膏也厚，煮完盐渍起来黏性也较大。

虾夷马粪海胆比普通的大一倍，膏的颜色较黄较深，产卵期的大，七月最肥，味道佳，故曾被过量捕捉，差点绝种。

白须海胆生长于热带海洋，名副其实地刺带白色，壳略紫，盛产于琉球群岛。

赤海胆和北紫海胆同样长着长刺，但呈红颜色，产卵期较迟，在十至十一月，所以吃海胆要跟着季节才算老饕。

紫海胆则是在春末夏初的四五月吃最佳，它是加了酒精腌制的最佳材料。

法国人也生吃海胆，海鲜盘上一定有几个，但膏很少，有时呈黑色，看了不开胃。

意大利人把海胆混入意粉中,已是当今最流行的菜了。

海胆的确是天下美味之一,吃过了念念不忘。周作人返国后在写给日本友人的书信中,还请他们把云丹的酒渍寄过来。云丹就是海胆。

海参

海参,日本人称之为海鼠,英文名叫为"海青瓜"(Sea Cucumber),的确有点像。

我们中文是用意义取名的,海参的营养,据古人说,和人参相同。

从前海参非常贵重,排在鲍参翅肚的第二位,不知道是哪位食家发明出来,竟然把海里面的那一条丑东西拿来晒干,再泡发来吃。当今在街市上常见的,一般家庭主妇不懂得怎么烹调,卖得很便宜。

到了山东,看到药材店卖的刺参,才知价钱还要贵得惊人。别小看指头般大的那条东西,第一晚浸水已经大出一倍,到了第二晚,已经有四五倍那么大。

在北方菜馆中点的婆参,体积更大得厉害,填入肉碎再蒸,一碟有两条,已足够给一桌十二个人吃。

贱价的海参没什么味道,像在吃咬不烂的啫喱,但上等海参有一股新鲜的海水味,细嚼之下,感到幽香。中国人珍之惜之,是有道理。

海参吃法千变万化,我见过一位大师傅,就烧出过一席十二道菜的海参宴来。

最后还把刺参发得半开,以冰糖熬之,成为甜品。

没有刺的海参叫为光参;像菠萝一样大的叫为梅花参,是好货。我吃过稀少的带金线参,是极品。

炮制海参的方法是用滚水煮它一煮,即熄火,冷却后取出,用盐揉之,再除净其内脏,这时又滚它一次,冷水浸两至三日,即成。

单用酱油煨之,成为红烧海参亦可。切片煮汤,是北方菜酸辣汤的主要材料之一。八宝菜中也少不了海参。洋人想也没想到去吃它,看了叹为观止。

日本料理中不把海参当为食材,但用来送酒,取海参之生殖和肠,用盐腌制,称为Konowata,样子、味道和口感都很恐怖,一旦爱上,却有万般滋味。

我们小时候在海滩散步,退潮之际,经常踏到滑溜溜的海参,抓到手上。黏黐黐的一阵不愉快的感觉,但把它剖开,取出其肠与肺,就是所谓的桂花参了。西班牙人也会吃,用大蒜和橄榄油爆之,爽脆香甜,十分可口。

青口

青口,英文叫Mussel,法文叫Moules,日本人称之为紫贻贝或绿贻贝。

它是一种微生物,附贴到岩石或桥趸时便很快地生长成一至二寸长的贝类,颜色由紫至深黑,内壳带绿色。

香港海边采取到的青口,是这种贝类最低劣的。剥开壳一看,肉中还有一撮毛,有点异味,并不好吃。产量又多,卖不起价钱,从前在庙街还有一档卖生灼青口,是醉汉最便宜的下酒菜。

一到欧洲就身价不同了,法国人在十三世纪时开始当它是宝,宫廷菜中也出现了青口,但都是不同的品种,味清香,又很肥大,让人百食不厌。

全世界各地都长青口,因为它容易贴在船底生长,船到什么地方就生长在什么地方。

当今海洋污染,野生的青口有危险性,多含重金属,少吃为妙,要吃从新西兰进口的。

养殖青口有三种办法,在浅海的床底插上木条,播下种,就能收成,但是此法有弊病,涨潮退潮,幼贝不能长时间食取微生物或海藻。第二个方法是干脆造个平底的木筏,浸在海中。第三是插一巨木在海底,再放射式地绑上绳子,让青口在绳上长大,此法西班牙人最拿手。

西班牙的海鲜饭(Paella)少不了青口,土耳其人也喜欢用碎肉酿入青口中烹调,意大利人更把青口当成粉面的配料!Mouclade和Moules Mariniere是法国名菜。

基本上,最新鲜肥美的青口是可以生吃的,但全世界人都没有这种习惯,连日本人也不肯当它为刺身。

最佳品种是法国Boulogne区的Wimereux青口,体积较小,只有一寸左右,样子肥嘟嘟,壳很干净。

吃法简单,用一个大锅,加热后,放一片牛油在锅底,把大量的蒜蓉爆香,放青口进去,倒入半瓶白餐酒,上盖,双手抓锅拼命翻动,一分钟后即成,别忘记下盐和撒上西洋芫荽碎,这时香喷喷的青口个个打开,选一个最小的,挑出它的肉吃完，就当成工具，一开一合地将别的青口肉夹出来。法国人看到你这种吃法，知你是老饕，脱帽敬礼。

蚝

蚝，不用多介绍了，人人都懂，先谈谈吃法。

中国人做蚝煎，和鸭蛋一块儿爆制，点以鱼露，是道名菜，但用的蚝不能太大，拇指头节般大小最适宜。不能瘦，愈肥愈好。较小的蚝可以用来做蚝仔粥，也鲜甜得不得了。

日本人多把蚝喂面粉炸来吃，但生蚝止于煎，一炸就有点暴殄天物的感觉，鲜味流失了很多。他们也爱把蚝当成火锅的主要食材，加上一大汤匙的味噌面酱，虽然可口，但多吃生腻，不是好办法。

煮成蚝油保存，大量生产的味道并不特别，有点像味精膏，某些商人还用青口来代替生蚝，制成假蚝油，更不可饶恕了。真正的蚝油不加粉，只将蚝汁煮得浓郁罢了。当今难以买到，尝过之后才知道它的鲜味很有层次，味精也不下，和一般的不同。

吃蚝，怎么烹调都好，绝对比不上生吃。最好的生蚝不是人工繁殖的，所以壳很厚，厚得像一块岩石，一只至少有十斤重，除了渔民之外，很少人能尝到。一般的生蚝，多数是一边壳凸出来，一边壳凹进去，种类数之不清，已差不多都是养的了。

肉质先不提它，讲究海水有没有受过污染，这种情形之下，新西兰的生蚝最为上等，澳大利亚次之，把法国、英国和美国的比了下去。日本生蚝尚可，香港流浮山的已经没人敢吃了。

说到肉的鲜美，当然首选法国的贝隆（Belon）。它生长在有时巨浪滔天，有时平滑如镜的布列塔尼海岸。样子和一般的不同，是圆形的，从壳的外表看来一圈圈，每年有两季的成长期，留下有如树木年轮般痕迹，每两轮代表一年，可以算出这个蚝养殖了多久。贝隆蚝产量已少，在真正淡咸水交界的贝隆河口的，是少之更少了，有机会，应该一试。

一般人吃生蚝时又滴Tabasco或点辣椒酱，再挤柠檬汁淋上。这种吃法破坏了生蚝的原味，当然最好是只吃蚝中的海水为配料，所以上等的生蚝一定有海水留在壳里，不干净不行。

鲳鱼

鲳鱼，捕捉后即死，非游水者，不被粤人所喜。潮州人和福建人则当鲳鱼为矜贵之海鲜，宴客时才拿出鲳鱼。

正宗蒸法是将鲳鱼洗净，横刀一切，片开鱼背一边，用根竹枝撑起，像船帆。上面铺咸菜、冬菇薄片和肥猪油丝。以上汤半蒸半煮，蒸至肥猪肉熔化，即成。

此时肉鲜美，鱼汁又能当汤喝，是百食不厌的高级菜。

上海人吃鲳鱼，多数是熏，所谓熏，也不是真正用烟焗之，而是把鲳鱼切成长块，油炸至褐色，再以糖醋五香粉浸之。

广府人吃鲳鱼，清一色用煎，加点盐已很甜的。煎得皮略焦，更是好吃。

还是潮州人的做法多一点，他们喜欢把鱼半煎煮，常用的剥皮鱼，煎完之后，加中国芹菜、咸酸菜煮之。以鲳鱼代替，就高级了。

鲈鱼火锅也一流,火锅中用竿头做底,加鲈鱼头去煮,汤滚成乳白色,送猪油渣。用鲳鱼头代替鲈鱼,是潮州阿谢的吃法。阿谢,少爷的意思。

我家一到星期天,众人聚餐,常煮鲳鱼粥,独沽一味。

别小看这锅鲳鱼粥,先要买一尾大鲳鱼,以鱼翅和鱼尾短的鹰鲳为首选。

把鱼骨起了,斩件,放入一鱼袋之中,鲳鱼只剩下唊唊是肉的,才不会鲠喉。

等一大锅粥滚了,放入鱼袋,再滚,就可以把片薄的鲳鱼肉放进去灼,熄火,香喷喷的鲳鱼粥即成。

大锅粥的旁边摆着一排小碗,装的有:(一)鱼露;(二)胡椒粉;(三)南姜蓉;(四)芹菜粒;(五)芫荽碎;(六)爆香微焦的干葱头;(七)天津冬菜;(八)葱花;(九)细粒猪油渣和猪油。

要加什么配料,任君所喜,皆能把鲳鱼的鲜味引出,天下美味也。

黄鱼

黄鱼亦叫黄花,分大黄鱼和小黄鱼,和其他鱼类不同的是,它的头脑里有两颗洁白的石状粒子,用来平衡游泳,所以日本人称之为石持(Ishimochi),英文名为White Croaker,可见不是所有黄鱼都是黄色。

据老上海人说，在二十世纪五十年代每年五月黄鱼盛产时，整个海边都被染成金黄。吃不完只好腌制，韩国也有这种情况，小贩把黄鱼晒干后用草绳吊起，绑在身上到处销售，为一活动摊档，此种现象我在六十年代末期还在汉城街头上看过，当今已绝迹。

生态环境的破坏，加上过量的捕捉，黄鱼产量急剧下降，现在市面上看到的多数是养殖的，一点味道也没有。真正的野生黄鱼又甜又鲜，肉质不柔也不硬，恰到好处，价钱已达至高峰，不是一般年轻人能享受得到的。

著名的沪菜中，有黄鱼两吃，尺半大的黄鱼，肉红烧，头尾和骨头拿来和雪里蕻一齐滚汤，鲜美无比。大一点的黄鱼，可三吃，加多一味起肉油炸。

北方菜中的大汤黄鱼很特别，肚腩部分熬汤，加点白醋，鱼本身很鲜甜，又带点酸，非常惹味，同时吃肚腩中又滑又胶的内脏，非常可口。

杭州菜中有道烟熏黄鱼，上桌一看，以为过程非常复杂，其实做法很简单，把黄鱼洗净，中间一刀剖开，在汤中煮热后，拿个架子放在铁锅中，下面放白米和蔗糖。鱼盛碟放入，上盖，加热。看到锅边冒出黄烟时，表示已经熏熟，即成。此菜"天香楼"做得最好。

一般的小黄鱼，手掌般大，当今可以在餐厅中吃到，多数是以椒盐爆制。所谓椒盐，是炸的美名，油炸后点椒盐吃罢了。见小朋友吃得津津有味，大赞黄鱼的鲜美，老沪人看了摇头，不屑地说："小黄鱼根本和大黄鱼不同种，不能叫黄鱼，只能称之为梅鱼。"

黄鱼的旧名为石首，《雨航杂录》记载："诸鱼有血，石首独无血，僧人谓之菩萨鱼，有斋食而啖者。"和尚有此借口，是否可以大开杀戒，不得而知。

我们捕到河豚丢掉，日人不爱吃黄鱼，传说渔船在公海中互相交换渔获，亦为美谈也。

白饭鱼与银鱼仔

街市中常见的白饭鱼，拇指般长，一半粗。英文名为Ice Fish，日本人称之为白鱼（Shirauo），活着的时候全身透明，一死就变白，故名之。它与三文鱼一样，在海中成长，游到淡水溪涧产卵后，即亡。

我们通常是买回家煎蛋。把两三个鸡蛋搅匀，投进白饭鱼。油热入锅，煎至略焦为止，不加调味料的话，嫌淡，可以蘸一蘸鱼露或酱油，这种吃法最简单不过，也很健康。当家常菜，一流。因为鱼身小，都不蒸来吃。用油干煎，最后下糖和酱油，连骨头也一块儿咬，也很美味。

日本人用白饭鱼来做寿司，一团饭外包着一片紫菜，围成一个圈，上面铺白饭鱼来吃。炸成天妇罗又是另一种吃法，有时在味噌面豉汤中加白饭鱼，也可做成清汤的"吸物"，在西洋料理中就很少看到以白饭鱼入馔的。

银鱼仔属于鱼弱科，是幼小的沙丁鱼，故英文名叫为Japanese Sardine，仔细观察，会发现每条鱼身上有七个黑点，是它的特征，只有尾指指甲的十分之一那么小，像银针。

连煎也太小了，只可以盐水煮后晒干，半湿状态下最为鲜美。我们通常是放进碟中，铺了蒜蓉，在饭上蒸熟。台湾地区则喜欢在蒜蓉上再加一点浓厚的酱油膏,更是美味。一时胃口不好,又不想吃太多花样时,把银鱼仔蒸一蒸,混入切得很幼的青葱,淋一点酱油,铺在饭上就那么吃,早中晚三顿都食之不厌。

银鱼仔在潮州人的杂货店中有售,但有时看到苍蝇,就不敢去买了。去日本旅行时如果见到透明塑胶包装的,不妨多买几袋回来,分成数小包,放在冰格中,藏数月都不坏,吃时选一小包解冻即行。

晒得完全干的银鱼仔肉质比较硬,牙齿好的人无妨,也可以保存得更久了。日本人还把生银鱼仔铺在一片片长方形的铁丝网上晒干,叫为Tatami-Iwashi,像榻榻米形状之故。将它在炭上烤一烤,淋上甜酱油,吃巧而不吃饱,是送酒的恩物。

虾

小时候,虾很贵,但那也是真正的虾。当今便宜,不过吃起来像嚼发泡胶。不相信吗?台湾地区有种草虾,煮熟了颜色鲜红,但真的一点味道也没有。

吃虾绝对不能吃养的,就算所谓的基围虾,也没什么虾味。到菜市场中买活虾,十美元一斤的,才有点水准。你才吃得起!我们买便宜的,很省。是的,很省;不吃,更省。

游水海虾,像麻虾和九虾,已被抓得七七八八,就算在市面上看到,也不是卖得太贵,少人知道,少人欣赏之故。

就那么白灼好了。游水海虾那条肠很干净,总不像养虾那种黑漆漆的一道东西。整只吃进口,没有问题。啊,那种甜味留齿，久久不散，比一百罐味精还要鲜甜。

绝对别小看意大利的虾，很少见到游水的，更已冷冻得发黑，但那股香味和甜味，也是东方吃不到的。人一生之中，说什么也要试一次。

法国煮熟后冷吃的小虾，也极甜。在海鲜盘中，大家都先选生蚝来吃，但去伸手剥小虾的，才是老饕。

龙井虾仁用的是河虾，但也一定要活剥的，冷冻虾就完蛋了，怎炒也炒不好。淡水活虾数十年前还可以吃，当今大家怕怕。品尝过的人才知道这种称为"抢虾"的，是无比的美味。淋上高粱酒，也能消毒，虾醉死了给人吃很享受，并不残忍，至今见到，还是可以试的，只要不太多，不会吃出毛病来。

越南的大头虾，养殖的也没味道，用它的膏来煮汤，还是可以的。湄公河上有种虾干，肉很少，壳大，把它炸了，单吃壳，也是绝品，可惜当今几乎见不到了。

虾干也千变万化，但要买最高级的，煮即食面时把那包味精粉丢掉，抓一把虾米滚汤，是上乘的一餐。

总之，不是天然的虾绝对别吃。食出一个坏印象，是一生的损失。便宜无好货，在虾的例子上是正确的，吃过天然虾就不喜吃养殖虾了，算它一算，价钱还是合理的。

蟹

世界上蟹的种类，超过五千。

最普通的蟹，分肉蟹和膏蟹。前者产卵不多，后者长年生殖。都是青绿色的。

蟹又分淡水的和海水的。前者的代表,当然是大闸蟹了,后者是阿拉斯加蟹。

生病的蟹,身体发出高温,把蟹膏逼到全身,甚至于脚尖端的肉也呈黄色,就是出了名的黄油蟹,别以为只有中国蟹才伤风,法国的睡蟹也生病,全身发黄。

最巨大的是日本的高脚蟹,拉住它双边的脚,可达七八尺。铜板般大的日本泽蟹,炸了一口吃掉,也不算小。最小的是蟹毛,五毫米罢了。

澳大利亚的皇帝蟹,单单一只蟹钳也有两三尺,肉质不佳,味淡,不甜。

从前的咸淡水没被污染,蟹都可以生吃,生吃大闸蟹很流行,当今已少人敢吃,日本的大蟹长于深海大百米,吃刺身没问题。

中国人认为,蟹一死就开始腐烂,非吃活螃蟹不行;外国人却吃死蟹,但也多数是煮熟后冷冻的。

小时母亲做咸蟹很拿手,买一只肥大的膏蟹,洗净,剥壳,去内脏,用刀背把蟹钳拍扁,就拿去浸一半酱油、一半水,加大量的蒜头。早上浸,到傍晚就可以吃了。上桌时撒上花生末,淋些白醋,是天下的美味。

别怕劏螃蟹,其实很简单,第一要记住别不忍心,在它的第三与第四对脚的空隙处,用一根筷子一插,穿心,蟹即死,死得快,死得安乐,这时你才把绑住蟹的草绳松开也不迟。

洗净后斩件,锅中加水,等沸,架着一双筷子,把整碟蟹放在上面,上盖,蒸个十分钟即成,家里的火炉不猛的话,继续蒸,蒸到熟为止,螃蟹过火也不要紧。

另有一法,一定成功,是用张锡纸铺在锅中,等锅烧红,整只蟹不必劏，就那么放进去，蟹壳向下，放大量的粗盐，撒到盖住蟹为止，上盖焗。怎知道熟了没有？很容易，闻到一阵阵的浓香，就熟了。剥壳，用布抹秽，就能吃了，吃时最好淋点刚炸好的猪油，是仙人的食物。

虾蛄

广东叫为濑尿虾的海产，是虾的远房亲戚，因为一抓，它便会把身子一弯，射出一股液体出来防御，故名之。我不喜欢这个名称，一直叫它的正名虾蛄。

日本人也用这两个汉字，发音为Shako，到寿司店看到柜中有紫色的东西，便是煮熟后的虾蛄。吃的时候向大师傅说："Abutte。"意思是烤它一烤。再说"Amai No O Tsukete"，我是叫他涂上一点甜酱，是最正宗的吃法。

什么？到寿司店还去吃熟的东西？是的，虾蛄灼熟后并不比虾好吃，但有股独特的味道，它不是深水虾，故不能生吃。当它充满春[1]的时候，是无比美味，熟吃比生吃好。

从前在庙街街边一盘盘卖，很贱价。因为剥起壳来很麻烦，又常刺伤手，所以没有人肯吃，当今小的虾蛄，也卖得不贵。

贵的是大只的虾蛄，当香港经济好的时候，什么稀奇的海产都从世界各地空运来吃。这种大只的虾蛄来自泰国，一尺长

---

1 春：粤语中指卵。

的很普通，肉又肥满，壳容易剥，大受欢迎。现在市面上看到的多数是在内地养殖的。

大虾蛄通常的吃法是油爆，所谓油爆，是炸的美名。撒上些盐，又美名为辣盐。上桌时用剪刀剪开两旁的刺。整只虾的肉就能起出，鲜甜得很。

我在泰国吃虾蛄的时候，喜欢用烤。烤得肉微焦，香味更浓，更点指天椒泡的糖醋和鱼露刺激胃口，一吃十几只，面不改色。

但是最好吃的还是潮州人的做法，就那么清蒸。风干后冻食也无妨，虾蛄冷了也没腥味，和吃冻蟹一样慢慢剥壳吃。偶尔点点橘油，是潮州人特有的一种甜酱，用橘子炮制的。一甜一咸，配合得很好，不知道是哪位少爷发明的吃法。

虾蛄有两只小钳，从前的日本人把小钳的肉起出来，一粒粒只有白米那么大，排在一个木盒中出售。那要花多少工夫！日本的人工又贵，那盒东西要卖多少钱可想而知，但当今即使你肯出钱也并不一定买得到。老的老了，年轻一辈不肯做这些幼细的工夫。汝生晚矣。

蚬

蚬的种类多到不得了。这是广东叫法，上海人称之为蛤蜊。"蜊"为古字，日本人至今也借用。英语通称为Clam，巨大的叫樱石（Cherry Stone），小的叫幼颈（Little Neck）。

用蚬来煮汤，一定鲜甜。最近我在澳门喝花蟹冬瓜煲蚬汤，甜上加甜，煮得过火也不要紧，只要别把汤煲干就是。你从来也没煲过汤？做此道菜吧，不易失败。

新鲜的吃不完，就特地拿来腌盐，蚬蚧酱就是那么发明出来。它有一种很独特的怪味，配炸鲮鱼球一齐吃极佳，但是吃不惯的话，闻到就掩鼻走开。

壳上有花纹的，也叫花蚬，里面含沙，也是叫为沙蚬的原因吧？老人家教导，买蚬回来，浸在铁盒中，放一把菜刀进去，它会把沙吐个精光。这可能是蚬受不了铁锈的刺激，所以放一块磨刀石效果也是一样的。

洋人吃蚬，很少用在烹调上，多数生吃。幼颈肉不多，但很甜。我最喜欢吃樱石，又爽又脆，口口是肉，认为比吃生蚝更过瘾。

日本人把大粒的蚬叫为Hamaguri。Hama是滨，而Guri则是栗，海滩中的栗子，很有意思。吃法是用大把盐将它包住，在火上烤，煮了壳爆开，就那么连肉带汤吃。有时用清酒蒸之，也很美味。

日本的小粒蚬叫为浅蜊（Asari），多数用来煮味噌面豉汤，也用糖和盐渍之，叫为佃煮。日本人在婚宴上惯用蚬为材料，因为它不像鲍鱼的单边壳，两片对称的壳有合欢的意思，意头甚佳。

至于更小粒，壳呈黑色的蚬，日人称之为Shizimi。大量放进锅中，不加水，就那么煮开，喝其汁，能解酒。台湾地区的人们则用浅蜊滚水过一过，就浸入酱油和大蒜中，称之为蚋仔，是我吃过的最佳送酒菜之一。

寿司店中也常见橙红色的蚬，尖尖的像鸡嘴，叫为青柳（Aoyagi）。盛产于当今千叶地区，古地名为青柳之故，它也叫为马鹿贝（Bakagai），它像傻瓜伸出舌头收不回去。

上海菜中，最好吃也是最常见的，有蛤蜊蒸蛋这道菜。可惜当今的沪菜馆都不供应，已没有大师傅懂得怎么蒸，就快失传。

螺

螺的贵族当然是巨型的响螺，它的壳可拿来当喇叭吹，故叫响螺吧？响螺会不会自响呢？在海底叫了没人听到。田螺倒会叫，花园中的蜗牛也会在下雨之前或晚上叫。

把响螺劏片，油泡之，为最高级的潮州菜。响螺的内脏可吃，因为钻在壳的尖端，故称之为"头"。潮州人叫响螺吃，如果餐厅不把头也弄出来的话，就不付钱了。

小型响螺当今在菜市场中也常见，并不贵，可能是大量人工养殖。请小贩为你把壳去掉，加一块瘦肉来炖，是非常滋阴补肾的汤，喝时加两三滴白兰地味道更佳。

外国进口的很多冷冻响螺肉，已去壳，觉得更便宜，用来炖汤也不错。

响螺的亲戚东风螺，身价贱得多，但也十分美味，看你怎么炮制，像辣酒煮东风螺就非常特别，已成为一道名菜，这一功应记当年"大佛口餐厅"的老板陈启荣，是他首创的。

更便宜的螺，就是田螺了。和其他亲戚不一样，它长在淡水里，有人耕田，就有田螺吃。近来这个想法也不同了，种谷时洒大量农药，连田螺也杀个绝种。

加很多蒜蓉和金不换叶子来炒田螺最好吃。从前庙街街边小贩炒的田螺也令人念念不忘，但是遇到田螺生仔的季节，吸田螺肉吃下，满口都是小田螺壳，非常讨厌。

新派上海菜田螺肉塞改正这个毛病，大师傅把田螺去掉子和其他内脏，只剩下肉，再加猪肉去剁，最后塞入田螺壳里去炒，真是一道花工夫的好菜。

法国人吃的田螺，样子介乎中国田螺和蜗牛之间，大家却笑他们吃蜗牛，其实是螺的一种，生长在花园里，亦属淡水种。法国人的吃法多数是把蒜蓉塞入田螺中，再放入炉里焗，但也有挖肉去炒的做法。

日本有种螺，苹果般大，叫为"蝾螺"（Sazae）。伊豆海边最常见，放在炭上烤，肉挖出来吃，海水和螺汁当汤喝，是下酒的好菜。至于把螺肉切片，和冬菇等蔬菜再塞入壳中炮制的叫"壶烧"（Tsuboyaki），没有原粒烤那么好吃。

蚶

蚶，又叫血蚶。和在日本店里吃的赤贝的同种，没什么大不了。

上海人觉得最珍贵，烫煮后剥开一边的，壳淋上姜、蒜蓉、醋和酱油，一碟没几粒，觉得不便宜。

在南洋这种东西就不觉稀奇。产量多，一斤才一块钱，但当今怕污染，已很少人吃。

潮州人最爱吃蚶，做法是这样的：先把蚶壳黐的泥冲掉，放进一个大锅中，再烧一壶滚水，倒进锅里，用勺子拌几下，迅速地将水倒掉。壳只开了一条小缝，就那么剥来吃，壳中的肉还是半生熟、血淋淋。

有时藏有一点点的泥，用壳边轻轻一拨，就能移去。这时蘸酱油、辣椒酱或甜面酱吃，什么都不点，就这么吃也行。

吴家丽是潮州人，和她一起谈到蚶子，她兴奋无比，说太爱吃了，剥了一大堆，血从手中滴下，流到臂上转弯处，这才叫过瘾。

正宗的叻沙，上面也加蚶肉的。南洋人炒粿条时一定加蚶，但要在上桌之前才放进鼎中兜一兜，不然过老，蚶肉缩小，就大失原味了。

在香港如果你想吃蚶子，可到九龙城的潮州店铺"创发"去，他们终年供应，遇不到季节，蚶肉瘦了一点。

越南人也吃蚶，剥开了用鲜红的辣椒咖喱酱来拌之，非常惹味。在渡船街的"老赵"偶尔也能吃到，美食坊的分店中也有。

庙街的炒田螺店大排档中也卖蚶，但是大型像赤贝那种，烫熟了吃。通常烫得蚶壳大开，肉干瘪瘪的，没潮州人的血蚶那么好吃。

新加坡卖鱿鱼、蕹菜的摊中也有蚶子。把泡开的鱿鱼、通心菜和蚶在滚水中烫一烫，再淋沙茶酱和加点甜酱，特别美味，有时也烫点米粉，被面酱染得红红的。

不过吃蚶子的最高境界在于烤，两人对酌，中间放一个煲功夫茶的小红泥炭炉，上面铺一层破瓦，蚶子洗干净后选肥大的放在瓦上，一边喝酒一边聊天，等蚶壳啵一声张开，就你一粒我一粒用来送酒。优雅至极，喝至天明，人生一大乐事。

干贝

　　干贝又叫"江瑶柱",是扇贝的闭壳肌晒干而成。日本北海道的扇贝最多,所产江瑶柱肥美壮大,可惜当今的扇贝养殖的居多,没有从前的甘美。

　　我最喜欢烧的一道菜,又是永远不会失败的菜,就是萝卜煲干贝了。

　　做法容易,把干贝洗净,放入锅底,大的五六粒,小的话十粒左右,肥胖萝卜一条,削皮,切大轮。另外买一条猪腱,或者以一小块瘦肉代之,出水后和萝卜一块儿煮干贝,滚个一小时左右,即成。

　　萝卜已经是很甜的东西,再加上干贝的鲜美,甜上加甜,又有一块猪肉吊吊味,令之不会太寡。

　　如果家里有个南洋人用的大炖锅,搪瓷的那种,分两层,那么炖它两小时,出来的汤就比煲的清澈得多,也更出味,干贝形不变,是煲完美的汤。

　　煲青红萝卜汤时,也可以放入干贝,令汤更鲜。

　　用猪骨熬清汤,捞出。再下干贝,待出味灼几片猪肝,最后撒下一大把枸杞叶,也是更清又甜的汤,百喝不厌。

　　吃宴会餐时常出现蒸元粒干贝,每每把味道蒸掉,剩下的干贝有如嚼发泡胶,是大煞风景的事。

　　要吃蒸干贝,我爱日本人做的,把干贝蒸得刚好,味道保存,再用真空包装。一粒一包。吃时撕开塑胶纸,即能送进口。一点也不韧,又有咬头。这时甘汁流出,一升瓶的清酒,很快就喝光。但这种蒸干贝有便宜有贵,买后者好了。日本人做生意,就是那么一板一眼,一分钱一分货。

茹素者也有干贝吃，素菜中，用冬菇的蒂泡涨，又将它撕开，不管样子和味道，却有如真的干贝。

　　用干贝送礼最适宜，这种东西放久了也不会坏，可以不必置于冰箱，存在干燥的地方即行。

　　当今干贝价钱从两百块到八百块港币一斤，根据大小和产地而异。自己吃，吃好的；送人也要送好的。常吃便宜货，不如一年吃一顿贵的。送人常送便宜货，不如十年送一次贵的。

调料

长葱

长葱，多生长在中国北部，南洋人叫为北葱。公元前就有种植的记载，正式的英文名字应该叫为Welsh Onion，和Leek又有点不一样，后者的茎和叶，都比长葱硬得多。

通常有一元硬币般粗，四五尺长，种在田中，只是见绿色的叶子，白色的根部往土壤中伸去，日本人称为"根深葱"（Nebuka Negi）。

也和又细又长的青葱不同，所以北方人干脆称之为大葱。

山东人抓了一支大葱，蘸了黑色的面酱，包着张饼，就这么大口地生吃，又辣又刺激，非常之豪爽，单看都过瘾。

当今菜市场中长葱有的是，一年四季都不缺，又肥又大，价钱卖得很贱。为什么？日本人爱吃长葱，自己人工贵，就拿最好的种子到中国去种，结果愈种愈多，品种愈优良，弄到日本农民没得捞，向政府抗议，只好停止输入，得益了我们。

新鲜的长葱最好用来生吃，它不容易腐烂，长期放一些在冰箱里面，别的蔬菜吃完，就可以把长葱搬出来。煮一碗最普通的即食面，撒上长葱葱花，味道即丰富起来。

把长葱的叶部和根部切掉，再用刀尖在葱身上刷一划，开两层表皮，即可食之。也不必洗，长葱一浸水，辛味就减少了。

用来炒鸡蛋也很完美，主要是两种食材都易熟。看到油起烟，就可以把鸡蛋打进去，再加切好的长葱，下几滴鱼露，兜一兜，即能上桌。

表皮很皱，颜色已枯黄的长葱，就要用来煎了。切成手指般长，再片半，油中煎至香味扑鼻，这时把虾仁放进镬中炒几下，就是一道很美味的菜。

最高境界，莫过于什么材料都不必配，将长葱切成丝，油爆香后，干捞已经煮好的面条里，下点盐或酱油，是最基本的葱油拌面，但主要的是用猪油，只有猪油才有资格和长葱做伴，用植物油的话，辜负了长葱。

在馆子里叫葱油饼，总是嫌葱不够，自己做好了。一块很大的皮，将长葱切碎，加点盐，加点味精，拌完当馅，大量放入，包成一个像鞋子般大的饼，再将皮煎至微焦，即熟。吃个过瘾。

红葱头

红葱头，广东人称之为干葱，英文叫为Shallot。它属于洋葱的亲戚，但味道不同。外国人都认为干葱没有洋葱的刺激，比较温和，他们多数是将它浸在醋中来吃罢了。

其实红葱头爆起来比洋葱香得多，有一股很独特的味道，和猪油配合得天衣无缝，任何菜肴有了猪油炸干葱，都可口。福建人、南洋人用干葱用得最多了。印度的国食之一Sambar，就是炆扁豆和干葱而成。

别以为所有的外国人都不惯食之，干葱在法国菜中占了一席很重要的位置，许多酱汁和肉类的烹调，都以炸干葱为底。当然，他们用的是牛油来爆。干葱做的菜也不一定是咸的，烹调法国人的鹅肝菜时，先用牛油爆香了干葱，加上士多啤梨酱或提子酱，然后再把鹅肝入锅去煎，令鹅肝没那么油，吃起来不腻。典型的法国Bearnaise酱汁，也少不了红葱头。

洋葱是一个头一个头生长的，干葱不同，像葡萄一样一串串埋在地下，一拔出来就是数十粒。外衣呈红色，所以我们叫为红葱头，但也有黄色和灰棕色的。剥开之后，葱肉呈紫色，横切成片，就能用油来爆。也有洋人当成沙拉来生吃，但没有煎过的香口。如果要吃生的，就不如去啃洋葱，至少体积大，吃起来没那么麻烦。

潮州人最爱用的调味之一，是葱珠油，用的就是干葱。煲鲳鱼粥时，有一碟葱珠油来送，才是最圆满的。我做菜时也很惯用干葱，认为比蒜头有过之而无不及，尤其是和虾配得极好，但是如果嫌干葱太小，可以用长葱来代替，将长葱切段，用油爆至微焦，把虾放进去炒两下，再炆一炆，天下美味。

做斋菜时，干葱是边缘的食材。蒜头当然只当成荤的，洋葱也有禁忌，干葱则在允许与不允许之间。中国寺庙中严格起来还是禁食干葱的。但是在印度，干葱被视为斋菜。

姜

在菜市场中看到当造的姜,肥肥胖胖,很可爱,摆久了缩水,干干瘪瘪的,所谓姜是老的辣,可真的能辣出眼泪来。

还没成熟就挖出来吃的,叫仔姜,可当蔬菜来炒,原则上要加点糖,才能平衡仔姜的微辣。用糖炮制之后切成片,配溏心的皮蛋吃,天下美味也。

吃寿司时师傅也给你一撮仔姜片,有些人拿来送酒,其实作用是清除味道,每吃一道新的鱼生,都不能和上一回吃的混合。

姜是辟腥的恩物,凡是有点异味的食材碰到了姜,都能化解。煲海鲜汤少不了姜,蒸鱼也来点姜丝。别以为只是对鱼类有效,炒牛肉时用姜汁来渍一渍,它的酵素也能令肉类柔软,连蔬菜也管用,炒芥蓝用姜粒或者能使到菜色更绿,也可以把芥蓝的味道带出来。

姜有一层皮,用刀难削。曾看过一个家庭主妇刨姜,那么大的一块,最后只剩下一小条。最好的办法是拿一个可乐或啤酒瓶的铁盖来刮,连缝里的皮都能刮个干干净净,而且一点也不浪费,下次你试试看。

但是有时留下那层皮,样子更美,吃了也比较有功效的感觉,像风寒感冒时喝的姜茶,就要留皮,将一块姜洗净后,把刀平摆,大力一拍,成碎状,就那么煮个十分钟,加块片糖,比什么伤风药还好,反正所有的伤风药都医不好伤风的,不如喝姜水,喉咙舒服一点。

最初接触到的糖姜,是内地的产品,小孩子对姜的那种辛辣并无好感,但那个瓷罐的确漂亮,为了容器吃姜。

糖醋猪脚姜听说是给坐月子的妇女补身的,但也是我的至爱。姜已煲得无味,弃之则可。但猪脚和鸡蛋来得个好吃。

海南鸡饭少不了姜蓉,如果看到没有姜蓉跟着上的,就不正宗了。

最后不得不谈的是姜蓉炒饭,把姜拍碎后乱刀剁之,成为最细最幼的姜蓉,隔着一块白布,把姜汁挤出来,扔掉,姜蓉炒饭是名副其实地只用姜蓉,如果贪心把姜汁加进去炒,就不香了。

大蒜

大蒜,你只有喜欢或讨厌,没有中间路线。

蒜头是最便宜的食材之一,放它一两个月也不会坏,但不必储存进冰箱里,一见它发芽,就表示太老,不能吃了。

有层皮,除非指甲长,不然剥起来挺麻烦。最好的办法是在它的屁股割一刀,就能轻易地把皮去掉。更简便的办法是用长方形的菜刀平拍,拍碎了,取出蒜蓉来。

一炸油,那股香味便传来,蒜香是很难抗拒的,任何有腥味的食材都会被这股味道遮盖,再难吃的也变为佳肴。不过只适宜肉类或蔬菜。炮制鱼,蒜头派不上用场。虾蟹倒是和蒜配合得很好。

生吃最佳,台湾地区在街边卖的香肠,一定要配生蒜才好吃。一口香肠一口蒜,两种食物互相冲撞,刺激得很。

好了,该死。吃完口气很大,臭到不得了。那是不吃的人才闻到,自己绝对不会察觉,这股味道会留在胃里,由皮肤发出,不只口臭,是整个人臭。

如何辟除蒜臭呢?有的人说喝牛奶,有的人说嚼茶叶,但是相信我,我都试过,一点效用也没有。

吃蒜头唯有迫和你一起的人也一同吃,这是唯一的方法,不然,找个韩国女朋友也行,大蒜是她们民族生活的一部分。韩国人不可一日无此君。

其实中国的北方人多数都喜欢大蒜,韩国人的生活习惯大概是从山东人那边传过去的。

日本人最怕大蒜味,但是他们做的锅贴中也含大量蒜头,看不到蒜形,骗自己不喜欢吃罢了。

当今菜市场中也常见不分瓣的一整粒蒜,叫作独子蒜。味道并不比普通蒜头好吃。最辣的是泰国种的小蒜头。

蒜头的烹调法数之不尽。切成薄片后炸至金黄,下点盐,像薯仔片般吃也美味。

整瓣炸香,和苋菜一起用上汤浸也行。南洋的肉骨茶离不开大蒜,一整颗不剥皮不切开,就那么放进汤煮,煮至烂熟。捞起来,用嘴一吸,满口蒜,过瘾到极点。

芫荽

芫荽,俗名香菜。极有个性,强烈得很,味道不是人人能接受,尤其是没吃过的日本人,一看到就要由餸菜[1]中取出来。

---

1 餸菜:粤语用词,随米饭或其他主食一起吃的菜。

英文名字叫Coriander，时常和西洋芫荽Parsley混乱，还是叫Cilantro比较恰当。有时，用Cilantro欧洲人搞不清楚，要叫Chinese Parsley才买得到。

Cilantro来自希腊文Koris，是臭虫的意思。味道有多厉害！所以欧洲人吃不惯，除了葡萄牙。葡萄牙人从非洲引进这种饮食习惯，不觉臭，反而香。

其实吃芫荽的国家可多的是，埃及人建金字塔时已有用芫荽的记录。印度人更喜爱，连芫荽的种子也拿去捞咖喱粉。在印度，芫荽极便宜，我有一次在宾加罗拍戏，到街市买菜煮给工作人员吃，芫荽一公斤才卖一块港币。

东南亚更不必说，泰国人几乎无芫荽不欢，他们吃芫荽，是连根吃的。

中国菜里，拿芫荽当装饰，实在对它不起。不过有些年轻人也讨厌的。

芫荽入菜，款式千变万化，最原始的是潮州人的吃法。早上煲粥前，先把芫荽洗干净，切段，然后以鱼露泡之，等粥一滚好，即能拌着吃。太香太好味，连吃三大碗粥，面不变色。

北方人拿来和腐皮一齐拌凉菜，也能送酒。有时我把芫荽和江鱼仔爆它一爆，放进冰箱，一想到就拿出来吃。

泰国人的拌凉菜称之为腌（Yum），腌牛肉、腌粉丝、腌鸡脚，和红干葱片一样重要的，就是芫荽了。

台湾地区的肉臊面，汤中也下芫荽。想起来，好像所有的汤，什么大血汤、大肠汤、贡丸汤、四神汤等，都要下。

芫荽和汤的确配合得极佳，下一撮芫荽固然美味，但喝了不过瘾，干脆用大把芫荽煲汤好了。广东人的皮蛋瘦肉芫荽汤，的确一流。从前在贾炳达道上有家铺子，老板知道我喜欢，一看到我就跑进厨房，用大量的鲩鱼片和芫荽隔火清炖，做出来的汤呈翡翠颜色，如水晶一样透明。整盅喝完，宿醉一扫而空，天下极品也。

紫苏

紫苏英文名为Perilla，法国名Perilla de Nankin（来自南京的紫苏）。对欧美人来说，紫苏是一种外国香料，在西洋料理中极少使用。

我们最常见的，是将紫苏晒干后，铺在蒸炉来煮大闸蟹，可去湿去毒，药用成分多过味觉享受。

古时候没有防腐剂，一味用盐腌，但也有变坏的情形。老师傅传下的秘方，是保存食物时，上面铺一层舂碎的干紫苏，放久也不变味。

紫苏还是很好吃的，在珠江三角洲捕鱼的客家人，常以紫苏入馔，他们抓到生虾时，把中间的壳剥开，留下头尾，用大量的蒜头和紫苏去炒，加点糖和盐，不求其他调味品，已是一道极为鲜美的菜，味道独特。

以此类推，当我们吃厌了芫荽葱，就可以用紫苏叶来代替，把它切碎，撒在汤上，或用来凉拌海蜇，都是一种变化。

把紫色的紫苏叶轻轻地蘸了一点点粉浆，放入冷温的油锅中炸它一炸，即上碟。不能太久，一久就焦。一片片的半透明叶子，用它来点缀菜馔，非常漂亮。

韩国人爱吃紫苏，他们用来浸酱油和大蒜，加上几丝红辣椒,把叶子张开包白饭吃,也可用生紫苏包煮熟的五花腩片,加上面酱、大蒜、青辣椒、红辣椒酱,最后别忘记下几粒小生蚝,是非常美味的一道菜。

世界上吃紫苏最多的国家就是日本,任何时间在菜市场中都可找到紫苏,不但吃叶,还吃穗、吃花。

在寿司店中,凡是用海苔紫菜来包的食材,都可以用紫苏叶来代替。大厨给你一碟海胆,用筷子夹滑溜溜地不方便的话,就用紫苏叶来包好了,绿色的紫苏叶,有个别名叫大叶(Oba)。

叫一客刺身,日人称之为"造"(Tsukuri),摆在生鱼片旁边的,是一穗绿色的幼叶中穿插着粉红色的小花。如果你是老饕,就会用手指抓着花穗顶尖,再用筷子夹着它,轻轻地往下拉,粉红色的花就掉进碟中,浮在酱油上面,美到极点。要是你不在行,反了方向,那么任你怎么拉,也拉不掉花来。

这是吃刺身的仪式之一,切记切记。

八角

八角的种荚呈星形,故英文名为Star Anise。数起来,名副其实有八个角。

有些资料说八角就是大茴香,但它们绝对是两种植物,仅所含的茴香脑(Anethole)相同罢了。

收成起来倒是不易,八角要种八至十年以上才开始结果,树龄二十到三十,是最旺盛的生产期。它一年开花两次,第一次在二三月,第二次七八月。

五香粉的配搭因人而异，肉桂、豆蔻、胡椒、花椒、陈皮、甘草等。由其中选择四样，最主要的还是八角，不可缺少。

中国菜中，凡是看到一个"卤"字，其中一定有八角这种东西，尤其是潮州闻名的卤鹅、卤鸭，八角为主要材料，卤水一边用一边加，永不丢弃，但也不会变坏，这是八角含有极重的防腐作用之故。

煎炸食物用的油，投入一两粒八角，与油一块儿炼，不只增强食物的香味，而油的储藏期也拉长，就是一个例子。

外国人用大茴香用得很多，尤其法国人，对它有偏爱，喜欢用大茴香来泡酒，初时呈透明的或褐色的，一渗了水就变成奶白色，喝不惯的人说味道古怪到极点，爱上了就有瘾。这种酒在中东和希腊都流行，大概是从那里传到欧洲来的。当今中国和南洋一带生产的八角，提炼成油之后输出到外国，食用和工业之用量不多，也许是把八角油当成大茴香让人造酒卖了。

新疆人炒羊肉时，下几颗八角是常事，它很硬，咬到后吐出来。秋天羊肉肥，红炆清炖都下八角。有时炆牛腩也下。对于八角的用法，到菜市场去问了很多小贩，都说只有牛羊猪鸡鸭才派上用场，与海鲜无缘。其实在河南吃烤鱼时，他们下了大量的孜然粉，如果烤鱼下五香粉，也是行得通的，问题是你喜不喜欢而已。

蔬菜上也用八角，如果像花椒一样，因为爆香了油再炒，也能醒胃。

一个蔬菜和八角配合得好的例子，就是煮花生，买肥大的生花生粒，加盐煮之，抛一个八角进去，味道就变得复杂得多了。

胡椒

　　香料之中，胡椒应该是最重要的吧。名字有个"胡"字，当然并非中国原产。据研究，它生于印度的南部森林中，为爬藤植物，寄生在其他树上，当今的都是人工种植，热带地方皆生产，泰国、印尼和越南每年产量很大，把胡椒价格压低到常人有能力购买的程度。

　　中世纪时，发现了胡椒能消除肉类的异味，欧洲人争夺，只有贵族才能享受得到，更流传了一串胡椒粒换一个城市的故事。当今泰国料理中用了大量一串串的胡椒来炒咖喱野猪肉，每次吃到都想起这个传说。

　　黑胡椒和白胡椒怎么区别呢？绿色的胡椒粒成熟之前，颜色变为鲜红时摘下，发酵后晒干，转成黑色，通常是粗磨，味较强烈。

　　白胡椒是等至它完全熟透，在树上晒干后收成，去皮，磨成细粉，香味稳定，不易走散。

　　西洋餐菜上一定有盐和胡椒粉，但用原粒入馔的例子很少，中餐花样就多了，尤其是潮州菜，用一个猪肚，洗净，抓一把白胡椒粒塞进去，置于锅中，猛火煮之，猪肚至半熟时加适量的咸酸菜，再滚到全熟为止。猪肚原个上桌，在客人面前剪开，取出胡椒粒，切片后分别装进碗中，再浇上热腾腾的汤，美味之极。

　　南洋的肉骨茶，潮州做法并不加红枣、当归和冬虫夏草等药材，只用最简单的胡椒粒和整个的大蒜炖之，汤的颜色透明，喝一口，暖至胃，最为地道。

　　黑椒牛扒是西餐中最普通做法，黑胡椒磨碎后并不直接撒在牛扒上面，而是加入酱汁之中，最后淋的。

著名的南洋菜胡椒蟹用的也是黑胡椒，先把牛油炒香螃蟹，再一大把一大把地撒入黑胡椒，把螃蟹炒至干身上桌，绝对不是先炸后炒的，否则胡椒味不入蟹肉。

生的绿胡椒中，当今已被中厨采用，用来炒各种肉类，千万别小看它，细嚼之下，胡椒粒爆开，有种口腔的快感，起初不觉有什么，后来才知厉害，辣得要抓着舌头跳的士高（迪斯科）。

我尝试过把绿胡椒粒灼熟后做素菜，刺激性减低，和尚、尼姑都能欣赏。

迷迭香

迷迭香（Rosemary），英文名中包含了玫瑰，但与它完全没有关系，是一种原生于地中海沿岸的植物，它还有一个汉语名叫"万年老"，当然不如迷迭香那么浪漫。

有坚硬如刺的小叶子，含着樟脑油，也开紫颜色的小花，花落后结实，一年四季皆生，拉丁名为"海滴"。一片迷迭香花丛田，风一吹，有如海浪，花朵散开，就像冲上岸的水滴之意。

家中有花园的话不妨多种几棵迷迭香，室内栽植也行，在花店买些种子，春天播，到了夏天就成长出来，并不难打理。就那么抓一把叶子，把它们捏碎，传来一阵香味，富有清凉感，疲倦的时候闻，精神为之一振。

据说能增长记忆力，学生们考试时父母会编织成叶冠给他们戴上。外国香料多数都原出于药用，所以叫为草药（Herbs）。

迷迭香在烧菜时下得最多的是烧鸡，洋人认为所有肉类都有一股异味，非用迷迭香消除不可，小羊排中也用迷迭香，有时连煮鱼也派上用场，但就是不用它来当沙拉生吃，叶子太硬之故。

有时也不用新鲜的，迷迭香可以晒干或磨成粉，方便搬运。

印度店里，吃过饭付账时，柜台上摆了几个小碟。其中有一碟就是晒干了的迷迭香，因为它含樟脑油，细嚼起来比吃香口胶高雅。

在法国普罗旺斯买肉时，店主会免费送些迷迭香给你。意大利的肉店里，也常看到用迷迭香来当装饰的。餐厅桌子上的橄榄油，浸着尖叶的，都是迷迭香。

烤羊腿或牛腿时，外层多撒些迷迭香碎，有时吃到烤鱼，鱼片中也塞着它。

鸡胸肉最难吃，西洋大厨想出一个做法，把肉片开，用迷迭香当馅，包出一个个的鸡饺子来。

迷迭香并无甜味，但蜜蜂最爱采它的蜜，故有迷迭香蜜。我将蜜糖混入奶油之中，打成泡，淋在甜品上面，再撒紫色的迷迭香鲜花，取得外国友人欢心。

椰浆

成熟的椰子，敲开硬壳，里面有一层很厚的肉。通常是由小贩用块木头，插了一支铁刨，刨上有锯口，把半个椰子拿在上面刨椰丝。再把椰丝放在一片干净的布上，包着大力挤，奶白色又香又浓的浆就流出来了。

装进罐头的椰浆，因经过高温杀菌处理，已没有新鲜挤出来的那么香。两种产品都能在香港春园街的"成发"买得到。

煮印度咖喱不必用，但是南洋式的，像泰国、印尼和马来西亚的咖喱，非加椰浆不可。

先用油爆香洋葱和南洋咖喱粉，放鸡肉进锅炒个半生熟，放椰浆进去，分量是一份椰浆三份水。如果要浓，椰浆和水各一半。炆个十五分钟，即成。

嗜辣者可加大量辣椒粉，不爱辣的单单靠咖喱粉中的辣椒已够刺激，南洋咖喱与印度的不同，各有千秋。

椰浆也常用于甜品之中，最普通的是椰浆大菜糕，用大菜，南洋人叫为燕菜的，剪段放入滚水中煮至溶化，加糖。这时加进青柠汁或红石榴汁，放入一个深身的盘中，等凝固。另一边，同样溶了大菜，加椰浆，不必兑水。倒进凝固好的水果大菜中，放入冰箱，半小时后就有下层青或红、上层雪白的糕点，切开来吃，是很上乘的甜品。

所谓的"珍多冰"，是印尼和马来西亚的饮品，当今泰国越南菜馆也做。把绿豆糕做得像银针粉一样，加甜红豆、大量碎冰，倒入新鲜椰浆，再淋椰子糖浆，即成。灵魂在于那褐色的椰子糖浆，普通糖浆的话，多新鲜的椰浆也做不出纯正的味道来。

很奇怪地，椰浆和蔬菜的配合也特佳；豆角、椰菜、羊角豆等，放椰浆去煮很好吃。尤其是蕹菜，更适合用椰浆来煮，先把蕹菜炒个半生熟，加椰浆，放一点点糖和盐，滚个一分钟即能上桌。喜欢的话可以加一小茶匙的绿咖喱粉吊味，椰浆则不必再勾水了。

椰浆就那么喝也行，和椰青的味道完全是两回事。我常将椰青混威士忌当鸡尾酒。椰浆的话，先加伏特加或特奇拉，最后加椰浆，是夏天最佳饮品。

咖喱

"咖喱"，已是世界语言，起源于印度，后来传到非洲，再风靡了欧洲诸国。东南亚受它的影响极深，甚至日本，已把咖喱当成国食，和拉面是同等地位。

我住印度时，一直问人："你们为什么吃咖喱？"

问十个，十个答不出，后来搭巴士，看到一个初中生，问他同一个问题。

"咖喱是一种防腐剂，从前没有冰箱，出外耕作，天气一热，食物变坏，只有咖喱可以一煮就应付三餐，咖喱上面有一层油，更有保护食物的作用。"初中生回答，"道理就是那么简单。"

我对这个答案很满意。

咖喱在印度和东南亚各地，是在菜市场卖的，小贩用一块平坦的石臼，上面有一根石头圆棒来把各种香料磨成膏，一条条地摆着。要煮鸡的话，小贩会替你配好。煮海鲜又是从其他几条咖喱膏上刮下来的。客人买膏回去煮，不像我们在超级市场中买咖喱粉。

基本上，咖喱的原料包括丁香、小茴香、胡荽籽、芥末籽、黄姜粉和不可以缺少的辣椒。

印度和巴基斯坦的咖喱，很靠洋葱。你在香港的著名印度咖喱店走过，门口一定摆着一大袋一大袋的洋葱，他们把洋葱煮成浆，再混入咖喱膏，烧成一大锅。你要吃鸡吗？倒鸡进去。要吃鱼吗？倒鱼进去煮，即成。

所以，印度和巴基斯坦的咖喱，肉类并不入味，没有南洋咖喱好吃。

南洋人做咖喱，先落油入锅，等油起烟，倒入两个切碎的大洋葱去爆，这时下咖喱膏或咖喱粉，然后把肉类放进去，不停地炒，火不能太猛，当看到快要黐底时，加浓郁的椰浆，边炒边加，等肉熟，再放大量椰浆去煮，这一来咖喱的味道才会混入肉里，肉汁也和咖喱融合，才是一道上等的咖喱。

当然，不加水，少点椰浆，把咖喱炒至干掉也行，这就是所谓的干咖喱。

做咖喱并非高科技，按照我的方法做，失败了几次之后，你就会变成高手。

油

开门七件事中的油，昔时应该指猪油吧。

当今被认为是罪魁祸首的东西，从前是人体不能缺乏的。洋人每天用牛油搽面包，和我们吃猪油饭，是同一个道理。东方人学吃西餐，牛油一块又一块，一点也不怕；但听到了猪油就丧胆，是很可笑的一件事。

在植物油还没流行的时候，动物油是用来维持我们生命的。记得小时候内地贫困,家里每个月都要将一桶桶的猪油往内地寄,当今生活充裕,大家可别出卖猪油这位老朋友。

猪油是天下最香的食物,不管是北方葱油拌面,或南方的干捞云吞面,没有了猪油,就永远吃不出好味道来。

花生油、粟米油、橄榄油等,虽说对健康好,但吃多了也不行。凡事只要适可而止,我们不必要带着恐惧感进食,否则心理的毛病一定产生生理的病。

菜市场中已经没有现成的猪油出售,要吃猪油只有自己炮制。我认为最好的还是猪腹那一大片,请小贩替你裁个正方形的油片,然后切成半寸见方的小粒。细火炸之,炸到微焦,这时的猪油最香。副产品的猪油渣,也是完美的,过程之中,不妨放几小片虾饼进油锅,炸出香脆的送酒菜来。

猪油渣摊冻(放凉)后,就那么吃也是天下美味,不然拿来做菜,也是一流的食材,像将之炒面酱、炒豆芽、炒豆豉,比鱼翅鲍鱼更好吃。

别以为只有中国人吃猪油渣,在墨西哥到处可以看到一张张炸好的猪皮,是他们的家常菜,法国的小酒吧中,也奉送猪油渣下酒。

但是有些菜,还是要采用牛油。像黑胡椒螃蟹,以牛油爆香,再加大量磨成粗粒的黑椒和大蒜,炒至金黄,即成。又,如市面上看到新鲜的大蘑菇,亦可在平底锅中下一片牛油,将蘑菇煎至自己喜欢的软硬度,洒几滴酱油上桌,用刀叉切开来吃,简单又美味,很香甜。

至于橄榄油,则可买一棵肥大的椰菜,或称高丽菜的,洗净后切成幼丝,下大量的胡椒、一点点盐和一点点味精,最后淋上橄榄油拌之,就那么生吃,比西洋沙拉更佳。

牛油

吃西餐，愈是名餐厅上菜愈慢。等待之余，手无聊，肚子又饿，就开始对付面包和牛油了；但一吃得太饱，主菜反而失色，是最严重的问题。

这时只能把面包当成前菜吃，撕一小块，涂上牛油，慢慢品尝牛油的香味。吃不惯牛油的朋友，可以在上面撒一点点的盐，即刻变为一道下酒菜。饭前的烈酒一喝了，胃口就增大，气氛也愉快得多。

有些菜一定要用牛油烹调才够香，像荷兰或澳大利亚运到的蘑菇，足足有一块小牛扒那么巨大。用一张面纸浸浸水，仔细地擦干净备用。这时在平底锅中下一片牛油，等油冒烟放下蘑菇，双面各煎数十秒，最后淋上酱油，即刻入碟，用刀叉切片食之，香喷喷，又甜得不能置信，是天下美味。

青口、大蛤蜊、蛏子等都要牛油来炮制，用一个大的深底锅，放牛油进去，再下蒜蓉和西洋芫荽碎爆香，这时把贝类加入，撒盐，最后淋上白酒（千万别用加州劣货），盖住锅盖，双手把整个锅拿来在火上翻动，搞至贝壳打开，即成。做法简单明了，吃的人分辨不出是你做的，或是米芝连（米其林）三星师傅的手势（手艺）。

牛油也不一定用在西餐，南洋很多名菜都要用之，像胡椒蟹就非牛油不可。

螃蟹斩件，备用，锅中把牛油熔化，把黑胡椒粉爆一爆，放螃蟹进去，由生炒到熟为止，当今的所谓避风塘炒蟹，是将原料用油炸了才炒的。这么一炸，什么甜味都走光了，又干又瘪，有何美味可言？炒螃蟹一定要名副其实地"炒"才行。

最简单的早餐烤面包，经过电炉一炮制，就完蛋了。先把炭烧红，用个铁笼夹子夹住面包，在炭上双面烤之，最后把那片牛油放在面包上，等它哧的一声融掉，油入面包之中，再切成六小块，仔细一块一块吃，才算对得起面包。

最讨厌的是马芝莲人造牛油了。要吃油就吃油，还扮什么大家闺秀！奇怪的是天下人都怕猪油，我是不怕猪油的，用猪油来涂面包，一定比牛油好吃得多。

酱油

用酱油或原盐调味，后者是一种本能，前者则已经是文化了。

中国人的生活，离开不了酱油，它用黄豆加盐发酵，制成的醪是豆的糨糊，日晒后榨出的液体，便是酱油了。

最淡的广东人称之为生抽，东南亚一带则叫酱青。浓厚一点是老抽，外省人则一律以酱油称之。更浓的壶底酱油，日本人叫为"溜"（Tamari），是专门用来点刺身的。加淀粉质后成为蚝油般浓稠的，台湾地区叫豆油膏。广东人有最浓、密度最稠的"珠油"，听起来好像是猪油，叫人怕怕，其实是浓得可以一滴滴成珍珠状得来。

怎么买到一瓶好酱油？完全看你个人喜好而定，有的喜欢淡一点，有的爱吃浓厚些，更有人感觉带甜的最美味。

一般的酱油、生抽的话，"淘大"已经不错，要浓一点，珠江牌的"草菇酱油"算是很上等的了。

求香味,"九龙酱园"的产品就很高级,我们每天用的酱油分量不多,贵一点也不应该斤斤计较。

烧起菜来,不得不知的是中国酱油滚热了会变酸,用日本的酱油就不会出毛病。日本酱油加上日本清酒烹调肉类,味道极佳。

老抽有时是用来调色,一碟烤麸,用生抽便引不起食欲,非老抽不可。台湾地区的豆油膏,最适宜点白灼的猪内脏。如果你遇上很糟糕的点心,叫伙计从厨房中拿一些珠油来点,更难吃的也变为好吃的了。

去欧美最好是带一盒旅行用的酱油,万字牌出品的特选丸大豆酱油,长条装,每包五毫升,各日本高级食品店有售。带了它,早餐在吃炒蛋时淋上一两包,味道好到不得了,乘邮轮时更觉得它是恩物。

小时候吃饭,餐桌上传来一阵阵酱油香味,现在酱油大量生产,已久未闻到,我一直找寻此种失去的味觉,至今难觅,曾经买过一本叫《如何制造酱油》的书,我想总有一天自己做,才能达到愿望。到时,我一定把那种美味的酱油拿来当汤喝。